Der fünfte Advent

Blanca Imboden

Der fünfte Advent

Roman

WÖRTERSEH

Wörterseh wird vom Bundesamt für Kultur für die Jahre 2021 bis 2025 unterstützt.

Angaben zur EU-Verordnung über die allgemeine Produktsicherheit finden sich auf der letzten Seite dieses Buchs.

Lektorat: Andrea Leuthold
Korrektorat: Lydia Zeller
Umschlaggestaltung: Thomas Jarzina
Fotos Umschlag: © Thomas Jarzina (Christbaumkugel);
© www.shutterstock.com/Boris Stroujko (Spiegelung)
Illustration Seite 225: Weihnachtskugel – die Hofkirche St. Leodegar
Layout, Satz und Herstellung: Beate Simson
Druck und Bindung: CPI Books GmbH

Print ISBN 978-3-03763-166-9
E-Book ISBN 978-3-03763-865-1

www.woerterseh.ch

FSC
www.fsc.org
MIX
Papier | Fördert gute Waldnutzung
FSC® C083411

All den Menschen gewidmet,
die keine Freude an den Festtagen haben,
weil sie allein sind, weil ihnen jemand fehlt,
weil die Familie ein Krisenherd ist –
oder weil sie lieber allein wären.
Ich kenne das alles. Leider.

»Die besten Dinge im Leben sind keine Dinge.«

Peggy Anderson, 1938–2016, Autorin

Ja, es gibt einen Souvenirladen am Fuß der Treppe zur Luzerner Hofkirche, der ganz früher einmal ein Ziegenstall war. Und das Haus darüber war tatsächlich das Glöcknerhaus. Ansonsten habe ich die ganze Geschichte und alles rund um diesen Laden völlig frei erfunden, natürlich auch die Menschen, die darin arbeiten.

Trotzdem: Wenn Sie mal dort vorbeigehen, grüßen Sie doch die echten Inhaber von mir – und kaufen Sie mindestens einen Kühlschrankmagnet.

1

Die Kugelkönigin

Ich sei die Königin der Kugeln, meint der junge Journalist zum Abschied und schüttelt meine Hand ausgiebig. Seine Augen leuchten dabei, als hätte er gerade den perfekten Titel für seinen Zeitungsartikel über mich gefunden. Dann streicht er sich eine blonde Locke aus dem Gesicht, grüßt noch einmal freundlich und verlässt unseren Laden.

Die Königin der Kugeln?

Dani Schriber wird im Dezember eine Luzerner Weihnachtsserie schreiben. Ich bin nur ein Teil davon. Natürlich nehme ich das bisschen Gratiswerbung dankend an.

Die Königin der Kugeln.

Die Christbaumkugel-Königin.

Was auch immer.

Gut, dass der Journalist nicht weiß, dass ich eine spannende, unterhaltsame Hintergrundgeschichte zum Thema liefern könnte, die seine Story enorm aufwerten würde. Freiwillig bin ich schließlich nicht zur Kugelkönigin geworden. Wirklich nicht. Es gibt Zeiten, da mag ich gar keine Christbaumkugeln mehr sehen. Spätestens im Januar, leider meist schon im November. Obwohl wir inzwischen gutes Geld damit verdienen.

Kugeln sind nun mal nicht besonders aufregend. Sie sind einfach nur rund. Keine Ecken und Kanten. Nur rund. Und bunt. Und wir haben viele davon. Unglaublich viele. Vor allem von den großen, die fast schon den Umfang von Fußbällen haben. Sie sind keine versteckte Leidenschaft von mir, auch wenn ich jetzt vor dem Journalisten ein wenig so getan habe, als ob.

»Es sind nur Kugeln, aber man kann so viel damit machen«, habe ich begeistert in Schribers Diktiergerät gehaucht. »Ich organisiere zum Beispiel immer im Advent einen Bastelsamstag im Pfarreizentrum, wo ich mit Kindern Weihnachtskugeln verziere. Wir bemalen und bekleben sie, besprühen sie mit Glanz und Glitter. Am Ende hat jedes Kind seine persönliche, individuelle Christbaumkugel. Sie sind dann so unterschiedlich, wie die Kinder halt sind, widerspiegeln ihren Charakter oder ihre Hobbys.«

Der Journalist fand das eine wunderprächtige Idee. Ob er wirklich Freude hätte, wenn ihm sein Patenkind eine mit Konfetti beklebte und mit Kunstschnee besprühte Monsterweihnachtskugel schenken würde? Kaum. Ein Mädchen hatte letztes Jahr eine ganze Kugel mit Fotos von Taylor Swift beklebt. »Eine Taylor-Swift-Kugel«, meinte das Girl dann andächtig, und mir war klar, dass es diese Kugel ganz sicher niemandem schenken würde. Außer sich selbst. Immerhin. Und ein Junge hatte den vollständigen FC Luzern auf seiner blauen Weihnachtskugel verewigt. Irgendwie hatte sich allerdings auch noch Ronaldo mit ins Team verirrt. Egal.

Die Freude der Kinder zu sehen, macht mich tatsächlich glücklich. Manchmal ist das Glück wirklich kugelrund. Und das versöhnt mich dann auch eine Weile mit unserem Christbaumkugel-Desaster.

Ich habe uns mit meinem Talent, schnell Gesichter skizzieren zu können, gerettet. Wenn sich ein Kunde darauf einlässt, kann ich innert Minuten sein Gesicht auf eine Kugel zeichnen. Ich zeichne auch Gesichter ab Fotos. Das gefällt den Menschen. Sie schauen mir gern dabei zu. Und im Dezember sind diese Gesichterkugeln unser absoluter Hit. Ein paar ausländische Touristen haben das in den sozialen Netzwerken verbreitet. Ich kann inzwischen auch blind die Kapellbrücke und den Wasserturm dazumalen. Ganz nach Wunsch der Kunden. Wenn es sein muss, male ich auch das Matterhorn dazu. Letztes Jahr habe ich für eine Bank schon im Oktober alle Mitarbeitenden auf Kugeln porträtiert. Ich hatte sehr gute Fotos als Vorlage. Das gab dann einen Überraschungschristbaum in der Eingangshalle, der großen Anklang fand, was uns wiederum sehr viele neue Kunden bescherte.

Ja, wir haben aus der Not eine Tugend gemacht. Wir sind nämlich nicht freiwillig zu all diesen Kugeln gekommen. Gott bewahre!

Papa hatte leider vor vier Jahren mitten in einem Bestellvorgang die Orientierung im Onlineformular verloren und statt verschiedener Zehnerpacks Christbaumkugeln jeweils eine Palette bestellt. Später hat er das Malheur zwar entdeckt, so gestand er mir irgendwann, doch das war ihm dann derart peinlich, dass er gewissermaßen in eine Schockstarre verfiel und einfach nichts machte. Rein gar nichts. Dabei hätte man ein paar Tage später noch mit dem Grossisten reden können. Als aber Wochen später ein Lastwagen bei unserem Laden vorfuhr und eine unfassbare Zahl von Kugeln ablud – eine wahre Christbaumkugel-Lawine –, war nichts mehr zu machen. Bestellt, geliefert, ja, es war sogar schon alles bezahlt! Seither habe ich sämtlichen Papierkram für unseren Laden übernommen. Ich mache von den Bestellungen bis zu den

Steuern einfach alles. Papa hilft beim Verkaufen mit, wenn es ihm gut geht. Meist geht es ihm zwar gut, aber manchmal hat er schlechte Tage, an denen ich leichte Anzeichen von Demenz zu erkennen glaube. Das würde Papa aber nie zugeben. Er ist fünfundachtzig Jahre alt und bezeichnet seine Aussetzer als kleine Momente der Verwirrung. Wir leben damit – solange es nicht schlimmer wird, sogar recht gut.

Jetzt klettere ich über die steile Steintreppe in unseren Keller hinunter. Jedes Jahr muss ich mich dann doch höchstpersönlich davon überzeugen, dass wir tatsächlich noch Kugeln haben und dass die Bestände mit den aktualisierten Zahlen auf dem Rechner ungefähr übereinstimmen.
Tun sie.
Leider.
Wir haben noch.
Genug.
Ich bin nicht gern im Keller. Das Licht geht immer noch nicht. Ich muss meine Taschenlampe benutzen.
Plötzlich habe ich Angst.
Sie überfällt mich von hinten, unerwartet heftig.
Ich fühle mich in meine Kindheit zurückversetzt, als ich mich immer gefürchtet habe, wenn es dunkel wurde, obwohl ich nicht einmal genau sagen konnte, warum und wovor. Möglicherweise hatte ich einfach zu viel Fantasie und stellte mir diffuse Bedrohungen vor: gefährliche Tiere, blutrünstige Vampire, furchterregende Gespenster, bärtige Räuber … Als Kind hat man oft die Vorstellung, Gefahren würden nur im Dunkeln lauern. Später lernt man: Sie scheuen auch das Licht nicht. Damals schenkte mir mein Vater eine klobige, alte Taschenlampe, und ich leuchtete jeden Abend mehr-

mals vom Bett aus in mein Schlafzimmer hinein, bevor ich dann endlich einschlafen konnte.

Im Gegensatz dazu bin ich heute schon sehr, sehr mutig. Ich bin allein in unseren riesigen Keller hinuntergestiegen, ein uraltes Gewölbe in einem Haus, das bereits im ersten Drittel des 16. Jahrhunderts gebaut worden ist. Es knistert da und raschelt dort. Wen wunderts. Gerade habe ich mir eine mittelgroße Spinne aus den Haaren geklaubt. Nichts gegen Spinnen – aber doch nicht in meinen Haaren!

Ich sollte hier nicht allein sein.

Ich bin keine Höhlenmenschin.

Aber jetzt …

Da ist doch was?

Wie unheimlich!

Eine Maus wahrscheinlich. Und wenn es eine Ratte war? Oder sonst irgendetwas? Ich leuchte mutig in die Ecke, wo das erneute Rascheln herkommt.

Jööö! Es ist wirklich nur eine Maus. Eine ganz besonders winzige. Eine liebreizende. Sie schaut mich mit ihren Knopfaugen erschrocken an und huscht davon.

Woran hat sie da wohl gerade geknabbert?

Ist das nicht mein kleiner roter Koffer?

Tatsächlich! Ich freue mich.

Ich hatte dieses Köfferchen vermisst und dann irgendwann vergessen. Es enthält meine Vergangenheit, oder jedenfalls Teile davon. Tagebücher, Fotos, Andenken … So genau weiß ich das gar nicht mehr. Ich puste das Gröbste an Staub vom roten Deckel und schiebe mir den winzigen Koffer unter den Arm. Nur noch flüchtig schaue ich die verschiedenen Gestelle durch, lese die Aufschriften von ein paar Kisten und Kartons. Hier unten steht viel zu viel Plunder. Ich be-

schließe, vor diesem Weihnachtsfest einfach rein gar nichts neu zu bestellen. Die Ware muss raus.
Dann verlasse ich den unwirtlichen Ort und klettere über die schmale Steintreppe wieder ans Tageslicht. Ich merke, dass sich mein Atem erst jetzt wieder normalisiert.

2

Der Koffer

»Doris, wo warst du?«, fragt mein Papa, als ich unseren kleinen Souvenirladen betrete. Den vorwurfsvollen Unterton ignoriere ich großzügig.
»Im Keller«, antworte ich nur und nehme ihm damit jeglichen Wind aus den Segeln. Er ist ja nun mit seinen fünfundachtzig Jahren schon einiges erwachsener als ich, weigert sich jedoch strikte, den Keller auch nur kurz zu betreten. Irgendwann habe ich erfahren, warum: Sein Vater habe ihn da manchmal eingesperrt. Das muss für einen kleinen Jungen schon eine sehr heftige Strafe gewesen sein. Das wäre für mich auch heute noch schlimm. Und Papa ist wohl traumatisiert von den vielen Stunden in Einzelhaft und Dunkelheit.
»Es waren grad zwanzig Japaner da«, erzählt Papa jetzt freundlicher. »Ich war ein wenig gestresst, denn jeder kaufte irgendetwas. Sie waren in Eile. Aber es ging schon. Sie waren lustig. Wir haben uns zwar nicht verstanden, aber viel gelacht.«

Schön, wenn sie kaufen. Oft genug kommen Touristen nur, um zu schauen oder um Fotos von unseren schönen Souvenirs zu machen. Ab und zu essen und trinken sie auch noch dabei und hinterlassen Krümel und Müll. Manchmal fotografieren sie Postkarten ab und verschicken sie dann digital. Es gibt fast nichts, was wir nicht schon erlebt hätten. Einmal haben sich sogar zwei Männer zwischen den Regalen geprügelt, und zwölf Schneekugeln mit der Kapellbrücke gingen zu Bruch. Beim Streit ging es um eine Frau – wie könnte es anders sein. Die beiden Italiener haben die Kugeln dann mit roten Köpfen bezahlt, jeder sechs Stück. Immerhin. Die Schneekugeln verkaufen sich ohnehin nicht mehr besonders gut. Somit könnte man also sagen: Kommt her und prügelt euch – ihr müsst am Ende einfach für den Schaden im Geschäft geradestehen. Möglicherweise könnte man damit den Verkauf ankurbeln. Wir suchen ja immer nach guten Ideen, um unser Geschäft zu beflügeln.

Touristen.

Es geht nicht ohne sie, aber mit ihnen ist es auch nicht immer leicht.

Papa und ich, wir üben uns ständig in Gelassenheit, in Toleranz und überbieten uns gegenseitig darin, zu lächeln, auch wenn wir unser Gegenüber manchmal gern schütteln oder würgen würden. Das klingt vielleicht hart, aber wer das nicht versteht, hat garantiert noch nie im Verkauf gearbeitet und ganz sicher nicht mit internationalen Touristen. Nur ganz, ganz selten erlauben wir uns den Luxus, jemanden aus dem Laden zu werfen. Ja, das können wir. Aber dann findet man bestimmt schon nach einer Stunde eine schlimme Rezension auf irgendeinem Onlineportal, oder man erfährt, dass genau dieser widerliche Kunde ein berühmter

Influencer aus Tokio oder Timbuktu war, der nun alle davor warnt, in unseren Laden zu kommen, oder – noch schlimmer – alle dazu aufruft, den Laden zu besuchen, alles anzufassen, alles durcheinanderzubringen und auf keinen Fall etwas zu kaufen.
Aber meist ist es ja lustig mit den Touristen. Wir haben uns einige Sätze in verschiedensten Sprachen angeeignet. Papa behauptet sogar, er könne die Leute in zwanzig Sprachen begrüßen. Wir unterhalten uns gern mit der Kundschaft, wenn sie denn Zeit und Lust hat. Meist sind aber die Menschen aus fernen Ländern nicht wirklich entspannt. Gestern war ein Chinese da, der erzählte, dass er vorgestern noch in München war und morgen Rom besuchen werde. Bevor er in unseren Laden kam, war er am Morgen kurz auf dem Pilatus. Und er kam zu uns auf dem Weg zum Löwendenkmal, war also eigentlich auf der Durchreise.

»Was ist mit diesem roten Koffer, Doris?«, will Papa neugierig wissen. »Ist das dein alter Puppenkoffer?«
Ich nicke.
»Und jetzt fängst du wieder an, mit Puppen zu spielen? Ich wusste ja, dass du dich manchmal einsam fühlst. Aber das ist doch wohl nicht die Lösung?«
Mein Vater lacht mich aus.
Ich wehre mich: »Hier drin sind alte Erinnerungen. Persönliche Erinnerungen, die dich nichts angehen, Papa. Tagebücher und so.«
»Aha. Gut, gut.« Er brummelt in seinen weißen Bart, dass man gewisse Erinnerungen auch einfach ruhen lassen könne. »Vorwärtsschauen, Doris! Zurückschauen bringt nichts Gutes.« Sogar irgendetwas über die Büchse der Pandora

murmelt er, während er mit einem Staubwedel über unsere Kuckucksuhren fährt.
Vorwärtsschauen?
Sagt der Mann, der keine Frau mehr richtig angeschaut hat, seit meine Mutter gestorben ist. Sagt der Mann, der sein Schlafzimmer mit Fotos meiner Mutter geradezu tapeziert hat. Sagt der Mann, der sich an diesem Souvenirladen festklammert, obwohl er schon seit zwanzig Jahren pensioniert wäre. Sagt der Mann, der sich seit Jahren gegen jede winzigste Veränderung sträubt, womit auch mein Leben sozusagen programmiert ist, denn allein schafft er eigentlich nichts mehr.
Vorwärtsschauen! Schon klar, dass man in Papas Alter nicht mehr unbedingt nach vorn schauen mag. Wie viel Spannendes gibt es denn da noch zu sehen? Wie viel größer ist die Wahrscheinlichkeit, dass noch einige weniger schöne Erlebnisse auf einen warten? Krankheiten, Schmerzen, Abschiede, Verluste und so weiter?
Das geht mir ja schon mit meinen sechzig Jahren so. Ich werde in diesem Laden sterben. Wie es schon meine Mutter und meine Großeltern taten.
Das nennt man Tradition.
Oder Sippenhaft.
Vielleicht ist es einfach Schicksal. Oder – und in ganz ehrlichen Momenten sehe ich es genau so – es ist die Strafe für meine Mutlosigkeit. Ich habe mein Schicksal nicht selbst in die Hand genommen, war zu sehr brave, liebende Tochter, als dass ich meine Eltern hätte im Stich lassen können. Ich habe ganz einfach den Abflug verpasst, sicher auch wegen meiner eigenen Bequemlichkeit, wegen zu großer Dankbarkeit, wegen Schuldgefühlen – was weiß ich …

Selber schuld.
Aber hey: Es gibt schlimmere Schicksale. Ich könnte auch im hintersten afrikanischen Hochland geboren sein oder in irgendeinem Kriegsgebiet, dann wäre ich wahrscheinlich längst tot und hätte im Leben davor wenig zu lachen gehabt.
Vorwärtsschauen!
Manchmal langweile ich mich ein wenig in meinem Leben. Es ist so vorhersehbar. Immerhin habe ich eine Tochter, die für Überraschungen sorgt, und einen kleinen Enkel, den ich leider nicht kenne.
Mein Leben hat also noch Potenzial.
Und mit sechzig, da ist wohl für die meisten Menschen das meiste vorhersehbar. Da bin ich in guter Gesellschaft. Kaum einer krempelt sein Leben in diesem Alter noch um und fängt neu an. Die meisten sind im Gegenteil eher dankbar, dass ihr Alltag in geordneten Bahnen fernab von Katastrophen wie Krankheit, Trennung, Tod verläuft.
Ich weiß gar nicht, warum ich so schlecht drauf bin. Es könnte der Anflug einer winzigen Herbstdepression sein. Ich mag es gar nicht, wenn es beim Aufstehen noch dunkel ist. Und wenn wir den Laden schließen, ist es bereits wieder dunkel. Ich brauche Licht und Sonne. Früher habe ich mich darüber geärgert, wenn schon im Oktober die ersten Weihnachtsbeleuchtungen sichtbar wurden. Heute begrüße ich jedes Lichtlein und jedes Funkeln und Flimmern. Nun, die drei Rentiere, die drei Häuser weiter in einem Garten stehen und deren Geweihe blitzende Lichtstrahlen in wechselnden Farben durch die Gegend schicken, die mag ich nicht. Man kann alles übertreiben. Wenn die Lichter zu bunt und zu wild werden, muss ich schon ab und zu mal leer schlucken. Alles Geschmackssache. Mehr ist dazu

eigentlich nicht zu sagen. Gewisse Menschen outen sich halt an Weihnachten.

»Träumst du, Mädchen?«
Mädchen … schön wärs … obwohl: Möchte ich wirklich noch einmal ein Mädchen sein? Gewiss nicht.
»Hast du etwas gesagt?«, frage ich zurück.
»Ja, Doris, ich sagte: Geh nur nach oben. Ich schaffe den Rest hier schon. Viel wird jetzt nicht mehr los sein. Sonst rufe ich dich.«
Ich mustere meinen Vater unauffällig.
»Ich bin okay«, murrt er unwillig.
Ich nicke und verlasse mit meinem Köfferchen den Laden.

Es ist praktisch, direkt über dem Laden zu wohnen.
Sehr praktisch.
Wir wohnen im sogenannten Lüterhüsli an der großen Treppe zur Hofkirche, dem Glöcknerhaus also. Der Riegelbau soll um die fünfhundert Jahre alt sein. Früher haben darin die Leute gewohnt, die das riesige Kirchengeläut der Hofkirche bedient haben. Von Hand. Schon eines der ersten Geläute soll über zwölf Tonnen gewogen haben. Da brauchte der Sakristan einige Hilfskräfte. Nach dem Brand von 1633 wogen die neuen Glocken dann mehr als siebzehn Tonnen. Es brauchte mehrere Männer, um sie erklingen zu lassen. Unser Ladenlokal war damals übrigens ein Ziegenstall. Wir machen uns heute ab und zu darüber lustig. Wenn Unordnung herrscht, schimpft Papa: »Hier sieht es aus wie in einem Ziegenstall!« Oder wenn zu viele Leute im Laden sind und ein Durcheinander veranstalten, dann meckert er leise in seinen weißen Bart hinein, um an die Ziegen zu erinnern.

Wir leben gut hier.
Wir haben zwei kleine Wohnungen. Papa wohnt unten, ich oben. Eigentlich benützen wir meist seine Küche, sein Wohnzimmer. Aber ich kann mich nach oben zurückziehen, und dann lässt er mich in Ruhe. Darum funktioniert unser Zusammenleben so gut. Ich habe auch schon davon profitiert, als ich mit knapp zwanzig schwanger wurde und mein Kind ohne einen Partner großziehen musste. Ich habe im Laden mitgeholfen, und wir haben uns alle gemeinsam um meine Tochter Sandra gekümmert. Seit Mama gestorben ist, profitiert nun Papa von meiner Fürsorge.
Das Leben ist ein Geben und Nehmen.

Der Koffer!
Ich gehe hinauf in meine eigene Stube, um den roten Koffer zu öffnen. Ich bin gespannt auf seinen Inhalt. Dabei klingen die Worte meines Vaters in mir nach. Sollte man die Vergangenheit ruhen lassen? Doch sicher nur, wenn es eine schwierige, schwere Vergangenheit war. Meine war natürlich auch nicht immer eine rosarote Wolke, aber im Allgemeinen bin ich ganz gut durchs Leben gekommen.
Der Puppenkoffer ist abgeschlossen.
Ich lache laut auf.
Ich probiere mit diversen improvisierten Werkzeugen, von der Büroklammer bis zur Haarnadel, das winzige Schloss zu knacken. Irgendwann geht es auf. Es ist ja ein Puppenkoffer für Kinder und hat nur ein einfaches Spielzeugschloss. Trotzdem klopfe ich mir kurz auf die Schulter.
Der Inhalt enttäuscht allerdings ein wenig: Ich finde bloß ein Buch mit buntem Umschlag. Mein Tagebuch.
Es ist abgeschlossen.

Meine Güte!
War ich damals irgendwie neurotisch?
Litt ich unter Verfolgungswahn?
Dabei hatte ich doch keine Geheimnisse. Ich kann mich an das Tagebuch erinnern. Ich schrieb damals keine Texte. Ich zeichnete.
Zack.
Auch dieses Schloss ist offen.
Neugierig öffne ich das Buch.
Ein Tagebuch voller Zeichnungen, nur mit Datum versehen, manchmal mit einem einzigen Wort als Untertitel. Ja, das passt zu mir.
Ich blättere interessiert durch meine frühe Vergangenheit.

3

Das Tagebuch

Das Buch beginnt mit Skizzen von Ziegen. Schon als kleines Mädchen habe ich angefangen, Ziegen zu zeichnen, weil Papa und Opa immer betonten, unser Laden sei früher ein Ziegenstall gewesen. Ich war schon im Kindergarten die beste Ziegenzeichnerin weit und breit. Im Ziegenzeichnen hätte ich jeden Wettkampf der Welt gewonnen. Zeichnen und Malen war mir immer etwas vom Liebsten, und wenn im Laden nichts los war, haben Opa und Papa oft mit mir zusammen gemalt und mir Techniken und Tricks gezeigt. Opa war ein richtiger Künstler. Heute bin ich froh um diese Stunden, so konnte sich mein Talent entwickeln. Nun bin ich ja gewissermaßen eine Kugelkönigin geworden, und wir verkaufen dank meinen Skizzen doch noch unseren Überfluss an Christbaumkugeln. Allerdings hatte ich in meiner Jugend schon ambitioniertere Träume. Ich wollte an die Kunstgewerbeschule in Luzern. Heute schreibt sie sich Hochschule Luzern – Design Film Kunst. Aber eben: Mein Leben folgte einem anderen Design. Ich wurde früh schwanger, und in meinem Film hatte Kunst keinen Platz mehr. Allerdings war es auch eine Art Kunst, als alleinerziehende Frau durchs Leben zu gehen. Ich wurde Lebenskünstlerin, Überlebenskünstlerin. Das konnte ich gut. Meine Träume habe ich genauso weggeschlossen und eingesperrt wie dieses Tagebuch, allerdings mit viel komplizierteren Sicherheitsschlössern.

Die letzten Skizzen im Buch habe ich in England gemacht. Drei Monate lang besuchte ich eine Schule in London. Ich lebte in einer Wohnung mit fünf anderen jungen Leuten, vier Frauen und einem Mann. Das war eine wunderschöne, unbeschwerte Zeit. Wir waren voller Pläne und Träume. Wir waren erstmals weg von zu Hause, wollten etwas erleben.

Ich finde Zeichnungen vom Big Ben, Szenen in einem Pub: ein Barmusiker, eine Sängerin. Dann schaue ich mir die Skizzen an, die ich von meinen WG-Freundinnen gemacht habe.

Christa aus Frankfurt.

Die zarte Pariserin Isabelle.

Die lustige Lotte aus Wien.

Stefano, unser Mauerblümchen, von irgendwoher aus der Pampa Italiens. Er war der pickelgesichtige Außenseiter, die Brillenschlange, der Zahnspangengeschädigte. Wir igno-

rierten ihn meist, was nicht schwierig war, weil er ständig seine Nase in ein Buch steckte und schon einen roten Kopf bekam, wenn er uns nur ansah.
Und dann: Himari aus Japan, genauer aus Tokio.
Von ihr habe ich besonders viele Zeichnungen gemacht. Was für eine schöne junge Frau sie doch war! Mir gefielen ihre filigranen Gesichtszüge. Vor allem aber bezauberte mich ihr Lächeln, denn darin war immer eine gewisse Zurückhaltung, die mich anzog. Himari hatte etwas Unergründliches an sich, etwas Geheimnisvolles. Möglicherweise war sie einfach nur still und scheu, und ich habe da viel zu viel hineininterpretiert. Ich weiß noch heute nicht genau, warum sie mir am meisten bedeutete. Vielleicht war ich damals selber still und scheu? Jedenfalls im Vergleich zu Christa, Isabelle und Lotte, die sich mehr für Partys und Pubs interessierten als für unseren Sprachkurs. »Wir können auch im Nachtleben viel Englisch lernen«, betonten sie immer wieder.
Doch wir hatten auch untereinander viel Spaß, und als unsere gemeinsame Zeit um war, schworen wir einander, uns nicht aus den Augen zu verlieren.
Niemalsnie.
Und was ist passiert? Genau das!
Schade.
Innert kürzester Zeit hatten wir keinen Kontakt mehr, verloren uns aus den Augen, schienen uns vergessen zu haben. Damals gab es ja auch noch keine sozialen Netzwerke, auf denen man sich gegenseitig hätte verfolgen oder finden können. Man hatte irgendeine Adresse, die dann plötzlich nicht mehr aktuell war. Nach ein paar Jahren startete ich zwar eine Suche nach Himari, aber sie hat den häufigsten Nachnamen

in Japan: Sato. In der Zeitung »Die Welt« stieß ich einmal auf die Behauptung, dieser Name sei so verbreitet, dass im Jahr 2531 alle Japaner Sato heißen könnten. Keine Ahnung, wer das wie berechnet haben will, und es klingt ja auch ziemlich schräg. Doch zurzeit sind es immerhin zwei Millionen Menschen, die Sato heißen. Als ich bei der Englischschule nach Himari fragte, gab man sich zugeknöpft und wollte weder ihre Adresse noch die meiner anderen alten Freunde herausrücken. Tja, ich gab also die Suche auf.
Außerdem war ich ja selbst schuld, meldete mich fast von Anfang an bei niemandem mehr, hatte ganz andere Dinge im Kopf: Gleich nach meiner Rückkehr aus England war ich schwanger geworden. Von einem Pianisten, der hier in der Bar im »National« spielte und kurz darauf wieder irgendwo im fernen Ausland verschwand. Romica war Rumäne – und er war süß. Er sang und spielte sich mitten in mein Herz hinein. Nicht nur in meines, wie ich bald einmal feststellte. Romica hatte kein Interesse an mir und an einem Baby schon gar nicht. Er träumte von einer Karriere als Musiker, die er nie hatte, wie sich später herausstellte. Er blieb genau das, was er damals war: ein Barpianist. Nur wurde er Jahr für Jahr ein frustrierterer Barpianist, ein verbitterter Barpianist. Er fühlte sich überqualifiziert und unterschätzt.
All das wussten meine Freundinnen aus England nicht. Ich meldete mich nicht mehr bei ihnen, sie sich schon bald auch nicht mehr bei mir. Und dann waren wie gesagt die Adressen nicht mehr gültig.

Ich schaue mir wieder meine Zeichnungen von Himari an und denke, dass sie mir wirklich gut gelungen sind.
Mein Handy klingelt.

Fast will ich wieder auflegen, weil jemand Englisch auf mich einspricht. Diese blöden Fake-Anrufe von irgendwelchen Firmen, die mir angeblich helfen wollen, nerven wirklich.

Aber dann …

Es ist Himari!

Himari aus Japan!

»Himari, wie schön, dich zu hören«, bringe ich gerade noch heraus. Ich kann ihr unmöglich sagen, dass sie genau jetzt anruft, wo ich nach all den Jahren die Zeichnungen betrachte, die ich damals von ihr gemacht habe. Das glaubt mir ja kein Mensch.

Ist das Magie? Zufall? Schicksal?

Meine Mutter sagte immer: »Es gibt keinen Zufall.«

Also doch Magie? Gedankenübertragung?

»Doris? Bist du da?«, fragt Himari in mein Schweigen hinein. Ich war wohl doch etwas zu lange sprachlos.

»Jaja«, bestätige ich schnell. »Es ist eine große Freude, dass du anrufst. Geht es dir gut?«

»Ja. Es geht mir gut. Und dir?«

»Alles gut bei mir.«

Was soll ich anderes sagen. Da wären vierzig Jahre, die ich erzählen müsste. Vierzig lange Jahre, in denen das Leben die unterschiedlichsten Geschichten schrieb. Gute und schlechte. Und die mich am Ende ganz zufrieden zurückließen.

»Ich rufe nur ganz kurz an, um zu fragen, ob du noch in Luzern bist. Meine Assistentin hat deine Nummer gefunden und sagte, du arbeitest in einem Souvenirladen?«

Es klingt, als wäre das eher etwas Anrüchiges.

Daher sage ich: »Mir gehört ein Souvenirladen. Ja.«

»Ich komme nach Luzern. Im Dezember. Nur kurz.«

»Großartig. Brauchst du eine Unterkunft?« Ich hätte sofort wieder meine Wohnung mit ihr geteilt.
»Nein, nein, ich werde im Hotel Schweizerhof wohnen, am See«, erklärt sie.
»Perfekt!«, sage ich und denke, dass Himari recht gut gebettet sein muss, wenn sie dort absteigen kann. »Das ist ein wunderschönes Hotel. Da wird es dir an nichts fehlen. Ich wohne ganz in der Nähe.«
»Das freut mich.«
Ohne zu überlegen, sage ich dann: »Himari, was meinst du, wenn deine Assistentin mich ausfindig gemacht hat, könnte sie nicht auch etwas über Christa, Isabelle und Lotte erfahren?«
»Du meinst, es gibt so eine Art Klassentreffen?« Himari wirkt nicht gerade begeistert.
»Warum nicht? Wir hatten es doch gut zusammen«, verteidige ich meine Idee.
»Das wäre natürlich möglich. Es ist aber eher unwahrscheinlich, dass alle vor Weihnachten Zeit haben, nach Luzern zu kommen«, gibt Himari zu bedenken.
»Schon gut«, antworte ich schnell. »Es war ja nur so ein spontaner Einfall. Es ist wunderschön, dass wir zwei uns bald treffen. Ich freue mich riesig. Melde dich einfach, sobald du ankommst. Ich habe zwar im Dezember ein paar Termine und muss viel arbeiten. Aber für dich werde ich mir Zeit nehmen, Himari. Und abends habe ich sowieso immer frei.«
»Danke, Doris. Das ist sehr nett von dir.«
»Danke zurück.«
Wir tauschen unsere E-Mail-Adressen aus und verabschieden uns; zwar kurz, aber mehr als höflich. Von meiner Arbeit her kenne ich ja die Japaner inzwischen ein wenig. Die

Etikette ist wichtig. Ich verneige mich sogar leicht, obwohl Himari das gar nicht sehen kann.

Himari.
Ihr Name bedeutet Sonnenblume.
In meinem Herzen geht gerade eine besonders schöne Sonnenblume auf.
Ich bleibe eine Weile auf dem Sofa sitzen, muss mich von der Überraschung erholen und auch von dem Umstand, dass Himaris Anruf kam, als ich auf ein Bild von ihr starrte und erstmals seit vielen Jahren wieder so intensiv an sie dachte.
Das ist verrückt.
Darüber muss man schon nachdenken.
Ich ziehe vorsichtig das Tagebuch auf meinen Schoß und versuche ganz fest, mir Christa in Erinnerung zu rufen. Sie war frech, laut, mutig. Eine Anführerin. Sie hatte immer eine Idee, einen Plan, einen Grund zum Feiern. Ich konzentriere mich auf ihre Gesichtszüge.
Wird sie mich jetzt anrufen? Habe ich magische Kräfte?
Kein Anruf!
Nichts.
Ganz ehrlich: Ich bin froh darüber. Das wäre doch wirklich unheimlich gewesen, wenn ich plötzlich übersinnliche Begabungen in mir entdeckt hätte.
Trotzdem schaue ich noch einmal kurz aufs Handy.
Kein Anruf.
Ich atme ein und aus und ein und aus.
Ich bin ganz normal.
Kein Medium. Keine Hexe.
Nichts.
Gut so.

4
Die Liegende

Natürlich schicke ich Himari ein paar Fotos von den Skizzen aus meinem Tagebuch, um die alten Zeiten hochleben zu lassen. Auf einem Bild hatte ich lauter Sonnenblumen um Himari herum gezeichnet. Es gefällt mir heute noch. Sie reagiert nicht. Egal. Wir sehen uns ja bald.

»Du weißt schon, dass du wenig Zeit für deinen Gast haben wirst«, warnt mich Papa immer wieder, wenn ich von Himari erzähle.

Gerade sitzen wir an einem späten Sonntagsmittagessen. Papa hat seinen Hörnligratin aus dem Ofen geholt, und die ganze Küche duftet nach dem Käse, den er reichlich darübergestreut hat. Er kann nur zwei Gerichte wirklich gut kochen: Hörnligratin und Käsefondue. Aber immerhin. Wie viele Männer in seinem Alter kochen überhaupt noch oder haben je gekocht?

»Jaja. Simon wird ja auch ab und zu aushelfen«, antworte ich auf seine Bedenken. Simon ist ein Musikstudent, der recht flexibel für uns arbeiten kann. Aber ich weiß natürlich, dass ich selbst viel Zeit im Laden werde verbringen müssen. Am Abend werde ich jeweils todmüde sein, will mir aber auf jeden Fall trotzdem viel Zeit für meine japanische Freundin nehmen. Und vielleicht hilft mir das ja, den Dezember ein wenig gnädiger zu betrachten als üblich. Nor-

malerweise sehe ich den Dezember vor lauter Christbaumkugeln meist gar nicht mehr.
Mein Papa mag den Dezember. Er trägt dann eine rote Samtmütze und sieht – dank seinem weißen, langen Bart – wie der Weihnachtsmann persönlich aus. Die Touristen lieben das und lassen sich mit ihm fotografieren. Papa steht gern im Mittelpunkt. Er mag möglichst viele Menschen um sich herum. Das ist gut fürs Geschäft. Und gut für Papa.
»Himari ist ein schöner Name«, meint er, als ich ihm von der Sonnenblume erzähle, und fügt an: »Aber du weißt schon, dass du den allerschönsten Namen hast?«
Ich nicke und weiß ganz genau, was jetzt kommt, könnte es wortwörtlich mitsprechen.
»Doris kommt aus dem Griechischen und heißt: Geschenk Gottes. Für uns warst du das – und du bist es noch immer: ein echtes Geschenk Gottes.«
Wir umarmen uns kurz. Ich weiß das natürlich längst. Aber es ist immer wieder schön, wenn Papa das sagt. Und ich weiß auch, dass »Doris« noch eine andere Bedeutung hat: DORIS ist außerdem ein Akronym, ein Initialwort. Die Buchstaben D – O – R – I – S sind auch die Anfangsbuchstaben von »Digitales Oberösterreichisches Raum-Informations-System«; das ist ein System, das Daten von Grundstücken, Straßen, Naturschutzgebieten und so weiter sammelt. Nicht besonders sexy. Meine Tochter Sandra hat mir das einmal unter die Nase gerieben, als Papa mich wieder als Geschenk Gottes bezeichnete, notabene zu einem Zeitpunkt, als sie mich wohl eher als Plage Gottes sah.
»Träumst du?«, fragt Papa.
»Ich denke halt so vor mich hin«, antworte ich vage.
»Man kann auch zu viel denken.«

»Stimmt.«
»Wir sollten einen Sonntagsspaziergang machen… Wie früher.«
»Nicht heute, es ist so dunkel und grau und nebelverhangen«, wehre ich mich jammernd. Dabei weiß ich genau: Wir werden spazieren gehen. Papa setzt sich immer durch. Natürlich auch deshalb, weil ich ja durchaus einsehe, dass uns beiden Bewegung und frische Luft guttut.
Papa war immerhin schon im Sonntagsgottesdienst, den er eigentlich nie auslässt. Ich verbringe den Sonntagmorgen meist lieber im Bett, lese ein Buch, döse vor mich hin, lade meine inneren Batterien auf. Möglicherweise braucht man immer mehr Zeit für dieses Aufladen, je älter man wird. Jedenfalls geht das fast allen über sechzig so, außer meinem Vater. Oder er holt tatsächlich seine Energie aus dem Gottesdienst in der Hofkirche.

Etwas später marschieren wir dann dem See entlang Richtung Verkehrshaus. Viele Menschen sind unterwegs, schlechtes Wetter hin oder her. Ich wickle den Schal noch ein weiteres Mal um meinen Hals.
»Wenn ich einmal groß bin, wandere ich aus – in ein sonniges Land«, sage ich.
Papa antwortet nicht, denn er kennt diesen Spruch, und er weiß, ich bin längst groß und werde also nicht mehr auswandern. Dabei wandern ja viele Schweizer erst nach ihrer Pensionierung aus. Meine Zeit wäre also noch nicht abgelaufen. Eine Statistik, die ich kürzlich irgendwo sah, erzählte von über hunderttausend Schweizern, die jedes Jahr auswandern. Über hunderttausend! Warum sollte ich nicht auch zu ihnen gehören? Rein theoretisch…

Natürlich will Papa auch bei der »Liegenden« vorbeischauen. Er liebt diese Bronzefigur des Bildhauers Roland Duss. Die Bronzedame liegt schon seit 1940 am Carl-Spitteler-Quai und habe damals für ziemlichen Aufruhr gesorgt. Die nackte, lässig daliegende Figur »verletze die Ehrfurcht der Frau«, hieß es. Sie wurde mehrmals mit Farbe beschmiert oder – was ich irgendwie noch witzig finde – sogar angekleidet. Was für eine andere Zeit!

Nun, Mama sagte vor vielen Jahren einmal, wir sollten ihre Asche nach ihrem Tod genau hier in den Vierwaldstättersee streuen. Oder einfach um die schöne Skulptur herum. So würden wir Geld für einen Grabstein sparen, und sie hätte einen mächtigen, prächtigen Grabstein. Wir lachten damals und versprachen es ihr ganz fest. In der Schweiz ist man ja mit dem Umgang der Asche von Verstorbenen recht frei. Und wir dachten, Mama würde sowieso nie sterben.

Niemalsnie.

Weil es einfach so undenkbar war, ein Leben ohne sie. Und dann war sie zwei Jahre später tot. Bei Nacht und Nebel haben wir dann tatsächlich ihre Asche bei der »Liegenden« und im See verstreut. Und bis heute stellen wir manchmal bei Nacht und Nebel eine Kerze an ihr imposantes Grabmal. Manchmal legen wir auch Blumen nieder.

»Weißt du, warum die ›Liegende‹ deine Mutter angesprochen hat? Schau sie an! Sie hat eine Ähnlichkeit mit ihr«, sagt Papa heute zum ersten Mal.

Ich schaue genauer hin. Aber ich sehe nur eine Bronzeskulptur. Meine Mutter war lebendig, fröhlich, fürsorglich, voller Wärme und Witz.

»Meinst du?«, frage ich zweifelnd.

»Sicher.«

»Sie hat jedenfalls einen wunderschönen Grabstein, einen würdigen, einen passenden.«
»Ja«, bestätigt Papa und weint ein paar winzige Tränen. Trauer sei der Preis der Liebe, sagte er einmal. Und die beiden hatten eine schöne Liebe, eine, die ich mir auch gewünscht hätte. Die ich mir manchmal, ganz insgeheim, immer noch wünsche, obwohl meine Chancen auf eine neue Beziehung nicht mehr groß sind. Meine Freundin Aurora meinte neulich, wir älteren Damen müssten eben auf dem Wühltisch der Restposten einen Mann suchen. Da finde man halt nicht mehr so viel Großartiges. Das Gute sei längst weg.
Restposten!
Gehts noch!
Ich habe keine Lust, zu wühlen. Außerdem bin ich ja selber ein Restposten, wenn man das so sehen will.
Papa legt einen kleinen bunten Stein auf den Sockel der »Liegenden«. Irgendetwas hinterlässt er hier immer. Irgendjemand räumt das dann jeweils wieder weg.
Und dann gehen wir weiter. Schweigend. Jeder hängt seinen eigenen Gedanken nach. Dafür ist das Spazieren doch gemacht: für das Nachdenken.
»Hast du auch gelesen, dass Luzern jetzt nicht mehr der Schweinekanton ist?«, platzt Papa plötzlich in meine Gedankenwelt hinein.
»Wie meinst du das?« Ich bin grad ein wenig überrascht. Wie kommt er jetzt auf Schweine?
»Luzern galt als der offizielle Schweinekanton.«
»Ich weiß.«
»Weil mehr Schweine im Kanton lebten als Menschen.«
»Ich weiß. Und weil in keinem Kanton mehr Schweine leben als im Kanton Luzern.«

»Ja. Aber jetzt ist es erstmals nicht mehr so. Nun sind es mehr Menschen als Schweine.«
»Und? Ist das jetzt gut oder schlecht? Die Leute wollen wohl einfach nicht mehr so viel Schweinefleisch essen.« Eigentlich will ich gerade nicht über Schweine nachdenken.
»Oder es hat einfach viel zu viele Leute.«
»Na, na, Papa. Wir wollen das mit dem Schweinekanton ja nicht zu einem Gesetz erklären. Wir haben sicher noch genug Viecher.«
»Ja, ich glaube über eine Million Hühner, und immerhin noch immer über vierhunderttausend Schweine.«
»Das reicht«, sage ich, weil ich weder über Schweine nachdenken noch über sie reden will. Wer will denn in einem »Schweinekanton« leben? Aber ich habe mich tatsächlich immer gewundert, wo diese Schweine eigentlich alle hausten. Mir ist in den letzten Jahren jedenfalls nie irgendwo auch nur ein einziges Schwein begegnet. Vielleicht sind sie alle in irgendwelchen geschlossenen Tierfabriken zusammengepfercht, eingemauert? Menschen begegnen uns ständig und überall. Und alle anderen Tiere auch. Schweine nicht. Es gelingt mir doch nicht, meine Gedanken anderswohin zu lenken.
Papa hat mich anscheinend sowieso nicht gehört, denn er spinnt den Faden weiter: »Vielleicht haben wir einfach immer weniger Landwirtschaft. Alles wird zugebaut.«
»Mag sein.«
»Doris, es ist einfach so: Manchmal hätte ich lieber mehr Schweine als immer noch mehr Menschen.«
Ich lache ihn aus und erkläre ungerührt: »Du hast doch gern viele Leute um dich herum. Dir kann es doch gar nicht genug Rummel geben.«

Er brummelt etwas in seinen Bart, wehrt sich aber nicht groß, weil er weiß, dass ich recht habe. Und manchmal will er einfach ein wenig schimpfen. Notfalls über Schweine und Menschen und deren Anzahl.

»Aber Kind, jetzt planen die sogar schon eine Seilbahn vom Industriegebiet Ibach via Kantonsspital in die Altstadt, um die Zahl der Busse und das Parkplatzchaos zu reduzieren!«, sagt er dann.

»Das gefällt mir«, erwidere ich.

»Das gefällt dir?«

»Ja, ich mag Seilbahnen.« Und manchmal mag ich es auch, meinem Vater zu widersprechen. Einfach so. Wahrscheinlich, weil ich seine Tochter bin.

Ansonsten liebe ich diesen alten Mann.

Sehr.

Ich liebe ihn mit all seinen Ecken und Kanten und bin froh, dass er keine Kugel ist.

Vielleicht ist alles gut so, wie es ist.

Ziemlich sicher sogar.

Statt eines Ehemannes habe ich einen Vater. Es gibt so viele Arten von Liebe, und alle sind beglückend, bereichernd, wohltuend.

Ich bin nicht allein.

Im Verkehrshaus trinken wir im Selbstbedienungsrestaurant jeweils einen Kaffee. Mitten unter Familien. Mitten im Trubel. Da wird gelacht und geweint und getobt und gespielt. Und natürlich auch gegessen und getrunken. Ab und zu wird auch an unserem Tisch, an unseren Stühlen ein wenig gerüttelt. Papa fühlt sich wohl und schaut sich um, beobachtet aufmerksam die jungen Familien und die Kinder mit mehr oder mit weniger Erziehung. Wenn ich dann schon anfange, mich aufzuregen, lächelt er nur milde. Vielleicht weil er einfach froh ist, dass ich schon groß bin und er sich weniger mit mir herumärgern muss. Und Sandra, seine Enkelin, die ebenfalls viel Zeit mit ihm hier verbracht hat, ist auch längst selbständig. Sehnt er sich am Ende nach Kindern? Mein Enkelkind jedenfalls kann er leider nicht aufwachsen sehen. Aber das ist eine andere Geschichte.

Meine Eltern sind mit mir fast wöchentlich ins Verkehrshaus gegangen, als ich klein war. Zeitweise lebte ich in der Überzeugung, es gehöre uns, sei eine Art Ableger unseres Hauses, eine Dependance. Ich erinnere mich gern an die ersten Besuche im Planetarium und wie ich staunend unter dem Sternenzelt saß. Oder wie ich in der Posthalle mit meinem Vater telefonierte. Und dann erstmals ein Flugzeug betreten durfte.

Heute ist das meistbesuchte Museum der Schweiz natürlich hypermodern. 2024 habe man über eine Million Eintritte gezählt. Das glaube ich sofort. Egal, zu welcher Uhrzeit Papa und ich nämlich hierherkommen – inzwischen halt meist bloß zu einem Kaffee oder einem kleinen Imbiss –, wir erleben immer Hochbetrieb. Gerade hat ein kleines Mädchen Papa so angerempelt, dass er etwas Kaffee auf seine Hose verschüttet. Die Mutter des Kindes schaut derweil konzentriert auf ihr Handy. Das Kind bleibt kurz stehen, wartet auf eine Reaktion und rennt dann davon.

Papa lächelt in seinen Bart.

Und ich lächle vor mich hin.

Zufrieden mit mir und der Welt.

»Hübsch siehst du aus, wenn du so lächelst«, sagt Papa unvermittelt.

Hübsch?

Ich bin nicht besonders hübsch und attraktiv. Mein Spiegelbild sagt mir, dass ich gut genug aussehe. Nett. Ich habe leider sehr dünnes Haar, aber es ist immerhin blond, heute natürlich eher aschblond. Um das fehlende Volumen wettzumachen, stecke ich es seit Jahren kunstvoll hoch, mit einer ausgefeilten Technik, sodass es immer wirkt, als hätte ich es nachlässig in einer Minute irgendwie aufgetürmt. Das gefällt mir. Das finde ich hübsch. Aber ansonsten: Ich bin nicht die Frau, nach der sich die Männer umdrehen. Nicht mehr. Ich bin ein wenig farblos geworden, blass, unscheinbar. Vielleicht weil mein Leben auch so ist.
Schön, wenn Papa das anders sieht.

5

Die England-Gruppe

Und dann gibt es plötzlich eine Whatsapp-Gruppe.
Himaris Assistentin scheint eine Super-Spionage-Agentin zu sein. Nach einer Woche macht es auf meinem Handy plingplingpling, und wir sind alle miteinander verbunden.
The England Group.
Lustig. Als wären wir eine Gang.
Zusammengetrommelt von Himaris Agentin 007.
Himari.
Ich.
Christa.
Isabelle.

Lotte.
Stefano.
Meine Güte, sogar Stefano wurde über unser Dezembertreffen informiert!
Am Anfang des Chats steht die Frage, wer im Dezember wann nach Luzern kommen könnte. Himari hat die Daten ihres Aufenthalts schon eingetragen. Ich schreibe sofort, dass ich hier lebe und also sowieso fast immer in Luzern sei. Und dass ich mich über jede Begegnung freuen würde.
Und jetzt warte ich.
Das ist spannend.
Sehr spannend.
Denn es passiert nichts.
Gar nichts.
Ein bisschen enttäuscht bin ich schon.
Darum konzentriere ich mich auf unseren kleinen Laden.

Jeweils am ersten Sonntag im Dezember findet der große Auszug des Hofsamichlaus statt. Das ist eine alte Tradition. Also ziemlich alt. Jedenfalls erzählen bereits Zeitungsberichte aus dem Jahr 1908 davon. Wir sind immer dabei. Und wie immer hat Papa Tränen in den Augen, als der Hofsamichlaus mit Gefolge aus der Kirche kommt. Auch der Auszug verläuft nach einer stets wiederkehrenden Choreografie: Die Herolde spielen auf ihren Blasinstrumenten die immer gleichen Melodien, der Bischof wird von Zwergen, Ministranten und Diakonen begleitet.
Auch ich bin gerührt. So viele Erinnerungen kommen hoch. Schließlich war ich schon als Kind dabei, war selber mal bei den Zwergen dabei, und ich erinnere mich an meine Tränen, als Sandra als Zwerg die Hoftreppe herunterkam.

Heute bedeutet dieser Tag auch für Papa und mich immer den Startschuss für alles: Die Adventszeit beginnt. Papa setzt sich jetzt täglich die rote Zipfelmütze auf. Vor dem Laden stehen unsere großen Werbeplakate, die die handgemalten Christbaumkugeln anpreisen und das Datum für den Bastelsamstag im Pfarreisaal St. Leodegar angeben. Dieses Jahr wird es der 14. Dezember sein.

Wir haben schon am Morgen die bunten Kugeln aus dem Keller geholt und auch das Geschäft damit dekoriert. Natürlich nicht Papa und ich, sondern Simon und ich. Papa betritt ja den Keller nicht, da macht er keine Ausnahme.

Ich mag Simon, den Musikstudenten, er bringt mit seiner fröhlichen Art jeweils Leben in den Laden. Von mir aus könnte er öfter aushelfen, aber meist schaffen es Papa und ich ja gut allein.

»Der Laden könnte jetzt auch Kugellager heißen, das wäre doch cool«, witzelt der junge Mann. Er staunt, wie viele Christbaumkugeln in einem so kleinen Raum Platz haben, wenn man sie gekonnt stapelt, schichtet und auftürmt.

Nachdem wir die Kugeln im Laden eingeräumt haben, sind wir alle drei zufrieden, denn es sieht eben nicht nach einem Kugellager aus, sondern wie eine gemütliche, bunte Weihnachtsboutique. Zum Üben hat Simon mir ein paar Fotos mitgebracht. Ich skizziere seine Geigenlehrerin, einen Kumpel von ihm, eine Freundin. Und bin erleichtert: Ich kann es noch. Wenn man eine Begabung hat, die einem mehrheitlich geschenkt wurde, könnte diese sich ja einfach so wieder verflüchtigen, fürchte ich manchmal. Doch sie ist noch da.

»Kannst du die Nase meiner Geigenlehrerin etwas kleiner zeichnen als im Original? Und das Gesicht etwas schmaler?«, bittet mich Simon.

Als ich ihn fragend anschaue, erklärt er: »Sie hat mir einmal erzählt, dass sie ihre Nase zu lang findet, und sie hadert ständig mit ihrem Gewicht, macht irgendwelche exotischen Diäten.«
Ich lächle und male die Geigenlehrerin so, wie sie gern aussehen würde.

Plötzlich – als ich schon nicht mehr daran glaube – kommen die Chat-Nachrichten.
Schlag auf Schlag.
Als Erster meldet sich Stefano, was mich überrascht.
»Ich komme für ein paar Tage. Kann auch von Luzern aus arbeiten. Bin gespannt auf euch! Ich wohne im Hotel Rebstock. Direkt bei Doris' Laden. Komme am 12. Dezember an. Stefano.«
Was er wohl arbeitet? Von Luzern aus?
Isabelle meldet sich: »Komme auch am 12. Dezember. Freue mich auf eine Auszeit. Wir haben eh grad Betriebsferien. Habe mich auch im ›Rebstock‹ angemeldet. Das wird lustig! Grüße aus England, Isabelle.«
Wieso grüßt die Pariserin aus England?
Lotte schreibt aus Wien: »Ihr seid verrückt! Na gut, dann versuche ich auch, dabei zu sein. Muss aber eine günstige Unterkunft finden. Luzern ist ein teures Pflaster. Eure Lotte.«
Unsere Lotte. Spontan lade ich sie ein, bei mir zu wohnen. Wahrscheinlich geht es ihr finanziell nicht so gut. Wir werden es schon ein paar Tage lang zusammen aushalten. Zumindest früher war sie eine sehr pflegeleichte Ulknudel.
Als Letzte meldet sich Christa – sie schreibt nur, sie sei auch dabei.
Wow, alle kommen!

Himari reist am 14. Dezember an. Sie schreibt, dass sie an einem Symposium von Hirnspezialisten im KKL Luzern teilnimmt.
Ist sie Ärztin? Wissenschaftlerin? Forscherin? Oder die Assistentin einer Ärztin? Die Ehefrau eines Arztes?
Ich staune.
Und bin ein wenig neidisch.
Sie hat wahrscheinlich wirklich das gemacht, was sie schon als junges Mädchen verkündet hatte: Sie hat Medizin studiert. Sie hat ihr Ding durchgezogen, ist nicht vom Weg abgekommen. Wie viele von den anderen haben das wohl auch geschafft?
Wer konnte seine Träume erfüllen, seine Ziele erreichen? Ich schon mal nicht. Frau Möchtegernkünstlerin bemalt jetzt Christbaumkugeln.
Isabelle, die Pariserin, träumte von einer großen Familie. Christa hatte jede Woche einen anderen Lebensplan. Sie wollte als Fotografin die Welt bereisen, Theater spielen, mit einem Zirkus unterwegs sein, Sprachlehrerin werden. Das sind nur die paar Berufswünsche, an die ich mich erinnere. Lotte wollte in der Pflege arbeiten.
Und Stefano? Ihm hörten wir sowieso nie zu. Und er redete auch wenig. Ob er wohl Buchhändler geworden ist? Oder besser: Bibliothekar. Das hätte ich ihm damals geraten. Ich kann ihn mir gar nicht vorstellen ohne ein Buch in der Hand.

»Wolltest du immer schon unseren Laden führen?«, frage ich Papa beim Abendessen. Er hat seinen Hörnligratin für Simon und mich gekocht. Unglaublich, aber ich habe ihn das tatsächlich noch nie gefragt, es einfach immer vorausgesetzt.

»Ach, Kind …«, antwortet Papa mit einem traurigen Lächeln. »Ich hatte auch mal andere Träume. Als Junge wollte ich Lastwagenfahrer werden. Später wäre ich gern Lehrer geworden. Aber wieso hätte man mir diese teure Ausbildung finanzieren sollen, wenn für alle ohnehin klar war, dass ich einmal hier einsteigen würde? Ich war das einzige Kind.«
Ich denke einen Moment lang nach, stelle mir Papa als Lehrer vor. Ja. Er wäre ein liebevoller Lehrer gewesen, einer mit Mitgefühl, einer mit Verstand. Als ich ihm das sage, freut er sich.
Simon findet, man müsse unbedingt seine Träume realisieren: »Es gibt keine Entschuldigung, keine Ausrede. Man muss dafür kämpfen.«
Simon ist noch jung. Es ist in Ordnung, wenn er so denkt. Er studiert Musik. Hätte er keinen Idealismus, könnte er nicht an seine Träume glauben: Was würde ihn dann antreiben? Er spielt jeden Tag mehrere Stunden Geige. Mehrere Stunden! Das ist schon bewundernswert.
Papa und ich schauen uns an. Und wir verstehen uns.
»Wovon träumst du?«, frage ich Simon neugierig.
»Ach …«
»Na, komm! Wenn das Leben ein Wunschkonzert wäre: Was dann?«
»Ich möchte sicher nie Geigenlehrer werden. Das macht man, wenn alles andere nicht hinhaut, sozusagen im Worst Case. Ich möchte in einem großen Orchester um die Welt reisen. Und ich würde gern komponieren. Das tue ich natürlich jetzt schon. Am Computer. Aber ich möchte meine Kompositionen live hören, gespielt von professionellen Musikern. Vielleicht könnte ich Filmmusik machen.«
»Das klingt spannend.«

Simon ist es peinlich, dass er so offen war.
Ich erzähle von unserem England-Treffen und wie gespannt ich bin, was aus den jungen Leuten von damals geworden ist.
Papa singt: »Mit siebzehn hat man noch Träume, da wachsen noch alle Bäume – in den Himmel der Liebe.« Singen ist nicht seine Stärke, und wir lachen alle gemeinsam über den alten Schlager.
»Wir waren allerdings schon zwanzig«, halte ich entgegen.
»Trotzdem noch Kinder«, lacht Papa.
Simon räuspert sich. Als Kind möchte er sich mit seinen neunzehn Jahren nicht bezeichnen lassen. Er ist auch keines. Er ist inzwischen ein sehr, sehr wertvoller Mitarbeiter unseres Ladens geworden. Allerdings natürlich nur auf Zeit. Irgendwann schließt er sein Studium ab und zieht mit seiner Geige in die Welt hinaus.
Jetzt schon hat er sehr viele andere Möglichkeiten, Geld zu verdienen. Er spielt auch im KKL Luzern bei diesen wunderbaren Produktionen des 21st Century Orchestra mit, wo auf der Großleinwand Kinofilme gezeigt werden und das Orchester live die Musik spielt. Ich hatte mir mit Papa einmal »Love Actually« angeschaut. Die Texte kamen original aus dem Film, die Musik dazu vom Orchester, alles perfekt synchronisiert. Das war ein unvergessliches Erlebnis, ein richtiger Genuss für alle Sinne.
Natürlich, so ein Konzert finde ich toll – im Alltag mag ich aber auch weniger anspruchsvolle Musik. Für Simon ist das nicht immer einfach: Auch wenn er ganz gern bei uns arbeitet – wohl auch, um mal etwas ganz anderes zu machen als Musik –, wegen unserer Musikberieselung im Laden protestiert er oft heftig. Vor allem im Dezember. Wir haben diver-

se Weihnachts-CDs, die abwechselnd rund um die Uhr gespielt werden. Ich mag die von Michael Bublé oder Mariah Carey, Papa die von Helene Fischer oder Helmut Lotti.

»Dann bring doch selber mal eine Weihnachts-CD mit«, hat Papa Simon eines Tages aufgefordert, als er sich mal wieder in dramatischer Geste den Finger in den Hals steckte, als Helene Fischer zum hundertsten Mal »In der Weihnachtsbäckerei« sang.

Simon lachte ihn aus und meinte: »Ich habe doch keine CDs! Ihr seid ja lustig. Keiner kauft mehr CDs. Ich lade die Musik auf mein Handy.«

Es sagt ja wohl alles über mich und mein Alter aus, wenn ich mich noch richtig gut daran erinnern kann, als die ersten CDs auf den Markt kamen. Ich dachte damals, dass diese niemals die Schallplatten ersetzen würden.

Ha, von wegen! Heute wissen Kinder gar nicht mehr, was eine LP ist. Und jetzt sind also sogar CDs überholt. Von Kassetten wollen wir gar nicht erst reden.

Ich sehe manchmal Papas verlorenen Blick, wenn er wieder einmal merkt, dass der Lauf der Zeit an ihm vorbeigerannt ist, ihn überholt oder gar völlig überrollt hat.

Ich verstehe ihn gut.

Neulich saß in einer deutschen Talkshow im Fernsehen eine junge Frau, die ein millionenschweres Geschäftsmodell aus der Idee entwickelt hat, älteren Geschäftsleuten die jungen Menschen von heute zu erklären, die Generation Z: Wie sie ticken, was für Ansprüche ans Leben sie stellen, wie man sie am besten anspricht oder bewirbt oder anlockt. Wie man mit ihnen in der Arbeitswelt am besten zurechtkommt. Ich staunte: Da saß eine Fünfundzwanzigjährige mit einem Selbstbewusstsein, wie ich es heute noch nicht habe, und

erklärte den älteren Gästen ihre Weltanschauung. Und sie war ganz klar der Überzeugung, die Welt müsse sich um die jungen Leute drehen. Da die Boomer-Generation, also Menschen wie ich, bald pensioniert würden, bekäme die Generation Z eine noch größere Bedeutung, um nicht zu sagen Macht. Man müsse sich auf sie einstellen, sich ihnen anpassen, um sie werben.
Ab und zu könnten Papa und ich auch jemanden brauchen, der uns die Welt erklärt... Aber ich nehme mir immer häufiger die Freiheit, anders zu sein, altbacken, altmodisch, verständnislos oder einfach an vielen Dingen nicht interessiert. Ich bin immer offen für Neues, aber nicht um jeden Preis, und ich renne nicht jedem Trend hinterher.
Ich bin sechzig. Ich weiß, ich wiederhole mich. Trotzdem: Ich kann und darf jetzt, muss aber nicht unbedingt. Jedenfalls nicht alles.

6

Lotte

Und dann geht es los.
Das große Treffen bahnt sich an.
Als Erste reist tatsächlich Lotte aus Wien an, steht plötzlich im Laden. Immerhin hat sie ja eine kostenlose Unterkunft bei mir. Vielleicht will sie das ein wenig genießen, wofür sie mein Verständnis hat. Ich hätte Lotte nicht mehr erkannt. Die kleine Frau ist rundlich geworden. Ihr Haar trägt sie

kurz und rot gefärbt, die Lippen sind pink bemalt, ihre Brille ist blau, die warme Jacke hellgrün. Lotte präsentiert sich als bunte, fröhliche Erscheinung. Und sie lacht und plaudert ungehemmt wie eh und je.

Ich stelle sie Papa vor, und sofort erklärt sie, sie werde für uns kochen, wenn wir doch arbeiten müssten. Bevor ich mich wehren kann, findet Papa das großartig. Auch im Laden möchte sie mithelfen. Und Papa findet auch das großartig. Eine fremde Frau kommt daher, und er lässt sie in unserem Laden mithelfen? Ich bin wirklich erstaunt. Lotte war damals schon ein fröhlicher Wirbelwind, und die Jahre haben ihre stürmische Art nicht gebremst. Gegen sie bin ich ein laues Lüftchen.

Ich frage sie, wie es möglich war, so schnell Urlaub zu bekommen, und das noch in der Vorweihnachtszeit.

»Ich arbeite bei Lidl als Verkäuferin. Meine Chefin war tatsächlich froh, dass ich einmal länger freinehme, auch wenn es natürlich nicht gerade die ideale Zeit dafür ist. Ich habe einfach zu viele Überstunden angehäuft. Meine Kolleginnen haben Familien, zum Teil kleine Kinder. Klar, ich springe immer wieder ein, wenn es mich braucht. Ich arbeite ja gern. Aber sie hätte mir die Überzeit irgendwann auszahlen müssen. So ist es ihr natürlich lieber.«

Lotte arbeitet gern. Bei Lidl. Als Verkäuferin.

Ich höre und staune.

Noch mehr, als sie weiterfährt: »Abends mache ich Änderungen an Kleidern. Du erinnerst dich vielleicht, ich kann halt gut nähen. Das hat sich irgendwie herumgesprochen, und plötzlich hatte ich da eine Art Business, das ich gar nie gesucht habe. Das wäre sogar noch ausbaufähig.«

Sie könne das Geld gut gebrauchen.

»Und ich arbeite ja gern. Aber jetzt einmal so unerwartet Ferien zu machen, das werde ich genießen. Tag für Tag.«
»Aber dann solltest du doch nicht für uns kochen und im Laden stehen«, wage ich zu sagen.
»Papperlapapp. Das ist doch nicht das Gleiche. Das mache ich doch freiwillig und für und mit euch. Das ist etwas ganz anderes.«
Ich bringe Lotte in die Wohnung hoch, zeige ihr das Gästezimmer in meinem Reich. Sie findet unser Häuschen reizend und pittoresk. Und sie dankt mir tausendmal für meine Gastfreundschaft.

Zum Abendessen schiebe ich einen Gersauer Käsekuchen in den Ofen, während Lotte mir beim Salat hilft. Als Papa den Laden schließt und nach oben kommt, warten wir schon auf ihn. Sogar eine Kerze hat Lotte angezündet. Papa öffnet eine Flasche Wein. Er zeigt sich von seiner charmantesten Seite, und ich sehe, wie er sich über unseren Gast freut. Trotzdem zieht er sich nach dem Essen in sein Zimmer zurück.
»Ihr habt euch sicher ganz viel zu erzählen«, meint er augenzwinkernd.
Das haben wir tatsächlich.
»Eure Wohngemeinschaft gefällt mir. Richtig gemütlich. Dein Vater ist ja der Hammer. So jemanden hätte ich auch gern in meiner Nähe«, sagt Lotte und verliert ein wenig von ihrer fröhlichen Fröhlichkeit. Sie sei halt schon oft allein, gibt sie zu. »Aber ich bin lieber allein als mit dem falschen Partner zusammen.« In einer Kurzzusammenfassung erzählt sie mir dann ihre letzten vierzig Jahre: »Ich habe Krankenschwester gelernt, wie ich es immer wollte. Heute sagt man ja Pflegefachfrau. Und es war wirklich mein Traumbe-

ruf. Ich war glücklich. Aber dann habe ich geheiratet und leider den Falschen. Franz. Medizinstudent. Er sah echt gut aus, war intelligent, witzig und charmant, aber sonst … Er spielte, er trank, er wurde gewalttätig. Das volle Programm! Und ich habe alle Ehefrauenklischees dieser Welt erfüllt: Zuerst habe ich nicht hingeschaut, wollte die Katastrophe nicht sehen, habe sie verdrängt. Dann habe ich immer wieder seinen Beteuerungen geglaubt: Er werde sich ändern, er werde eine Therapie machen, wir müssten doch für unseren Sohn Hannes zusammenbleiben. Meine blauen Flecken habe ich versteckt. Und dann hat Franz eines Tages Hannes derart verprügelt, dass die Schule das Sozialamt einschaltete. Zum Glück. Denn dort hat man mir schließlich aus dieser Ehe herausgeholfen.«

Ich bin betroffen von ihrer Geschichte.

»Das Traurigste ist, dass sich mein Sohn von mir abgewandt hat. Er nimmt es mir noch immer übel, dass ich so lange bei Franz geblieben bin. Hannes musste als Kind so viel sehen, miterleben. Ich hätte ihm das ersparen sollen. Das stimmt. Ich habe versagt.«

Wie traurig.

Alles.

Lotte hat Tränen in den Augen.

Und das überspielt sie jetzt einfach mit ihrer bunten Fröhlichkeit? Ich frage sie ziemlich direkt.

»Nein, nein. Es geht mir wirklich gut. Jeder hat doch sein Päckchen zu tragen. Ich habe Freunde, ich habe einen Job. Und die Schulden sind jetzt auch alle abbezahlt.«

»Schulden?«

»Ja, gell, aus dem Medizinstudenten ist halt nie ein Mediziner geworden. Schuld daran waren aber immer die anderen.

Mein Ex hatte nie eine längere Anstellung, versuchte sich da und dort, hatte ja eigentlich gar keinen Beruf, war sich aber zu schade für einfache Arbeiten.«

»Und warum hattest du die Schulden und nicht er?«

»Ach, komm, diese Geschichte erspare ich dir. Du würdest nichts Neues erfahren.«

»Gut, dann frage ich etwas anderes: Wieso arbeitest du nicht in einem Krankenhaus?«

»Wieder nichts Neues: Ich habe doch nur ein paar Jahre gearbeitet. Und dann war ich viel zu lange weg. Der Beruf hat sich total verändert. Ich würde mir das gar nicht mehr zutrauen. Ich wollte es nach der Scheidung zwar wieder versuchen, aber dann bin ich durch eine Freundin zu Lidl gekommen, als Aushilfe für zwei Monate. Und dann bin ich halt geblieben.«

Ich will das nicht einfach hinnehmen, erzähle ihr, dass man in den Schweizer Spitälern ganz gut verdiene und dass wir einen Personalnotstand hätten. Und dass sie ja auch nur als Pflegehilfe arbeiten könnte.

Sie schüttelt nur den Kopf.

»Ich traue mir das nicht mehr zu. Ich würde dem Stress und dem Druck wohl nicht mehr standhalten. Es ist schon alles gut so, wie es ist. Ich will gar nicht weg. Und vergiss nicht: Ich habe in Wien meine Freunde!«

Sie nimmt einen großen Schluck Rotwein.

Ich brauche auch einen großen Schluck.

»Tja, gell, vierzig Jahre … Erzähl mir jetzt von deinen vierzig Jahren, ich bin ganz Ohr!«, fordert sie mich auf.

Ich bringe sie auch auf den neusten Stand. Erzähle von meinen Ambitionen, von meiner viel zu frühen Schwangerschaft und von meinem Leben.

»Und da gab es nie mehr einen Mann?«, fragt sie erstaunt.

»Ab und zu ein Geplänkel, ab und zu ein bisschen mehr«, gebe ich zu. »Aber halt keiner, mit dem ich hätte leben wollen oder können, keiner für eine gemeinsame Zukunft.«

»Und deine Tochter? Wo ist sie, was macht sie?«

»Sandra.« Ich schweige einen Moment. Ja, jeder hat sein Päckchen zu tragen. »Sandra hat Medizin studiert. Sie wollte nach Afrika gehen. Sie wollte den Ärmsten helfen. Das war ihr Plan. Wir haben sie unterstützt. Und kaum war sie fertig, ging sie auch wirklich nach Uganda. Ich war unglaublich stolz auf sie. Manchmal sammelten wir Geld für die Projekte, die ihr gerade wichtig waren.«

»Und dann?«

Ich schweige einen Moment, muss mich sammeln.

»Sie lernte bei einem Heimurlaub an einem Symposium Matteo kennen. Einen italienischen Schönheitschirurgen. Er erklärte ihr wahrscheinlich, wie leicht man viel Geld verdienen könne, ohne sich in Afrika die Hände schmutzig zu machen. Und dann ging sie tatsächlich mit ihm nach Genf in seine Privatklinik und hilft seither reichen Frauen, ihren Hintern zu liften.«

Lotte lacht. Ich nicht.

»Aber du siehst sie noch ab und zu? Es ist doch gar nicht so schlecht, eine Schönheitschirurgin in der Familie zu haben. Ich würde mich schon mal unters Messer legen, wenn es nichts kostet.«

Lotte lacht. Ich nicht.

»Wir haben uns zerstritten. Schleichend. Und dann kam Sandra einmal zu Besuch, war plötzlich auch äußerlich völlig verändert, eine andere Frau, von Kopf bis Fuß. Designerklamotten, stark geschminkt. Aber weißt du, was das wirklich

Schlimme war: Sie hatte ganz furchtbar aufgespritzte Lippen. Wie eine Ente! Ich musste lachen, als ich sie sah – ich konnte nicht anders. Ich habe laut gelacht. Egal, was sie sagte, ich konnte immer nur auf diese Lippen starren. Das war doch nicht mehr meine Tochter! Als hätte man sie einer Gehirnwäsche unterzogen.«

Wir schweigen kurz.

Lotte will beschwichtigen und sagt: »Aber wir Menschen verändern uns halt – aus verschiedensten Gründen. Vielleicht konnte sie das Leid in Afrika nicht mehr ertragen und wollte jetzt auch einmal Luxus genießen. So eine Art Nachholbedürfnis. Oder um schlimme Erlebnisse und Erinnerungen aus Uganda zu verdrängen.«

»Das ist möglich. Zu spät. Sie hat mir ein paar Äußerungen sehr, sehr übel genommen und sich seither völlig von mir distanziert. Ich habe mich entschuldigt. Mehrfach. Ich habe mich erklärt. Mehrfach. Ich hoffe einfach, dass irgendwann die echte Sandra wieder an die Oberfläche kommt, meine Tochter, die ich über alles liebe.«

Dass Sandra mit fünfunddreißig einen Sohn bekommen hat, mein Enkelkind, das ich noch nie gesehen habe, außer auf ein paar Babyfotos im Internet, erwähne ich nur in einem Nebensatz. Obwohl mir das am allermeisten wehtut. Und meinem Papa auch. Da gibt es den fünfjährigen Gianni, der zu unserer Familie gehört und den wir nicht kennen.

Als wir dann zu Bett gehen, liege ich noch lange wach und denke über alles nach, vor allem über Lottes Sicht auf mich und mein Leben. War ich wirklich zu kleinlich und habe es meiner Tochter nicht erlaubt, sich in eine von ihr gewünschte Richtung zu entwickeln? Hatte sie nicht auch das Recht

auf ihren eigenen Lebensentwurf, auch wenn dieser für mich nicht nachvollziehbar war? Immerhin hatte sie zuvor einige Jahre lang mehr Gutes getan als ich in meinem ganzen Leben. Hatte sie da nicht irgendwann das Recht auf Luxus und Geld? Und Matteo ist vielleicht auch nicht an allem schuld. Sandra hat möglicherweise genau auf ihn gewartet, brauchte ihn für ihre Veränderung. Habe ich wirklich immer gut genug zugehört, wenn sie von Uganda erzählt hat? Habe ich vielleicht gar nicht gespürt, wie sehr sie dort gelitten hat? Ich muss darüber nachdenken.
Und dann Lottes Wahrnehmung von unserem Glück. Papa und ich. Ich und Papa. Wir haben es wirklich gut. Unsere Welt ist vielleicht klein, aber vielleicht sind wir tatsächlich beneidenswert.
Ich schlafe mit einem Lächeln ein.

7

Christa

Lotte bringt unerwartet viel Leben und Farbe in unsere Papa-Tochter-WG. Sie ist eine völlig unproblematische Mitbewohnerin und wickelt Papa immer wieder um den Finger. Er zeigt sich von seiner charmantesten Seite, trägt die schönsten Hemden, die er ganz hinten aus seinem Kleiderschrank ausgräbt. Er duftet sogar nach Rasierwasser, das er sich wohl in den Bart massiert.
»Sie ist nett, gell«, sage ich zu ihm.

»Total. Sie ist wie du – nur lustiger«, antwortet er.
Das verletzt mich. Papa und ich, wir leben schon so lange zusammen. Wie ein altes Ehepaar. Natürlich ist da ein Neuankömmling interessanter und lustiger. Fast bin ich ein wenig eifersüchtig auf Lotte, auch wenn ich weiß, dass das völlig bescheuert ist.
Sie hilft uns tatsächlich. Ich kann den Haushalt einfach vergessen und mich auf meine Kugeln konzentrieren. Und dass Papa eine so gute Laune hat, ist auch hilfreich, privat und geschäftlich. Gerade macht er Fotos mit ein paar Mexikanern. Sie haben eine Kuckucksuhr gekauft. Viele Touristen denken ja, das sei eine Schweizer Erfindung, obwohl sie aus dem Schwarzwald stammt. Uns ist das natürlich egal. Außerdem werden einige dieser Uhren heute in Asien hergestellt, wie viele Souvenirs in unserem Laden. Die Mexikaner interessiert das überhaupt nicht. Sie finden die Uhren niedlich. So niedlich wie die Schweiz. Und meinen Papa finden sie noch niedlicher. Also machen wir das Gruppenfoto mit Uhr, Mexikanern und Papa mit roter Mütze. Ein fröhlicher Moment. Eine große Christbaumkugel mit Porträts hätten sie zwar auch gern, aber die könnten sie nicht auch noch heimtransportieren, erklären die vergnügten Touristen. Ob ich nicht ein Bild von ihnen auf Papier malen könne. Mit der Uhr. Und mit Papa.
Papa erklärt sofort, dass das nur eine Preisfrage sei. Die Mexikaner scheinen sehr viel Geld zu haben, und so sitze ich am Ende tatsächlich da und skizziere vier Männer, die keine Sekunde ruhig stehen können, eine Uhr und meinen Vater. Letzteren kann ich immerhin schon blind zeichnen. Von meinem Werk bin ich nicht wirklich begeistert. Aber die Mexikaner haben den Entstehungsprozess des Bildes

gefilmt. Jetzt lassen sie mich das Papier einrollen und in eine Kartonröhre verpacken.
»Muchas gracias! Muchas gracias!«, bedanken sie sich überschwänglich und verlassen glücklich unseren Laden.
»Du warst gut«, sagt Papa anerkennend.
»Geht so«, antworte ich.
»Leicht verdientes Geld«, freut er sich. Klar, er musste ja nicht zeichnen.
Ich beschäftige mich jetzt mit den Kühlschrankmagneten. Keine Ahnung, warum alle Leute diese Magnete wollen. Wenn sie sich überall auf der Welt so gut verkaufen, dann müssten langsam, aber sicher alle Kühlschranktüren voller Magnete sein. Unsere Kühlschranktür ist nicht einmal magnetisch. Ich wüsste also gar nicht, wohin mit so einem Mitbringsel. Wir haben das Löwendenkmal im Angebot, die Kapellbrücke mit Wasserturm, den Pilatus, ja sogar das Matterhorn, auch wenn es praktisch am anderen Ende der Schweiz steht. Ursprünglich haben wir mal eine falsche Lieferung bekommen und durften die Matterhornmagnete dann gratis behalten. Und siehe da: Sie verkauften sich besser als der Wasserturm. Seither bestelle ich sie mit. Zurzeit haben wir natürlich auch noch diverse Engel im Angebot, singende, betende, fliegende, Flöte spielende und Bücher lesende Engel.
Ich finde Kühlschrankmagnete doof.
Lotte hingegen würde es bestimmt beglückend finden, sie unter die Leute zu bringen.
Ich glaube, ich muss wirklich an meiner Einstellung arbeiten. Wobei mir bei »arbeiten« auch grad wieder Lotte einfällt, die immer wieder betont, sie arbeite gern.
Arbeite ich gern?

Ich beobachte Papa, wie er mit Engelsgeduld für einen älteren Chinesen ein T-Shirt nach dem anderen auf dem Tresen ausbreitet. Mal will dieser eine andere Größe, dann ein ganz anderes Sujet. Anprobieren will er nicht. Das Shirt sei für einen Bruder. So genau kennt er dessen Kleidergröße halt nicht. Am Ende liegt ein Haufen T-Shirts da, die alle wieder ordentlich gefaltet und eingeräumt werden müssen, weil der Kunde nun doch lieber einen Kühlschrankmagnet kaufen will, und zwar das Matterhorn.
Im neuen DAB-Radio, das Simon uns vorgestern mitgebracht hat, läuft gerade »Feliz Navidad«. Er programmierte auch gleich einen Sender, der zurzeit nur Weihnachtsmusik spielt. Papa und ich machen ein kleines Tänzchen. Einen Arbeitstanz. Zur Aufmunterung. Man kann tanzen und arbeiten. Manchmal.
I wanna wish you a Merry Christmas
I wanna wish you a Merry Christmas
From the bottom of my heart
Wir singen nicht wirklich gut, dafür laut und mit Inbrunst. Der Text ist ja eingängig, um nicht zu sagen einfältig, und er wiederholt sich tausendfach.
In diesem Moment bringt uns Lotte das Mittagessen in den Laden. Was für ein Service! Ich glaube, jetzt, wo sie uns so vergnügt sieht, möchte sie gleich für immer bleiben.
»Eine herrliche Atmosphäre! Ihr habt es schön. So viel Harmonie und Gemütlichkeit«, schwärmt sie. Lotte hat eine Gemüsesuppe für uns gekocht und bringt noch Salamisandwiches dazu, die sie liebevoll mit Tomaten und Essiggurken aufgepeppt hat. So etwas könne man doch sicher gut hinter dem Ladentisch essen, meint sie.
Das stimmt.

Sie staunt, dass wir beide von diesem winzigen Laden leben können. Ich erkläre ihr, wie viele Touristen Jahr für Jahr nach Luzern kommen. Die kleine Stadt hat zum Beispiel 2023 eins Komma drei Millionen Logiernächte gezählt. Dazu geschätzte sieben Millionen Tagesgäste. Im ganzen Kanton Luzern waren es sogar fast zweieinhalb Millionen Übernachtungen. Während immer mehr Luzerner finden, es gebe viel zu viele Touristen in der Stadt, profitieren Papa und ich davon. Wir verkaufen ihnen – ja, eben – Kühlschrankmagnete und Kuckucksuhren …

Wenn jetzt nur jeder tausendste Tagesgast einen Kühlschrankmagnet kauft – jeder tausendste! –, dann haben wir immerhin schon siebentausend pro Jahr verkauft. Wenn nur jeder tausendste Übernachtungsgast einen kauft, dann sind auch das mehr als tausend. Man stelle sich diese Rechnung mit teuren Musikdosen oder eben Kuckucksuhren vor …

So darf und kann man natürlich nicht rechnen. Das tut auch keiner. Und nicht zu vergessen: Es gibt nicht nur unseren, sondern dutzende Souvenirläden überall in Luzern. Einer steht sogar auf der Kapellbrücke, der älteste Souvenirladen Luzerns, sagt man, sicher hundertfünfzig Jahre alt.

Trotzdem: Wir leben gut. Wenn uns nicht gerade eine Pandemie in die Quere kommt.

»Ich würde dir ja gern erzählen, wie es bei uns in Wien tourismusmäßig zu- und hergeht«, sagt Lotte lachend, »aber ich kenne keine Zahlen. Ich weiß, dass in Wien rund zwei Millionen Menschen leben, und ich weiß, dass die Stadt von einer Menge Touristen besucht wird. Doch bei meiner Arbeit merk ich nicht viel davon. In der Innenstadt wirds mir schon manchmal fast zu viel. Aber Wien ist halt schön. Und schöne Plätze sind heute überall begehrt, die muss man teilen.«

Ja, alle sagen, die Stadt sei einen Besuch wert, und ich möchte schon lange mal hin. Mit Lotte hab ich nun einen guten Grund, das bald nachzuholen.

Am Nachmittag zeigt Papa Lotte Luzern.
»Sie ist ja nicht zum Arbeiten hergekommen. Sie soll etwas erleben«, meint er.
Natürlich füllt sich genau dann der Laden mit Touristen, wenn ich allein bin. Eine Gruppe auf dem Weg zum Löwendenkmal macht hier halt, weil Roswitha, eine Reiseleiterin, die ich gut kenne, dafür gesorgt hat. Es sind Amerikaner. Jung und Alt gemischt. Ich verkaufe drei Taschenmesser, zwei kleine Kuhglocken und vier T-Shirts und – wie könnte es anders sein – drei Matterhorn-Kühlschrankmagnete. Den schönen Pilatus lassen sie einfach links liegen, dabei ist das unser Berg! Das habe ich ihnen auch erklärt, aber wer bin ich schon? Ich bin weder für ihre Bildung noch für ihre Erziehung verantwortlich. Berg ist Berg, solange meine Kasse klingelt. Und schließlich biete ich die Matterhörner ja auch an – genau, ich muss später unbedingt ein paar nachbestellen.
Während ich mir dazu grad Notizen mache, betritt eine auffällige Frau den Laden. Zu Jeans trägt sie einen langen Ledermantel. Schwarze, lange Haare lugen unter einem roten Schlapphut hervor. Das würde meiner Freundin Aurora gut gefallen. Sie führt, nur zwei Häuser weiter, ein Hutgeschäft, macht seit vierzig Jahren Hüte. Ich mag zwar Hüte, will aber keine tragen.
Die Kundin blickt sich neugierig um, und ich lasse sie in Ruhe, grüße nur kurz. Nicht jeder will ja gleich angesprochen werden, fühlt sich sonst vielleicht bedrängt, gerade wenn er der einzige Kunde im Laden ist.

Und dann steht die Frau vor mir und lacht.
Ich schaue sie genauer an und frage dann: »Christa? Bist du Christa?«
»Genau. Hundert Punkte! Du bist Doris. Kein Zweifel.«
Wir umarmen uns kurz. Sie riecht nach kaltem Rauch und süßem Parfüm.
Christa aus Frankfurt. Die wilde Christa, die immer einen Grund fand, Feste zu feiern.
»Schön, dich zu sehen«, sagt sie. »Das ist also dein Leben?«, fügt sie nach einer kleinen Pause an, in der sie sich prüfend umgeblickt hat.
»Ja«, sage ich. Muss ich mich dafür rechtfertigen?
Aber sie nickt nur, fragt: »Ein Familienbetrieb?«
»Ja. In dritter Generation.«
»Oh.« Es klingt nicht abschätzig. Eher so, als wäre sie verwundert, dass es solche Lebensmodelle gibt. »Du warst also immer hier?«
»Ja«, sage ich nur. Ich könnte ihr erklären, warum, aber das mag ich grad nicht, hier und jetzt.
»Eine kleine Welt«, meint Christa.
Ich könnte ihr erzählen, dass ich jedes Jahr ein anderes Land bereise, ab Mitte Januar, in unseren Betriebsferien. Letztes Jahr war ich mit Papa in Bali, vorletztes Jahr mit Aurora in Sri Lanka.
Aber das hat sie vielleicht gar nicht gemeint.
»Was machst denn du so?«, frage ich daher neugierig.
»Oh«, sie winkt ab, »ich habe ziemlich viel gemacht. Zu viel. Und jetzt bin ich in der Computerbranche. Selbständig.«
»Ach?« Nun bin ich verwundert. So sieht Christa gar nicht aus. Man schätzt die Menschen halt schnell mal falsch ein.
»Was hast du denn gedacht?«, fragt sie lachend zurück.

»Nun, ich dachte … vielleicht … na ja … du könntest eine Hardrockbar besitzen.«
Sie wiegt ihren Kopf hin und her. »Warum auch nicht. So daneben liegst du gar nicht. Habe ich auch schon gemacht. Allerdings lange her.«
Ich erinnere mich wieder daran, dass Christa schon im Englischkurs tausend verschiedene Berufswünsche im Wechsel äußerte. Ich kann mir gut vorstellen, dass sie im Lauf ihres Lebens einige Berufe oder Jobs ausprobiert hat.
Sie erzählt, sie habe bereits im »Rebstock« nebenan eingecheckt. Ihr Zimmer sei ziemlich rustikal.
»Aber gemütlich, das schon. Erinnert mich an früher. Die Dielen knarzen bei jedem Schritt.«
»Oh, das kann ich mir denken. Da wurde zwar immer viel renoviert und umgebaut. Aber es ist ein altes Traditionshaus. 1443 errichteten die Rebleute dort ihr Zunftlokal. 1560 wurde daraus die Trinkstube der Chorherren des Klosters. Also sehr geschichtsträchtig.«
»Und sicher spuken auch noch uralte Geister durchs Haus. Ich werde auf der Hut sein.«
Wir lachen.
Ich erzähle ihr, dass Lotte bereits hier ist und mit meinem Vater durch die Stadt spaziert.
»Oh, dein Vater lebt noch. Das ist aber schön«, findet Christa. Sie beneide mich. Ihre Eltern seien schon sehr, sehr lange tot. »Meine Mutter starb, da war ich zwanzig. Grad als ich aus England zurück war. Das hat mich damals total aus der Bahn geworfen. Meinen Vater habe ich nie gekannt.«
Ja, das war sicher hart.
Christa macht es sich hinter der Ladentheke auf einem Hocker gemütlich. Wir plaudern über dies und das, sobald

mich grad keine Kunden beanspruchen, wobei Christa eher wenig über sich erzählt. Sie habe keine Kinder, hingegen schon viel zu viele Männer gehabt, sagt sie immerhin.

»Aber es geht mir gut, keine Sorge. Ich habe einen Schäferhund. Hektor. Er ist wirklich mein bester Freund. Und ich habe gute Freundinnen, bin nicht allein.«

»Hast du Hektor mitgebracht?«

»Nein, nein. Er ist bei einer Freundin. Er fährt nicht gern Auto. Im schlimmsten Fall kotzt er mir alles voll, und im besten Fall tut er das erst im Hotelzimmer – am liebsten auf einem wertvollen Teppich. Nein, nein. Reisen kann ich mit Hektor nicht. Aber ich bin ohnehin nicht mehr so viel unterwegs. Meine wilden Zeiten sind definitiv vorbei.« Das sagt sie ohne Bedauern, eher so, als wäre sie froh darüber.

»Wilde Zeiten – die hatte ich eigentlich gar nie«, sage ich, selbst erstaunt über diese Erkenntnis, und füge an: »Meine wilde Zeit dauerte nur ein paar Tage, als ich eine Affäre mit einem Barmusiker hatte. Und dann war ich schwanger, und er war weg.«

Christa kriegt sich fast nicht mehr ein vor Lachen.

»Deine wilde Zeit dauerte ein paar Tage? Ein – paar – Tage?« Sobald sie sich wieder einigermaßen erholt hat, erklärt sie, man sei nie zu alt, um wilde Zeiten nachzuholen. Darüber solle ich bitte einmal nachdenken.

Nun, da bin ich dann doch ganz anderer Meinung.

Christa wechselt das Thema und klagt über die Zustände in Deutschland, redet über Politik und über Teuerung: »Wegen der Inflation nach der Pandemie haben die Deutschen im Schnitt einen Fünftel ihrer Kaufkraft verloren.« Dann schimpft sie über die AfD und den zunehmenden Rassismus und erzählt dazu einiges.

Nur beim Persönlichen bleibt sie vage. Aber das ist okay. Das ist ihre Entscheidung. Uns geht der Gesprächsstoff trotzdem nicht aus.

8

Hackbraten

An diesem Abend gibt es das erste gemütliche Klassentreffen zu dritt im Restaurant Rebstock. Lotte und Christa sind zwar über die Preise schockiert, weil Hackbraten mit Kartoffelstock und Gemüse hier achtunddreißig Franken kostet. Ich kann nur beteuern, dass das in Luzern völlig normale Preise sind. Und dass man im »Rebstock« ja auch wirklich ausgezeichnet speisen kann, mit einer perfekten Bedienung und im ansprechenden Ambiente.

»Ja, genau, vielleicht sind ja weiße Tischtücher hier besonders teuer?«, spottet Christa.

Die beiden Frauen lachen mich aus und meinen, die Schweizer hätten wirklich eine besondere Begabung, Geld zu machen. Das ist allerdings eine merkwürdige Sichtweise, finde ich. Doch ich mag ihnen jetzt nicht vorrechnen, wie viel das Personal hier verdient und wie hoch die Pacht für ein Restaurant in der Stadt ist. Und wie teuer überhaupt alles ist, auch für uns. Vom Friseur über die Wohnungsmiete bis zum Zahnarzt.

Ein kleines bisschen bin ich gekränkt. Ich mag dieses historische Haus. Schon Kafka soll hier abgestiegen sein, 1911.

Und weil er im Gästebuch die Kritik hinterlassen hat, dass er gern Obst gegessen hätte und es keines gab, steht bis heute immer ein Korb mit Gratisäpfeln im Haus. Das hat Stil.
Ich bin froh, dass wir nun dazu übergehen, alte Erinnerungen aufzuwärmen. Dabei werden wir auch ein wenig sentimental.
»Ich möchte nicht noch einmal zwanzig sein«, meint Lotte. »Jung zu sein, ist ja heute viel anstrengender als damals.«
»Wie meinst du das?«, will Christa wissen, die ganz gern wieder jung und – wie sie sagt – »knackig« wäre.
»Na ja, du musst dich beim Sex nicht nur gegen alle möglichen Krankheiten schützen und schauen, dass du nicht schwanger wirst, sondern du musst auch noch aufpassen, dass keine Filme oder Fotos gemacht werden, die irgendwann gegen dich verwendet werden und lebenslang im Internet kursieren könnten«, gibt Lotte ein Beispiel.
»Ach, das meinst du.« Das kann sich Christa gut vorstellen und doppelt nach: »Genau, und außerdem musst du beim Sex gegen die Pornofilmchen ankämpfen, die sich die Jungs schon tausendfach auf dem Pausenplatz angeschaut und verinnerlicht haben. Die haben doch heute ein völlig krankes Bild von allem.«
»Ich weiß nicht«, werfe ich ein, »wir waren ja nun auch nicht wirklich locker. Wir wussten einfach zu wenig. Ich wäre sicher nicht so früh schwanger geworden, wäre ich besser aufgeklärt gewesen oder so selbstbewusst, wie es viele junge Frauen heute sind.«
»Also ich bin schon dankbar, dass nicht alles, was ich angestellt habe, im Internet zu finden ist«, meint Christa, die wohl an ihre wilden Zeiten denkt. »Die sozialen Netzwerke sind irgendwie auch eine Plage, und viele junge Leute sind

sich dessen gar nicht richtig bewusst. Früher hat man im schlimmsten Fall mal eine Schlagzeile in der Zeitung verursacht, aber die lag am nächsten Tag im Altpapier und war schnell wieder vergessen. Heute bleibt alles ewig abrufbar.«
Das stimmt. Wir nicken und schweigen.
Nur kurz, denn nun lenkt Lotte das Gespräch auf Isabelle und Stefano, die morgen ankommen werden. Wir sind alle neugierig auf sie. Isabelle war eine Schönheit, schon damals. Und Stefano war …
»… er war wie ein Schluck Wasser«, kommentiert Christa ungnädig. »Getrunken – und schon wieder vergessen.«
Wir verstehen, was sie meint, hätten es wohl nur anders ausgedrückt. Netter. Höflicher. Stefano war unauffällig und uninteressant. Irgendwann haben wir ihn einfach ignoriert.
»Ich bin gespannt auf Himari«, macht Christa weiter. »Sie war immer so reserviert. Sie lächelte und schwieg. Ich wusste kaum etwas von ihr, als sie sich unerwartet vorzeitig vom Acker machte.«
Stimmt. Sie ging vorzeitig. »Vom Acker machen« klingt in meinen Ohren zwar etwas despektierlich, aber Himari verließ uns tatsächlich in einer Nacht-und-Nebel-Aktion.
»Das war schon merkwürdig. Grad so knapp vor den Prüfungen. Sehr untypisch für das überkorrekte Mädel, das eigentlich nur Lernen im Kopf hatte«, betont Lotte.
Stimmt. Das hatte ich irgendwie vergessen.
»Wir werden sie fragen«, entscheidet Christa. »Mal sehen, ob sie das Geheimnis lüften wird.«
Ja, fragen wir sie.
Mit dem Abend im »Rebstock« sind dann doch alle ganz glücklich. Die Atmosphäre hier ist einfach besonders. Ich feiere mit meinem Papa gern hier unsere Geburtstage oder

andere besondere Momente. Zurzeit sind die Räume mit viel Geschmack weihnächtlich dekoriert. Und wir hatten trotz zahlreichen Gästen – alles war ausgebucht – genug Ruhe, um uns auszutauschen. Das ist leider heute in vielen Lokalen nicht mehr so. Wenn die Gäste nicht an sich schon zu laut sind, besorgt man das oft mit nervender Hintergrundmusik.
»Himari kommt ja erst am 14. Dezember, und sie lädt uns gleich an diesem Abend im ›Schweizerhof‹ zum Dinner ein. Das ist wohl das schönste Hotel hier in Luzern«, erzähle ich, nachdem wir bezahlt haben. »Ich selbst war noch nicht oft dort.«
Himaris Einladung ist gerade vorhin gekommen, und ich musste zuerst leer schlucken. Es muss unserer japanischen Freundin sehr gut gehen – zumindest finanziell –, oder sie hat keine Ahnung, worauf sie sich eingelassen hat. Allerdings hat sie ja ihre Assistentin, Frau 007, die alles weiß und alles herausfindet. Was wohl Lotte und Christa vom »Schweizerhof« halten werden, wenn sie die Preise schon im »Rebstock« als so exorbitant hoch empfinden?

Als Lotte und ich uns von Christa verabschieden und fragen, was sie morgen vorhat, erzählt sie uns, dass sie nach Zürich fahren will, um dort eine alte Bekannte zu treffen. Wir könnten uns ja abends wieder treffen, dann mit Stefano und Isabelle. »Aber bitte in einem günstigeren Lokal«, meint sie und fügt lachend an: »Ich muss ja auch noch die Übernachtungen bezahlen.«
»Dann kommt doch einfach zu mir«, schlage ich vor.
»Ich koche«, erklärt Lotte.
»Oder Papa macht ein Käsefondue, dann habt ihr diese Schweizer Spezialität auch mal gekostet. Was meint ihr?«

»Käsefondue. Klingt interessant«, findet Christa, rümpft aber ein wenig die Nase, vielleicht ganz unbeabsichtigt. Aber die Abmachung gilt.
Auf dem Heimweg erzählt mir Lotte, wie sehr ihr Luzern gefällt: »Eine Stadt, und trotzdem so überschaubar wie ein Dorf. Und die Umgebung ist filmreif. See und Berge, Berge und See. Und diese alten Brücken!« Sie habe tausend Fotos gemacht. Auch von Papa ist sie richtig begeistert: »Dein Vater ist wunderbar. Den würde ich gern mit nach Wien nehmen. Vielleicht besucht er mich einmal.«
Ja, die zwei haben sich wirklich gefunden. Das ist schön.
Bevor wir ins Bett gehen, trinken wir noch eine Tasse Tee zusammen, und da meint Lotte, dass es sie schon etwas verwundere, dass Christa, kaum angekommen, grad wieder in eine andere Stadt reisen müsse.
»Lass sie doch«, sage ich. »Wenn sie schon mal in der Schweiz ist und Freunde hier hat. Das ist doch okay, dass sie die besuchen will … Wir wissen ja nichts von ihr.«
»Genau. Wir wissen nichts von ihr. Schon großartig, wie viel Christa reden kann, ohne etwas zu sagen, und vor allem, ohne etwas von sich preiszugeben. Wie eine Politikerin. Sie plaudert ohne Inhalt.«
»Vielleicht mag sie es, die Geheimnisvolle zu spielen. Oder sie hat ganz einfach nichts zu erzählen.«
»Möglich«, antwortet Lotte, aber sie scheint sich ihre eigenen Gedanken zu machen. Ihrer finsteren Miene nach zu schließen, vermutet sie gar dunkle Geheimnisse.

In meinem Zimmer schaue ich erstmals wieder auf mein Handy und sehe, dass meine Tochter Sandra mich erreichen wollte. Sie hat es mehrmals versucht. Ich starre auf das Dis-

play und staune. Eine Weile kriege ich wohl meinen Mund nicht mehr zu. Und dann spüre ich, wie sich ein Lächeln auf meinem Gesicht ausbreitet, ein großes, fettes Lächeln, fast schon eine Art dämliches Grinsen. Vielleicht spürt meine Sandra auch die Vorweihnachtszeit und hat das Bedürfnis nach Familie, nach Nähe? Ich schicke ihr eine kurze Nachricht, denn zum Anrufen ist es wohl zu spät.
Sorry, ich war weg. Bin jetzt erreichbar. Immer. Trage mein Handy bei mir. Freue mich, von dir zu hören. Liebe Grüße, Mama.
Ich lege das Handy auf das Nachttischchen und schlafe in der Vorfreude auf ein Wiedersehen ein.
Sandra hat angerufen!
Ist das nicht schön?
Mein Herz wird warm und weich.
Ich bekomme eine zweite Chance. Ich werde eine Super-Mama sein: verständnisvoll, liebevoll, tolerant … Einfach nur perfekt. Ich werde Sandras Lippen lieben, ihren Ehemann toll finden und mir von ihr notfalls Botox in die Gesichtsfältchen spritzen lassen, nur um zu zeigen, wie wichtig sie mir ist.
Alles für das Familienglück.
Für Weihnachten.

Ich lächle wahrscheinlich sogar noch beim Schlafen und wache mit einem Lächeln auf. Ich habe den Kontakt zu Sandra schmerzhaft vermisst. Und inzwischen bin ich sehr wohl bereit, auch meine neue Tochter zu akzeptieren, mit all ihren Veränderungen und ihrem neuen Leben.
Ja, und Weihnachten ist halt die Zeit, wo man zusammenrücken möchte, zusammenrücken sollte. Eine Zeit, in der

solche Zerwürfnisse doppelt und dreifach schmerzen. Eine Zeit, in der man sich nach Harmonie sehnt.
Auch und gerade in der Familie.
Darum ist Weihnachten ja für viele eine schwierige Zeit. Ich kenne kaum Menschen, die keine Baustellen haben, keine wunden Punkte. Und dann ist Weihnachten halt nicht bloß das rosarote, klebrige Fröhlichkeitsfest, sondern eine Zeit, in der alles, was man übers Jahr so locker unter den Teppich gekehrt hat, wieder sichtbar wird und sich riesengroß und unübersichtlich mitten im Haus auftürmt. Direkt neben dem Christbaum.
Ich weiß, wovon ich rede.
Aber vielleicht kommen jetzt andere Zeiten?

9

Der Erzeuger

Papa und ich stehen ein wenig früher auf als sonst, weil wir uns Zeit fürs Frühstücken mit Lotte nehmen wollen. Und dann werden wir richtig verwöhnt. Lotte bedient uns wie in einem Luxushotel, und es scheint ihr richtig zu gefallen. Sie ist ein echter Sonnenschein, da hat Papa recht. Die frischen Brötchen hat zum Glück er und nicht sie geholt. Das wär mir dann doch nicht recht gewesen.
Im Radio singt ein Gospelchor ein Weihnachtslied. Lotte bietet uns Spiegeleier an. Wir essen nie Eier am Morgen. Heute schon.

Ich erzähle den beiden, dass Sandra versuchte, mich anzurufen. Mehrmals.
»Hoffentlich ist nichts passiert«, meint Papa erschrocken.
Das wiederum trifft mich jetzt völlig unerwartet. Dieser Gedanke war mir gar nicht gekommen. Ich träumte von Happy End, von Versöhnung und von ersehnten Familienweihnachten. Aber ja, es könnte etwas Schlimmes passiert sein.
Ich sitze da wie vom Donner gerührt.
Wie konnte ich bloß so naiv sein, so weihnachtsdusselig?
Und dann ruft Sandra wieder an.
Nach einer knappen Begrüßungsfloskel kommt sie gleich zur Sache: »Pfeif meinen Erzeuger zurück, Mama. Sofort!«
Ich verstehe gar nichts.
»Romica? Ist er bei dir?«, frage ich.
»Ja. Er lungert hier herum. Er braucht Geld. Ständig taucht er in der Klinik auf. Das geht einfach nicht.«
»Und was genau soll ich tun?«
»Irgendwas. Tu einfach irgendwas. Matteo will ihn sonst von der Polizei abführen lassen und ihm offizielles Hausverbot erteilen lassen. Aber das macht dann Schlagzeilen, die wir auch nicht brauchen.«
»Okay, Sandra. Stimmt, das geht natürlich nicht.« Mein Kopf ist voller Fragezeichen.
»Danke. Und – frohe Weihnachten.«
Zack. Das wars.
Das Gespräch ist beendet.
Jetzt muss ich doch kurz weinen. Kurz, aber heftig. Es schüttelt mich richtig.
»Ist etwas passiert? Erzähl schon!«, bedrängt mich Papa.
Lotte schenkt eine Tasse Kaffee ein und drückt sie mir in die Hand. Es tut gut, sich daran festzuhalten. Wie konnte

ich nur so weltfremde Träume und kitschige Vorstellungen haben?
»Romica treibt sich bei ihr in der Klinik herum. Er brauche Geld. Ich solle ihn gefälligst zurückpfeifen.«
»Wer ist Romica?«, will Lotte wissen.
»Der Musiker. Der Vater von Sandra.«
»Kennen die sich?«
»Leider ja. Als Sandra achtzehn wurde, wollte sie ihn suchen – gegen meinen Willen –, und sie fand ihn auch. Leider. Das war ja nicht schwierig, bei einem Musiker, mit dem Internet. All die Jahre zuvor hatte er nie auch nur einen Franken für ihren Unterhalt bezahlt. Aber jetzt war er stolz, sich mit einer jungen schönen Tochter zu zeigen, und traf sich gern mit ihr. Präsentierte sich ihr als großen Lebenskünstler, was Sandra faszinierte. Aber sie hatte einen strengen Alltag mit ihrem Studium, und er vergaß sie schnell wieder, meldete sich nicht mehr, und sie musste lernen, dass sie ihm überhaupt nichts bedeutete. Also ging sie selber auch wieder auf Distanz.«
»Und jetzt ist er aufgetaucht? Einfach so?«, fragt Lotte.
Ich hebe kurz die Schultern. Was weiß denn ich? Vielleicht hat er zufällig erfahren, dass sie jetzt Geld hat, dass sie Mitinhaberin einer Luxusklinik am Genfersee ist. Ich ärgere mich, weil Sandra mich zwingt, Romica anzurufen, und ich ihn somit wieder ein Stück in mein Leben lassen muss. Aber natürlich fühle ich mich irgendwie verantwortlich.
»Und sonst? Hat sie nichts gesagt?«, will Papa wissen.
Ich schüttle nur den Kopf. Seine Enttäuschung tut mir weh.
Sandra ist in diesem Haus aufgewachsen.
Sie war Papas Prinzessin.
Papa räuspert sich und bittet um ein Spiegelei.

Das Thema ist für ihn erledigt. Und er will mir helfen, wieder in die Spur zu kommen.

Vorwärtsschauen, nicht rückwärts. Sein Spruch.

Aber es hilft nichts, ich werde Romica anrufen müssen, auch wenn mir das ganz und gar nicht passt. Es ist sehr lange her, dass ich das letzte Mal kurz mit ihm geredet habe. Bestimmt zwanzig Jahre.

»Am besten, ich rufe den Mistkerl gleich an. Dann habe ich es hinter mir«, erkläre ich.

»Warte kurz, Doris. Denk zuerst nach. Was willst du ihm denn sagen?«

Papa hat recht. Ganz ohne Plan anzurufen, das ist bestimmt nicht klug. Aber ich habe wirklich keine Ahnung, was ich sagen will.

»Ich muss ja zuerst einmal wissen, was los ist mit ihm.«

»Du wirst ihm kein Geld anbieten!« Papa hat da klare Prinzipien.

»Frag mich nachher«, sage ich nur und verlasse die Küche.

Ich muss viel Geduld haben, bis ich Romica endlich erreiche. Vielleicht hat der große Künstler noch geruht. Irgendwo mit irgendwem.

»Doris? Du rufst mich an? Das freut mich aber«, plaudert er locker drauflos.

»Schon gut. Spar dir das. Ich wollte nur wissen, warum du meine Tochter belästigst. Sandra und Matteo überlegen sich gerade, die Polizei einzuschalten.«

»Was?!« Romica scheint wirklich überrascht zu sein. Es hat ihm glatt die Sprache verschlagen, jedenfalls sagt er weiter nichts.

»Warum tust du das? Was ist los?«, frage ich unfreundlich.

Er schweigt.
»Romica!!!«
Meine Geduld ist am Ende.
»Ja, schon gut. Ich hatte ein Engagement in Montreux bis am 15. Dezember. Und das ist geplatzt. Ich habe erst Anschluss am 24. Dezember, in Gstaad«, erzählt er kleinlaut.
»Und jetzt?«
»Und jetzt? Ich dachte, ich könnte bei Sandra unterkommen. Sind ja nur ein paar Tage.«
»Und wie wärs, wenn du kurz heimfährst?«
Stille.
»Romica???«
»Nun … es ist halt so: Meine Freundin hat mich … rausgeschmissen. Ich habe keine Ahnung, warum. Ab Februar habe ich dann ein Zimmer in Frankfurt.«
»Du lebst in Deutschland?«
»Ja, in Frankfurt, seit vielen Jahren.«
»Aha.« Gut, das ist immerhin nicht grad um die Ecke. Meinetwegen hätte er gern in Ouagadougou leben können.
»Ja, aber jetzt weiß ich halt nicht, wohin ich bis zu meinem Anschlussjob soll, und ich bin mehr oder weniger pleite. Danach kann ich mit Kost und Logis bis Mitte März durcharbeiten – aber jetzt?«
»Mensch, Romica! Jetzt bist du doch auch irgendwo?«
»Ich habe im Auto geschlafen und mich tagsüber in den öffentlichen Räumen von Sandras Klinik aufgehalten. Dort ist es warm und gemütlich. Die Leute waren alle nett zu mir. Außer Sandra.«
»Und wieso ist denn dein Job geplatzt?«
»Ich sei zu laut, hieß es. Aber ich habe wie immer gespielt, auf einem Flügel, ohne Verstärkung. Wie kann man da zu

laut sein? Das war reine Schikane. Vielleicht habe ich etwas zu deutlich gezeigt, dass mir die Frau des Chefs gefallen hat?«

Warum wundert mich das nicht?

»Ich rufe zurück. Bis nachher«, sage ich und unterbreche das Gespräch. Ich atme mehrmals tief durch. Dann gehe ich in die Küche und erzähle, was ich gehört habe.

»Du willst ihn doch nicht hier wohnen lassen?«, sagt Papa und schaut mich streng an.

»Nein, bestimmt nicht. Aber ihm vielleicht etwas Geld schicken ...«

»Wenn du ihm Geld schickst, wird er immer wieder anrufen. Er ist so ein Nichtsnutz!«

»Nein, Papa, das solltest du nicht sagen. Er hat ja immer Arbeit gehabt und uns nie belästigt.«

Papa erwidert empört: »Das wäre ja noch schöner, wo er doch nie Unterhalt für Sandra bezahlt hat und dir also – wenn man es genau nimmt – Tausende von Franken schuldet. Außerdem hat er auch emotional einiges angerichtet. Bei Sandra – und auch bei dir, bei uns allen. Er ist ein Nichtsnutz. Er hat deine Hilfe nicht verdient.« Papa schimpft weiter in seinen Bart hinein. Er könne nicht verstehen, dass ich Romica in Schutz nehme, nach alldem, was ich wegen ihm durchmachen musste.

Lotte zwinkert mir zu. Sie versteht mich, oder sie weiß wie ich, dass es nicht immer nur Schwarz und Weiß gibt, auch im zwischenmenschlichen Bereich.

»Aber im Moment will ich ja einfach Sandra helfen«, verteidige ich mich. »Ich will, dass er sie in Ruhe lässt.«

»Dann schick ihm halt was. Wenn du wirklich glaubst, dass er dann Ruhe gibt. Ist ja dein Geld«, sagt Papa versöhnlicher.

»Ich hätte wohl auch Klavier spielen lernen sollen, wenn das die Sinne der Frauen derart vernebelt.«
Und dann stimmt er einen uralten Schlager an, den Johannes Heesters einst gesungen hat:

Man müsste Klavier spielen können
Wer Klavier spielt, hat Glück bei den Frau'n
Denn nur er kann mit Tönen den lauschenden Schönen
Ein Luftschloss der Liebe erbau'n

Der Klang des gespielten Klavieres
Wirkt auf jede erregend wie Sekt
Und ihre geheimsten Gefühle
Werden piano, doch forte geweckt

Dem Manne, der das kann, macht sie Avancen
Er wird von ihr mit Zärtlichkeit belohnt
Die anderen Männer haben keine Chancen
Sie schau'n aufs Instrument und in den Mond

Mein alter Papa singt furchtbar, und mit der Reihenfolge der Strophen nimmt er es auch nicht so genau, außerdem sind er und Johannes Heesters und Schlager wie dieser völlig aus der Zeit gefallen – aber es stimmt: Romica konnte mit seiner Musik Luftschlösser bauen. Wunderschöne. Und ich bin mit zwanzig in eines davon eingezogen.
Ich twinte Romica tausend Franken. Das ist auch für mich viel Geld. Damit wird er über die Runden kommen, wenn er sich ein billiges Hotel sucht oder vielleicht über Airbnb etwas findet. Und ein wenig eigenes Geld wird er wohl auch noch haben. Das schreibe ich ihm dazu.

Abschließend wünsche ich ihm alles Gute für seinen weiteren Lebensweg. Hoffentlich macht ihm das klar, dass ich nicht noch einmal mit ihm reden will. Nie mehr.
Dann schreibe ich Sandra, dass Romica sie nicht mehr belästigen werde. Und dass ich mich gefreut habe, von ihr zu hören, selbst unter diesen widrigen Umständen. Ich wünsche ihr eine gemütliche, erbauliche Vorweihnachtszeit, und natürlich schreibe ich dazu, dass sie bei mir und Papa jederzeit und immerzu willkommen ist, selbstverständlich auch mit Ehemann und Kind.
Insgeheim hoffe ich, dass unser Kurzkontakt bei ihr auch etwas ausgelöst hat. Immerhin hat sie meine Stimme wieder einmal gehört. Und ich habe ihr sofort geholfen. Ich wünschte mir so, ich würde ihr fehlen.
Kann man eine Mutter und einen Opa einfach ausblenden und vergessen?
Habe ich sie so sehr gekränkt, dass sie mir nie mehr verzeihen wird?
Und Papa? Er hat ja gar nichts damit zu tun.
Warum ist sie so hart geworden?

Papa geht jetzt Käse kaufen, beim Barmettler natürlich. Er freut sich, dass er abends für uns ein Käsefondue machen darf. Das ist ja seine zweite Spezialität. Damit kennt er sich aus. Darauf ist er stolz. Ich gehe inzwischen in den Laden, und Lotte räumt die Küche auf. Später will sie wie gestern auch nach unten kommen.
Sandras Erzeuger und seine Luftschlösser gehen mir natürlich nicht mehr aus dem Kopf. Ich bin froh über jeden Touristen, der sich zu uns verirrt. Ich unterhalte mich intensiv mit den Kunden, gebe großzügig und ungefragt Ausflugs-

tipps und beantworte jede Frage, auch die nach dem nächsten Klo und dem besten Schokoladegeschäft. Ich überbiete mich selber in Freundlichkeit. Ich male alle möglichen Motive auf Christbaumkugeln, sogar einen Hund und ein Meerschweinchen. Im Hintergrund läuft Weihnachtsmusik, aber die höre ich sowieso meist gar nicht mehr. Ich gebe mir Mühe, den ungebetenen Geist aus der Vergangenheit abzuschütteln. Und die große Enttäuschung darüber, dass Sandra keine Sehnsucht nach Weihnachten mit mir und Papa hat.

10

Käsefondue

»Ich habe übrigens – wie Christa auch – noch nie ein Käsefondue gegessen«, verkündet Lotte beim Mittagessen.
»Es stinkt«, warne ich sie. »Das ganze Haus wird stinken.«
»Chli stinke muess es!«, antwortet Papa mit dem Werbeslogan eines Supermarktes. »Übersetzt: Es muss ein wenig stinken.«
Lotte lacht und meint, das hätte sie auch ohne Übersetzung verstanden.
Also schickt er noch das Kürzel »Figugegl« hinterher, lächelt verschmitzt und fragt: »Und, was heißt das?«
Natürlich, da muss Lotte passen.
»Fondue ist gut und gibt eine gute Laune«, erklärt er und meint, dass man Werbeslogans, die freiwillig vom Volk nachgeplappert werden, wohl als gelungen betrachten könne.

Na ja. Mag sein. Mich nervts manchmal. Aber mich nervt in letzter Zeit ja vieles.

»Lotte, Fondue ist zwar unser Lieblingsessen«, sage ich. »Aber keine Angst, ich habe volles Verständnis für jeden, der das nicht mag. Außerdem, wie gesagt: Die ganze Wohnung stinkt noch am Tag danach nach Käse, die Kleider auch. Und auch wenn es beim Essen für uns ein angenehmer Duft ist: Später ist es nur noch ein schlechter Geruch. Kommt dazu, dass man ein Fondue meist am Abend isst und dann folgerichtig mit einem riesigen, schweren Klumpen Käse im Bauch schlafen geht. Das mag nicht jeder. Das verträgt nicht jeder.«

Ich verspreche Lotte daher, noch Kartoffeln, Quark und Rüeblisalat bereitzustellen. Es soll keiner etwas essen müssen, was er nicht mag. Ich habe schon Touristen gesehen, die das Ganze irgendwo auf die Straße erbrochen haben, nur weil sie im allerheißesten Hochsommer nicht davon abzubringen waren, die Schweizer Spezialität zu kosten, die halt in jedem Reiseführer empfohlen wird.

»Oder sie wissen überhaupt nicht, wie sie es essen sollen. Da haben wir schon allerlei Szenen beobachtet. Einmal habe ich einen Mann beobachtet, der seine Pommes in der Fonduepfanne schwimmen ließ. Und seine Begleiterin schüttete Ketchup darüber, nachdem er sie wieder herausgefischt hatte. Ui, da wurde es mir dann selber auch fast übel«, erzählt Papa.

Da kommt mir eine Idee: »Wir könnten ja mal ein Käsefondue-Tutorial drehen, für Youtube. Das wäre doch lustig.«

Lotte nimmt ihr Handy zur Hand, tippt etwas, und siehe da: Sie findet ganz schnell ein Video mit dem Titel »How to eat Swiss Cheese Fondue«, das schon mehrere tausend Aufrufe

hat. Sicher gibt es also genug Anweisungen im Netz. Sie findet auch seitenweise Rezepte und Erklärungen, wie man ein Käsefondue zubereitet, und studiert sie interessiert.
»Ja, das ist nicht so einfach«, macht sich Papa wichtig. »Es gibt nicht *das* Rezept. Ich glaube, jede Schweizer Familie hat ihr eigenes. Es geht halt um die Feinheiten, die Wahl der Käsesorten zum Beispiel. Mit oder ohne Kirsch? Gewürze? Beilagen? Knoblauch? Man kann über alles diskutieren.«
»Und man tut es auch«, lache ich. »Es ist ein wenig wie beim Wein: Fast jeder Schweizer hält sich für einen Spezialisten.« Dabei gibt es inzwischen fertige Fonduemischungen, gerade in Käsereien, die sehr gut schmecken.

Beim Kaffee nach dem Essen fragen wir uns, um welche Zeit wohl Isabelle und Stefano ankommen. Papa wird nicht hier sein, er trifft sich am Nachmittag mit seinen Freunden, um bei einem von ihnen an einem »geheimen« Fasnachtssujet zu basteln. Da Papa Geheimnisse nicht allzu gut für sich behalten kann, glaube ich zu wissen, dass das Sujet irgendwas mit Alice Weidel zu tun hat. Die deutsche AfD-Politikerin soll bei ihnen wohl eine Helvetia werden. Oder sie zeigen sie als Alice im Schweizer Wunderland.
Lotte versteht überhaupt nicht, worum es geht. Ich erkläre ihr, dass die Fasnacht für viele Luzerner immens wichtig ist und deshalb auch viele das ganze Jahr über an ihrem Wagen, an den Masken und Gewändern für den Fasnachtsumzug arbeiten. Papa trifft sich also heute mit seinen Freunden und redet während des ganzen Essens über Alice Weidel. Sie lebt ja bekanntlich seit langer Zeit mit Frau und Kindern in der Schweiz, wird aber in der deutschen Politik eine immer größere Nummer und scheint auch nur dort Steuern zu be-

zahlen. Was wiederum einige Schweizer ärgert. Mich ärgert eigentlich nur, dass sie für eine rechte, intolerante Politik einsteht, aber lesbisch ist. Dass sie lesbisch ist, ist mir natürlich egal – es geht mich nichts an. Aber es kommt mir halt so vor, als käme es ihr ganz gelegen, dass sie ihre Familie hier in der Schweiz verstecken kann.

Lotte weiß nicht einmal, wer Alice Weidel ist. Aber auch sie hat mitgekriegt, dass Papas Geheimnis eigentlich gar kein Geheimnis mehr ist, denn sie sagt mit einem Grinsen: »Wir Österreicher haben unsere eigenen Probleme. Und auch da gäbe es tausend schöne Sujets für einen Faschingsumzug.«

Das stimmt, genug Themen gibt es wohl in jedem Land, und eigentlich muss man sich zurzeit ja sogar darüber freuen, in einem Land zu leben, wo man alles öffentlich thematisieren darf, ob an der Fasnacht oder sonst wo. Das ist ja nicht mehr selbstverständlich.

Während wir gemeinsam die Küche aufräumen, meint Lotte auf einmal: »Ab heute reden wir wohl wieder Englisch.« Es klingt ein wenig besorgt.

»Das ist gut, dann rede ich nicht so viel«, antwortet Papa lachend.

Ich selber freue mich darauf. Mein Englisch ist nicht schlecht. Zumindest das gesprochene. Ich freue mich auf unser internationales Treffen: Isabelle, die Pariserin, die jetzt in England lebt. Lotte aus Wien. Stefano aus Italien. Christa aus Frankfurt. Und Papa und ich. Das ist doch ein fröhliches Gemisch.

Das sage ich auch zu Lotte und füge an: »Mach dir keine Sorgen! Eine Sprache vergisst man nicht so leicht, und du hast ja auch mal gut Englisch gesprochen.«

Isabelle hat sich überhaupt nicht verändert. Ein paar Falten, ein paar graue Haare. Trotzdem ist sie noch genau gleich, schlank und rank, fast mädchenhaft grazil, wie eine Tänzerin. Sie betritt unseren Laden, und Lotte und ich wissen sofort: Das ist sie. Kein Zweifel. Ihr kurzes Kraushaar schmeichelt ihrem sonnengebräunten Gesicht und gibt ihr eine beneidenswerte Jugendlichkeit. Nur ihre blauen Augen haben möglicherweise etwas von ihrer betörenden Strahlkraft verloren. Vielleicht ist sie ja auch nur müde von der Anreise. Sie umarmt uns, sie begrüßt uns, doch dann will sie einfach nur so schnell wie möglich ins Hotel.

»Ich muss mich kurz hinlegen. Ich bin völlig hinüber«, entschuldigt sie sich, nicht ohne noch mehrmals zu betonen, wie glücklich sie unser Treffen mache. »Einfach mal weg von zu Hause. Das war wirklich überfällig. Ihr habt mich da rausgeholt.«

Sind das die Worte einer glücklichen Frau? Ist Isabelle nicht nur müde von der Reise, sondern ganz allgemein etwas ermüdet von ihrem Leben in England?

Sosehr Isabelle auf den ersten Blick dieselbe geblieben zu sein scheint, so sehr ist Stefano eine Überraschung. Eine riesige. Wirklich. Lotte steht mit offenem Mund da, bis ich ihr mit dem Ellenbogen unauffällig in die Seite kicke. So ein schöner Mann! Fast möchte ich mir seinen Ausweis zeigen lassen. Aus dem hässlichen Entlein ist ein stolzer Schwan geworden. Und so selbstbewusst! Er genießt es sichtlich, dass wir ihn bestaunen, auch wenn wir nun versuchen, dies möglichst unauffällig zu tun. Er ist groß, muskulös, braun gebrannt. Seine Haut ist tadellos, seine Brille modern. Haare hat er zwar fast keine mehr – oder er hat die verbliebenen fein säuberlich abrasiert –, doch mit seinen schönen Gesichtszügen braucht er die auch nicht. Seine Garderobe hat er bestimmt nicht in irgendeinem, sondern in einem exquisiten Mailänder Modehaus gekauft. Gern würde ich mir die Etiketten anschauen. Ich erkenne zwar keine Marken, sehe aber meist schon, wenn etwas ganz ohne Schnickschnack gemacht ist und bescheiden aussieht, aber edel ist und aus kostbaren Materialien besteht.

Stefano ist auch »kostbares Material« geworden. Darauf hätte damals keine von uns gewettet. Selbst seine Zähne sind so weiß, dass es uns fast blendet, wenn er lacht. Und er lacht ständig.

»Ich freue mich sehr, euch alle zu sehen«, meint er und schenkt jeder von uns ein Extralächeln. »Und Luzern mag ich sowieso. Ich war schon oft hier. Auf dem Pilatus, auf der Rigi, auf dem Titlis.« Und er habe schon mehrmals die Sammlung Rosengart besucht. Picasso, Klee, Miró, Monet… Er fragt mich, ob ich Angela Rosengart kenne.

Da muss ich mal kurz schlucken und schüttle nur den Kopf. Ich kenne die Geschichte der Frau, bewundere sie, aber ich habe sie noch nie persönlich getroffen. Stefano kennt sie, und sie hat ihn schon durch das Museum geführt.

»Wusstest du, dass sie Picasso persönlich gekannt hat und sogar mehrmals von ihm gemalt wurde?«, fragt er mich.

Ja, klar, das weiß ich sehr wohl. Außerdem war ich natürlich schon oft in der Sammlung Rosengart und auch in all den anderen schönen Luzerner Museen. Ich interessiere mich schließlich für Kunst. Und ab sofort auch für Stefano.

Ich schicke Lotte einen bösen Blick hinterher, als sie sich mit ihm davonmacht, um ein wenig durch Luzern zu schlendern. Ich kann ja nicht einfach weg. Ich bin die Kugelkönigin und muss in meinem winzigen Schloss bleiben.

Abends sitzen dann alle gemütlich rund um unseren Küchentisch. Ein Käsefondue für sechs Personen zu zaubern, das ist für Papa eine riesige Freude. Er strahlt. Sein Englisch ist, wie er es selber immer wiederholt: ziemlich furchtbar. Aber fließend.
Unsere Gäste kosten das Fondue eher vorsichtig. Ich beobachte, dass Stefano vor allem Kartoffeln mit Quark isst. Auch Christa hat der Mut verlassen, und sie hält sich an den Rüeblisalat. Aber die anderen machen Papa glücklich und hauen so richtig rein. Der kühle Weißwein wird nicht warm in den Gläsern. Wir reden, plaudern, erzählen – und lachen viel, manchmal auch ohne besonderen Grund. Das Zusammensein ist zwanglos. Alle sind entspannt. Keiner muss sich hervortun oder beweisen. Wir lachen über uns und über Anekdoten aus unserer Vergangenheit.
»Was waren wir doch naiv, damals«, sagt Christa. »Wir dachten, die Welt stehe uns offen. Alles sei möglich.«
»Das war es doch auch«, findet Lotte. »Wir wussten nur nicht, wie schnell man alles vermasseln kann.«
»Du sagst es.« Christa nickt ernst.
Stefano erklärt hingegen, er sei heute viel glücklicher als damals. »Als Jugendlicher hatte ich so viele Komplexe, so viele Zweifel, fühlte mich verlassen, allein, als Außenseiter. Ich dachte, ich würde nie einen Platz finden in dieser wilden, lauten, fordernden Welt. Ich war oft sehr traurig und einsam.«
Das können wir uns gut vorstellen.
»Deinen Platz hast du jetzt gefunden?«, wollen alle wissen.
»Ja«, sagt er nur.
Wir bohren ein wenig, wollen mehr erfahren, verstehen nicht, warum er sich so zugeknöpft gibt.

»Ich arbeite im Kulturbereich. Ich habe unter anderem eine Buchhandlung in Mailand gekauft, bevor sie von einer Kette übernommen worden wäre.« Er macht eine kleine Pause, lacht einmal mehr charmant in die Runde und fügt an: »Ich bin den Büchern also treu geblieben.«
Alle erinnern sich, wie er immerzu mit Büchern herumgelaufen ist, seine Nase ständig zwischen den Seiten.
»Aber du nimmst inzwischen auch am Leben teil?«, frage ich deshalb. »Damals warst du ja nur in deiner Bücherwelt gefangen.«
»Aber sicher. Keine Sorge!« Er habe zwei erwachsene Kinder von zwei verschiedenen Frauen und lebe jetzt allein, was ja nicht gerade für seine Lebenstauglichkeit spreche. »Ich bin halt viel unterwegs. Es ist nicht leicht mit mir. Zu Büchern und Buchstaben habe ich wohl immer noch den besten Draht.«
Ich glaube, im Moment finden wir alle, es könnte durchaus leicht mit ihm sein. Am Ende dieses Treffens sind wir wahrscheinlich alle verliebt in diesen Mann, mit dem wir einst gar nichts zu tun haben wollten.
Kunst und Kultur, das sei sein Leben. Picasso habe ja so einen schönen Satz gesagt: »Kunst wäscht den Staub des Alltags von der Seele.« Stefano kann den Satz in allen möglichen Sprachen zitieren.
Nun ja, der Satz ist schön – doch meine Seele ist vielleicht etwas zu staubig geworden. Und die paar Skizzen auf Christbaumkugeln helfen wohl nur wenig beim Entstauben. Mir scheint es auch, dass den anderen das Entstauben ebenfalls nicht nur leicht von der Hand geht. Aber alle zeigen sich fröhlich, und natürlich können wir uns nicht gleich alles anvertrauen.

Jetzt wollen wir auch mehr von Isabelle wissen, beginnen sie auszufragen und sind dann total überrascht. Sie hat tatsächlich unseren Englischlehrer geheiratet. Wir nannten ihn »Long John«, weil er so groß und hager war. Er habe sich erst nach ihrem Abschluss bei ihr gemeldet, als sie schon wieder in Paris war. Er wollte nichts mit einer Schülerin anfangen, hatte sich aber in sie verliebt. Ganz schön korrekt, unser Long John.

»Stellt euch vor, wir haben die Schule inzwischen übernommen. Sie gehört uns. Und John und ich haben eine Tochter, die jetzt auch in der Schule mitarbeitet. Das Leben in der Stadt ist recht fordernd, finde ich. Aber wir besitzen auch ein kleines Haus am Meer.«

Isabelle und Long John.

Das Haus am Meer.

Könnte ein Romantitel sein, ein Song, ein Gedicht. Aber natürlich auch ein Horrorfilmszenario.

Isabelle und Long John.

Sie nennt ihn jetzt Johnny und bittet uns, den Spitznamen Long John von früher nicht mehr zu benutzen. Das sei doch despektierlich.

Isabelle und Long John.

Isabelle und Johnny.

Nie im Leben hätte ich das gedacht. Ich fand den Mann immer ein wenig eigenartig. Eigenartig im eher negativen Sinne. Jedenfalls nicht besonders sympathisch. Er hat es tatsächlich geschafft, das Pariser Stadtfräulein für immer nach England zu locken. Respekt.

Und das heißt: Isabelle hat ihre Träume verwirklicht. Familie stand bei ihr nämlich ganz oben auf der Liste. Und dann das Haus mit Meerblick … Sehr romantisch. Zumindest in meiner Fantasie – ich kann ja nicht hinter die Fassade schauen.

Jetzt werden Pläne für den nächsten Tag gemacht. Lotte möchte auf einen Berg. Christa auf den See. Stefano in ein Museum.
Papa lacht und sagt: »Gut, dass ihr in Luzern seid. Da ist alles möglich. Alles an einem Tag sogar.« Er holt Papier und Kugelschreiber und skizziert ihnen einen Tag, der alles beinhalten könnte. »Zuerst fahrt ihr mit dem Katamaran über den Vierwaldstättersee nach Kehrsiten. Dort steigt ihr in die Standseilbahn hoch zum Bürgenstock und macht einen leichten Spaziergang mit beeindruckender Aussicht. Für das Mittagessen gibt es ein schönes Restaurant da oben. Dann kommt ihr mit dem Schiff zurück und besucht im vierten Stock des KKL das Kunstmuseum Luzern. Das ist direkt dort, wo das Schiff ankommt, beim Bahnhof.«
Der Wetterbericht ist gut. Das vorgeschlagene Programm auch. Nur Lotte will nicht so recht. Es sei ihr zu teuer, sagt sie schließlich. Und Christa will ganz sicher kein Museum besuchen.
Gespannt beobachte ich diese Gruppendynamik. Gibt es nun Streit und Ärger? Nein. Im Gegenteil.
»Das ist überhaupt kein Problem. Wir sind ja erwachsen und nicht auf Klassenfahrt oder so. Ist doch schön, dass wir alle so verschieden sind. Jeder soll tun und lassen, was er will. Wir können uns abends wieder treffen«, erklärt Christa entspannt. Sie werde sich eine große Rundfahrt auf dem Vierwaldstättersee gönnen, dazu das eine oder andere Glas Wein trinken und ansonsten einfach nur belämmert in die Umgebung schauen.

»Dann schlafe ich aus und besuche tagsüber die Buchhandlungen und so viele Museen, wie ich halt grad mag«, verkündet Stefano.
Lotte wird am Morgen mit Papa zum Hotel Château Gütsch hochspazieren und vornehm einen Kaffee trinken. Sie war nämlich ganz begeistert, als sie auf einer Ansichtskarte das schlossartige Gebäude etwas oberhalb von Luzern entdeckte, das von der Stadt aus betrachtet wirklich sehr märchenhaft aussieht. Dort werde sie ein paar Fotos machen. Luzern von oben. Danach will mir Lotte im Laden helfen, während sich Papa noch einmal mit seinen Fasnachtsfreunden treffen will, wenn er schon nicht als Reiseleiter gefragt sei. Und ja, beinahe hätte ich es vergessen: Ich muss ja auch noch meinen Bastelsamstag im Pfarreisaal vorbereiten.
»Und du, Isabelle?«, frage ich, weil sie bei all den Diskussionen so still geblieben ist.
Sie winkt ab und erklärt mit einem Gähnen: »Ich muss schlafen.«
»Du kommst nach Luzern, um zu schlafen?«, wird sie von Stefano geneckt.
»Ja«, sagt sie. Sie habe anstrengende Wochen hinter sich, sei krank gewesen und genieße grad ein wenig Zeit für sich.
»Lasst sie doch«, wehre ich mich für sie.
Am Abend will Lotte sogar für alle kochen. »Irgendwas Einfaches«, wie sie betont. »Spaghetti vielleicht.«
Mit Spaghetti sind alle einverstanden.
Mit dem Programm auch.
Nur Papa ist ein wenig beleidigt, weil man ihn als Reiseleiter einfach so abgewürgt hat. Der in Aussicht gestellte Ausflug mit Lotte versöhnt ihn allerdings ein wenig. Er zieht sich früh in sein Zimmer zurück, obwohl er ganz bestimmt nicht

schlafen kann, solange wir uns hier fröhlich unterhalten. Dafür ist das Haus zu alt und zu ringhörig.
Kurz nach Mitternacht sind dann allerdings alle weg. Im Bett spüre ich den Käseklumpen in meinem Bauch. Aber ich mag das. Er gibt mir eine fast sprichwörtliche Bettschwere.

11

Blue Eyes

Am Morgen wirkt Papa ein wenig mitgenommen. Er braucht unbedingt genug Schlaf. Ich habe ein schlechtes Gewissen. In Zukunft müssen wir uns woanders treffen – oder zumindest nach dem Essen in eine Bar weiterziehen. Es gibt ja in unserer Umgebung genug davon.
Im Laden habe ich schon am frühen Morgen eine spezielle Begegnung. Eine junge Amerikanerin zeigt mir ihren Ausweis. Sie wurde tatsächlich auf den Namen »Lucerne« getauft, die englische Schreibweise von Luzern. Jetzt will sie möglichst viele Artikel kaufen, die mit diesem Namen beschriftet sind. Wir finden einige: T-Shirts, Postkarten, Kühlschrankmagnete …
»Warum heißen Sie so? Wissen Sie das?«, frage ich neugierig.
»Meine Eltern sagen, dass ich hier gezeugt wurde, im Sommer 1999, als sie hier zusammen Urlaub machten.«
»Das ist eine bezaubernde Geschichte«, sage ich, meine Gedanken hingegen geraten auf Abwege: Ich versuche mir vorzustellen, was für bizarre Namen Kinder bekommen

könnten, wenn man sie nach ihrem Zeugungsort benennen müsste. Da käme vielleicht auch einmal »Park« oder »Auto« infrage. Gut, das Autobaby könnte – wenn es Glück hat – Mercedes heißen. Weniger klangvoll wäre Volvo oder Volkswagen. »Mein« Lucerne-Kind wird ja in Amerika vielleicht einfach Lucy genannt. Wäre das bei der Zeugung in Oberuzwil oder Niederrickenbach auch so, oder wäre es da immerzu dem Spott der anderen Kinder ausgesetzt?
»Hallo?«
Oh, meine Fantasie geht gerade mit mir durch und lässt mich unaufmerksam werden. Ich entschuldige mich schnell. Lucerne möchte noch eine meiner großen Christbaumkugeln mit ihrem Namen und Porträt drauf. Diese will sie ihren Eltern schenken.
Eine schöne Idee.
Ich habe viel zu tun und bin wirklich froh um Lottes Hilfe, lasse sie sogar kurz im Laden allein, weil ich viel Material in den Pfarreisaal schaffen muss. Vor allem natürlich Kugeln. Normalerweise kommen ungefähr zwanzig Kinder. Manchmal basteln dann plötzlich auch erwachsene Begleitpersonen begeistert mit. Da drücken wir jeweils ein Auge zu. Es wird immer ein intensiver Nachmittag, und am Ende sieht der Raum meist aus wie ein Schlachtfeld. Ich bin jeweils froh, dass ich nicht auch noch putzen muss, weil der Nachmittag mich ohnehin schon völlig erledigt zurücklässt. Und diesmal haben wir am Abend ja noch das festliche Dinner mit Himari.
Gut, dass ich nach den vielen Jahren, in denen ich das anbiete, eine Liste habe, die ich nur abarbeiten muss. Ich weiß genau, was ich für den Bastelnachmittag brauche und was schon vor Ort verfügbar ist. Die Kinder wurden bei ihrer

Anmeldung aufgefordert, sich Gedanken zu machen und vielleicht etwas mitzubringen, was ihnen wichtig ist. Fotos von Luzerner Fußballern oder Taylor Swift habe ich zum Beispiel nicht im Angebot. Aber ich habe Glitzer und Glitter und buntes Papier, dazu Stifte aller Art, sogar Fingerfarben. Auch selbstklebende Sterne und Herzchen sowie Lametta bringe ich mit. Dazu Leim, Scheren, Schürzen, Zeitungen als Unterlage …

Es ist schon eine sportliche Übung, alles in den Pfarreisaal zu schaffen. Aber die Sonne scheint, und ich denke, etwas Bewegung tut mir gut. Es geht ja nur ein paar Treppenstufen nach oben und dann nach rechts. Der Raum liegt zum Glück in der unmittelbaren Nachbarschaft.

Am Abend, beim Spaghetti-Essen, haben alle viel zu erzählen. Christa scheint ein wenig angetrunken zu sein.

»Ach, ich vertrage viel«, lacht sie nur. Es habe ihr auf dem See gefallen. »Das ist Entspannung pur. Nirgends kann ich besser entspannen und abschalten als auf dem Wasser.«

Mir kommt sie eigentlich immer sehr entspannt vor.

Sie habe einfach rein gar nichts gemacht, weder gelesen noch gestrickt noch Kreuzworträtsel gelöst, erzählt sie weiter.

Das kann sich Lotte gar nicht vorstellen: »Das wäre mir viel zu viel Ruhe.« Sie müsse immer etwas tun.

Papa und ich lächeln uns an. Wir haben schon oft Vierwaldstättersee-Rundfahrten gemacht. Wir können auf diesen großen Schiffen auch einfach nur sitzen und schweigen und schauen. Im Sommer kurven fünf historische Schaufelraddampfer und vierzehn große Motorschiffe über den See. Papa liebt die alten Schiffe sehr. Die »Uri« ist zum Beispiel seit 1901 unterwegs und das älteste Dampfschiff der Schweiz.

Stefano honoriert Christas Genussfahrt sogar mit einem Zitat. Johann Wolfgang von Goethe sei 1779 in Luzern gewesen und habe einem Freund geschrieben:

> *[...] würd' ich dir fast raten, diese Gegenden*
> *mit einem sachten Genusse recht einzuschlürfen.*
> *Ich bin die beiden Male nur wie ein Vogel durch*
> *und sehne mich immer wieder hin.*

Ja, das ist Stefano, wie wir ihn kennen: Zitiert Goethe aus dem Stegreif. Und das als Italiener!
Und Christa lacht fröhlich: »Genau, ich habe geschlürft. Nicht nur die Gegend, auch den Wein. Und alles mit sachtem Genusse.«
Auch Lotte und Stefano erzählen angeregt von ihren Erlebnissen in Luzern. Lotte hat es natürlich im Château Gütsch gefallen. Ein Schlosshotel, das nicht nur von unten fasziniert. Man kann dort in der Umgebung Waldspaziergänge machen oder eben im Luxushotel von der Terrasse aus die Stadt fotografieren.
»Und davon träumen, man hätte so viel Geld, um hier logieren zu dürfen«, ergänzt Lotte. Sie habe mit Papa sehr tiefgründige Gespräche geführt. »Das hat mir gutgetan. Danke, Doris, dass ich mir deinen großartigen Papa habe ausleihen dürfen.«
Papa errötet ein wenig. Das freut mich.
Die Spaghetti schmecken uns allen gut. Lotte kocht ausgezeichnet. Wenn jemand ein einfaches Gericht so hervorragend zubereiten kann, ohne Schnickschnack und teure Zutaten, dann ziehe ich meinen Hut.
Diesmal verlassen wir nach dem gemeinsamen Essen mein Zuhause und gehen hinüber in die National Bar. So be-

kommt Papa genug Schlaf. Das »National« ist meine Lieblingsbar in Luzern, elegant und stilvoll. Der Pianist scheint heute freizuhaben. Mir fällt ein, dass meine Tochter wohl »National« heißen würde, wenn die Namensgebung nach dem Ort der Zeugung gehen würde. Romica hatte damals, als ich mich in ihn verliebte, hier gespielt.
Wir sitzen in einer Ecke und plaudern, genießen Drinks in allen Farben. Manchmal habe ich das Gefühl, Christa schlafe gleich ein. Aber dann hat sie sich wieder im Griff und ist voll da. Ich beobachte unsere kleine Gruppe, klinke mich kurz aus, lehne mich ein wenig zurück und fühle mich erstaunlich wohl.
Doch plötzlich habe ich eine Art Flashback.
Ich höre ein paar Pianotöne und weiß: Das ist er.
Unglaublich.
Unmöglich.
Das wäre ja unerhört.
Ich drehe mich zum Flügel um, und da sitzt er und spielt: Romica, der arme arbeitslose Pianist, dem ich gerade Geld übermittelt habe.
Und er grinst ein saufreches Grinsen.
Und was spielt er? »Blue Eyes« von Elton John.
Schließlich singt er auch noch dazu. Das kann er. Keine Frage.
Unser Lied!
Wahrscheinlich glaubt er heute noch, ich hätte blaue Augen. Aber so genau hat er halt nie hingeschaut. Meine Augen sind grün.
Baby's got blue eyes
Like a deep blue sea
On a blue, blue day

Ich stehe ruckartig auf und flüchte auf die Toilette, knalle die Tür hinter mir zu und versuche, meine Gefühle wieder unter Kontrolle zu bekommen.
Unverschämt!
Geschmacklos!
Aber ich bin nicht nur wütend, sondern total aufgewühlt, mit der Vergangenheit konfrontiert, von Erinnerungen überwältigt, die ich verdrängt habe.
Ich gehe ans Lavabo und wasche meine zittrigen Hände mit eiskaltem Wasser. Immer wieder.
Plötzlich steht Lotte hinter mir und fragt besorgt: »Ist irgendwas?«
»Dieser Pianist … Das ist *er.*«
»Wer, *er*?«
»Romica.«
»Nein!«
»Doch.«
»Er ist echt gut.«
Ich schaue sie böse an.
Sie korrigiert sich schnell: »Na ja … aber man sieht natürlich sofort, dass er ein Arsch ist.«
Jetzt lachen wir kurz zusammen. Natürlich sieht man so was eben nicht. Das wissen wir beide.
»Warum ist er hier?«, fragt Lotte.
»Gute Frage!«
»Bleibst du jetzt für immer hier auf dem Klo?«
»Ja«, antworte ich trotzig. »Ich will einfach nichts mehr mit ihm zu tun haben. Nie mehr. Und das weiß er.«
»Komm! Ich bin ja bei dir«, sagt Lotte und hält mir ihren Arm hin. Gemeinsam gehen wir zurück in die Bar. Einen winzigen Augenblick lang bin ich erleichtert. Romica sitzt nicht

mehr am Flügel. Vielleicht war es nur eine Illusion, ein Trugbild, eine Erscheinung? Aber – wie könnte es anders sein – er ist sehr wohl noch hier. Romica sitzt mitten unter meinen Gästen und plaudert angeregt und charmant, unterhält sie wohl mit seinen Anekdoten aus dem Leben eines Barpianisten, der eigentlich zu viel Höherem berufen gewesen wäre. Alle hängen an seinen Lippen.
Nein, das geht gar nicht!
Das halte ich nicht aus!
Dieser Mistkerl respektiert mich nicht einmal heute, nachdem ich ihm erst gerade aus der Patsche geholfen habe.
Ich schnappe mir meine Jacke und sage mit knappem Lächeln in die Runde: »Entschuldigt, aber ich muss. Wir sehen uns morgen Abend beim Essen mit Himari. Ihr wisst ja, wo und wann. Bis dann!« Ich bin so schnell weg, dass selbst Romica nur noch mit offenem Mund hinter mir herschauen kann.

Natürlich kann ich lange nicht einschlafen, beschäftigt mit meiner Wut, meiner Enttäuschung – ja, und auch mit meiner Trauer. Dieser Mann hat mein Leben versaut. Oder ich habe mir selbst mit diesem Mann mein Leben versaut. Allerdings ist mein Leben ja gar nicht so schlecht.
Eigentlich – so würde Lotte zumindest sagen – ist es wunderbar, so, wie es ist. Mit ein paar Baustellen oder kleinen Wunden, aber doch voller Leben und Liebe.
Ich versuche, mich eine Weile nur auf das Gute in meinem Leben zu fokussieren, und höre aus der unteren Wohnung das gleichmäßige Schnarchen meines Vaters. Ja, das Haus ist alt, man hört alles. Aber ich beruhige mich langsam und schlafe ein, bevor Lotte heimkommt. Doch eben, das Haus

ist ringhörig, und so wache ich dann ob dem Quietschen der Türscharniere und den knarrenden Treppenstufen auf.

Lotte schaut in mein Zimmer und fragt: »Alles okay bei dir?«

»Jaja.«

»Jaja?«

»Genau.«

Sie setzt sich kurz auf mein Bett und erzählt: »Doris, das war schon ein seltsamer Abend. Die anderen wissen ja nicht so genau, was damals war, zwischen dir und Romica. Er hat sie so richtig um den Finger gewickelt. Ich hab halt einfach geschwiegen. Die wollten ihn am Ende sogar zum Essen mit Himari einladen. Da habe ich dann doch gesagt, das gehe auf keinen Fall. Es sei ja Himaris Einladung und unser Treffen. Romica sei ja nur ein Ex von dir.«

»Und dann?«

»Ich glaube, du musst morgen schon noch etwas dazu sagen. Die anderen waren etwas überrascht, dass ich so entschieden reagiert habe. Und Romica war wohl erstaunt, dass ich die Einzige war, die seinem Charme nicht erlegen ist.«

»Danke, Lotte. Du bist ein feiner Mensch. Du solltest hierbleiben. Bei uns. Für immer.«

»Ach, und da gab es noch einen eigenartigen Zwischenfall. Als ich mal zur Toilette musste, traf ich draußen auf dem Gang auf Christa und Romica. Sie diskutierten laut. Es war eine ganz, ganz schlechte Stimmung. Ich dachte, die gehen sich gleich an die Gurgel. Aber sie wurden sofort still, als sie mich bemerkten. Als fühlten sie sich irgendwie ertappt.«

»Echt?«

»Ja.«

»Vielleicht wollte er ihr an die Wäsche? Oder sich gratis in ihrem Zimmer einquartieren? Lass uns schlafen. Morgen erfahren wir sicher mehr. Ach, und hat Romica gesagt, warum er hier ist?«

»Er habe hier ein extrem günstiges Airbnb gefunden. Richtig billig.«

»Wers glaubt! Ausgerechnet in Luzern! Wir haben hier die Airbnb-Auswüchse per Gesetz reglementiert.«

»Romica hat uns das Zimmer auf dem Handy gezeigt. Wirklich billig. Es liegt allerdings etwas außerhalb, in – Malters, ja, ich glaube, Malters heißt der Ort.«

»Etwas außerhalb? Ziemlich viel außerhalb. Fast zehn Kilometer! Ja, da kann er durchaus etwas Günstiges gefunden haben.«

Zuhinterst im schönen, ländlichen Entlebuch hätte er sicher etwas noch Preiswerteres gefunden. Und wäre noch etwas weiter weg von hier gewesen …

12

Himari

Und dann kommt der Samstag.

Das ganze Hofquartier ist in Weihnachtsstimmung. Der Weihnachtsmarkt findet direkt vor unserem Laden statt und zieht sich hin bis zur Hofkirche. Der Drehorgelmann spielt schon in aller Frühe, kann es wohl kaum erwarten. Später wird er von anderen musikalischen Darbietungen abgelöst. Es gibt ein Kinderkarussell, und auch kulinarisch wird viel geboten. Am Abend kann man in der Hofkirche gemeinsam singen, und tagsüber werden Führungen durch die Kirche angeboten. Das bringt natürlich auch Leute in unseren Laden. Ich bin froh, dass Lotte da ist und mithilft. Ich zeichne mehr Gesichter als sonst. Eine Mittagspause liegt nicht drin. Das ist unser wichtigster Tag. Wir verkaufen sogar ein paar richtig teure Schnitzereien, die wir bei den Schnitzern in Brienz höchstpersönlich eingekauft haben. Und vier Rosenkränze, die Papa jeweils in Einsiedeln holt. Ich selber wüsste nicht einmal mehr genau, wie man einen Rosenkranz betet. Ich kann auch ohne diese ordentlich aufgereihten Kügelchen beten, wenn ich will. Meine Gebete sind eher emotional und spontan, nicht organisiert und abgezählt.

Jetzt schicke ich gerade ein Stoßgebet zum Himmel, mein Bastelnachmittag möge nicht zum Desaster werden. Denn er droht gerade von seinem eigenen Erfolg verdorben zu werden. Es kommen viel zu viele Kinder. Bald finde ich auch heraus, warum. In der »Luzerner Zeitung« ist heute der Artikel über mich erschienen. Wir hatten ja noch gar keine Zeit fürs Zeitunglesen, aber eine Frau hält mir das Blatt strahlend unter die Nase. »Die Königin der Kugeln«. Ein fetter Titel, ein sympathisches Foto von mir, ein ansprechender Text. Dazu in einer kleinen Box der Hinweis auf den Bastelnachmittag. Nur leider fehlt die Anmerkung, dass eine Anmeldung nötig sei, wegen der beschränkten Platzzahl.

Schon um halb zwei stehen die Kinder Schlange. Zwanzig waren angemeldet, nun sind aber eher sechzig Kinder hier. Papa schließt spontan den Laden und kommt mit Lotte zu Hilfe. Die rote Zipfelmütze hat er ja schon auf, und nun bringt er ein paar Bücher in den Raum nebenan.

»Ich werde Geschichten erzählen und versuchen, die Kinder möglichst lange so zu unterhalten. Und du, du musst halt et-

was schneller basteln als sonst, damit auch alle mitmachen können. Lotte kann dir helfen. Simon kommt, so schnell er kann, und öffnet den Laden wieder.«
Papa hat gut reden: schneller basteln! Nein, so wird es kein gemütlicher Bastelnachmittag. Statt vorweihnächtlicher Freude ist es vorweihnächtlicher Stress. Zuerst lassen wir die angemeldeten Kinder herein. Sie sind motiviert und voller Tatendrang. Zu motiviert und mit zu viel Drang – für meinen Geschmack. Der kleine Fritz mit der Überdosis Sommersprossen zum Beispiel hat innert Kürze Laura mit rosarotem Glitzerspray besprüht. Laura schreit jetzt natürlich, obwohl ihr der Glitter eigentlich ganz gut steht, da sie von Natur aus eher etwas blass wirkt. Dann wirft sie erbost mit ihrer großen Christbaumkugel nach dem Täter. Und plötzlich fliegen verschiedene Kugeln durch die Gegend, weil das nun alle lustig finden – alle außer mir.
So etwas ist wirklich noch nie vorgekommen, und ich bin einen Moment lang vor Schreck wie gelähmt. Die Situation droht mir endgültig zu entgleiten. Doch dann legt Lotte gekonnt Daumen und Zeigefinger an die Lippen, bläst hinein und hat mit ihrem schrillen, erschreckend lauten Pfiff sofort die Aufmerksamkeit der Kinder. Lotte rettet die Situation, bevor sie ganz ausartet, bevor es eine Christbaumkugel-Schlacht gibt.
Es wird wieder friedlich, und unter unserer lockeren Aufsicht entstehen nun nicht nur unbeholfene Basteleien, sondern auch einige kleine Kunstwerke. Lotte und ich helfen, wo wir können. Ich zeichne da und dort ein Gesicht, trockne die eine oder andere Träne, inspiriere, motiviere. Kinder mit fertigen Kugeln schicken wir möglichst schnell heim, damit Papa wieder ein paar neue Bastler zu uns lassen kann.

Es läuft.
Nur schade, dass es zu viele Kinder sind, um dem Ganzen einen besinnlichen, weihnächtlichen Rahmen zu geben. Es ist zu hektisch. Ich bin überhaupt nicht entspannt. Das merken die Kinder natürlich. Die paar erwachsenen Begleitpersonen, die wir in einer Ecke mit Kaffee bewirten, sind wohl die Einzigen, die alles locker nehmen. Nur eine Mutter bekommt einen hysterischen Anfall, als ihre Tochter Lena sich Leim in die blonden Locken schmiert. Viel Leim in viele Locken. Die Mutter droht mir mit einem »Nachspiel«, was immer das bedeuten mag. Lena selber findet alles halb so schlimm.
»Kann man das wegschneiden?«, fragt sie und schaut mich mit großen Augen an. Sie finde kurze Haare viel schöner. Hat sie sich etwa absichtlich Leim in die Haare geschmiert?
»Der Leim ist wasserlöslich«, wiederhole ich immer wieder, aber die Mutter hört mir gar nicht mehr zu und verlässt wutschnaubend den Anlass, ihre Tochter hinter sich herziehend.
Eine besonders schöne Kugel gestaltet Amelie, indem sie ihre winzigen Hände mit weißer Fingerfarbe beschmiert und damit einen Abdruck auf einer großen, roten Kugel macht. Keine riesige Sache, aber wirklich effektvoll. Amelie bekäme heute von mir den ersten Preis, würden wir denn Preise verteilen. Ich mache schnell ein paar Fotos von ihrer Kugel. Meine Begeisterung verleitet die kleine Amelie leider dazu, auch auf den Möbeln und Wänden und überhaupt überall Handabdrücke machen zu wollen. Es braucht viel Überredungskunst und Ablenkung, sie davon abzubringen.
Gregor ist für Lotte und mich der Höhepunkt des Nachmittags, weil er in der Nase bohrt und seine Kugel mit den

Fundstücken daraus verziert. Lotte und ich können einen Lachanfall nur schwer unterdrücken.
»Findest du das schön? Gefällt dir das?«, frage ich Gregor.
»Ja«, antwortet er ernsthaft und nickt.
Ich rate ihm, doch wenigstens noch etwas Glitter draufzusprühen. Gregor zieht das in Erwägung, muss es sich aber noch überlegen. Er hat ja auch noch mit seiner Nase zu tun. Er ist die Ruhe selbst.
Draußen singt ein Kinderchor »Leise rieselt der Schnee«, und Lotte singt lautstark mit. Auf einmal entsteht doch eine weihnächtliche Atmosphäre in unserem Bastelcamp. Die Kinder stimmen nämlich spontan mit ein. Ein fröhlicher Chor. Es gibt ja immer wieder Leute, die behaupten, jeder könne singen. Das mag stimmen. Theoretisch. Nur trifft halt nicht jeder die Töne. Bei weitem nicht. Papa zum Beispiel singt ja schrecklich falsch, aber mit Leidenschaft. Und meine Bastelkinder singen vor allem laut und kräftig und hoch. Aber alle halten einen Augenblick lang inne mit ihrer Beschäftigung und konzentrieren sich auf das Lied.
Ein schöner Moment.
Ein Durchatmen.
Ein wenig Weihnachten.
Und doch muss ich auch schauen, dass meine Stifte nicht in den Taschen der Kinder verschwinden.
Es ist anstrengend. Aber schön.
Die kleine Maria schneidet aus der Zeitungsseite mit dem Artikel über mich viele kleine Schnipsel und klebt sie auf ihre Kugel. Beim letzten Schnipsel schneidet sie sich in den Finger. Sie schreit so laut und durchdringend, als hätte sie ihn abgeschnitten, dabei ist der Schnitt zum Glück nur ein harmloser Kratzer. Ich glaube, sie vergießt bei diesem tragi-

schen Unfall gerade mal einen einzigen, winzigen Tropfen Blut. Eine Andeutung eines Tropfens, sozusagen. Als ich ihr helfen will, tritt sie mich, strampelt, boxt. Fast hätte ich Lust, der kleinen Maria tatsächlich irgendwas abzuschneiden. Lotte übernimmt und kann sich zum Glück mit der Kleinen verständigen. Sie desinfiziert die Wunde und verbindet Marias ganze Hand, bis es aussieht, als wäre sie damit in einen Fleischwolf geraten. Dann bastelt sie aus einem goldenen Geschenkband auch noch eine Schlinge. Jetzt strahlt Maria wieder. Ihre Mutter wird einen Herzinfarkt bekommen, wenn sie das Mädchen abholt. Maria geht rüber zu Papa, die eine Hand stolz in der Schlinge, in der anderen ihre Zeitungskugel.

Lotte und ich lachen. Leise.

Ja, alles in allem ist es ein schöner Nachmittag. Schön, zu sehen, wie die meisten Kinder die Kugeln mit voller Konzentration bemalen. Die älteren schreiben noch Glückwünsche, Grüße und Widmungen drauf. Es macht Freude, wenn sie so begeistert arbeiten, mit offenem Mund. Beim Zeichnen kann ich helfen oder Tipps geben. Beim Trösten erweist sich Lotte als die Geschicktere von uns.

Und dann wird es langsam dunkel.

Draußen spielt jetzt eine Bläserformation »Stille Nacht«.

Eigentlich hätte ich nun auch sehr, sehr große Lust auf eine wirklich stille, ruhige Nacht. Aber wir haben ja noch Programm. Lotte und Papa helfen mir, meine Sachen zusammenzupacken.

»Kinder sind einfach wunderbar«, meint Papa. Dabei sieht er aus, als könnte er grad stehend einschlafen.

»Besonders wunderbar, wenn es nicht die eigenen sind und man sie wieder abgeben kann«, meint Lotte trocken. »Und

sie nicht erziehen muss, nur aushalten. Obwohl: Wenn man sie selber erzogen hätte, gäbe es nicht so viel auszuhalten.«
Ich sage gar nichts. Denn natürlich habe ich heute mehrmals an mein Großkind gedacht, das ich nicht kenne. Gianni. Ihn würde ich gern ein wenig aushalten. Wie gern würde ich mit ihm basteln und zeichnen und mich mit ihm auf Weihnachten freuen.
Gut, dass wenig Zeit zum Denken blieb, inmitten der bastelnden Kinderschar.

Pünktlich um sieben stehen Lotte und ich – geduscht und umgezogen – im Hotel Schweizerhof bei der Rezeption, wie abgemacht. In der Eingangshalle steht ein riesiger Christbaum, üppig und edel geschmückt.
»Was für ein Hotel«, schwärmt Lotte, »was für eine Atmosphäre!«
Ja, klar, der »Schweizerhof« ist eine gute Adresse. Das Haus war das erste Grandhotel der Gegend, wurde 1845 erbaut und steht heute unter Denkmalschutz. Hier hat Richard Wagner seine Oper »Tristan und Isolde« vollendet und traf sich mit König Ludwig II. Mark Twain war hier, Königin Elisabeth II., Leo Tolstoi, Roger Moore, in neuerer Zeit Prominenz wie der Popstar Anastacia …
»Papa und ich trinken hier ab und zu einen Kaffee. Entweder in der schönen Bar oder draußen auf der Terrasse. Aber gegessen habe ich hier erst zweimal. Exklusiv, aber wirklich teuer«, erzähle ich.
»Himari muss es finanziell wirklich gut gehen«, sagt Lotte ehrfürchtig.
Und dann steht sie vor uns: Himari. Die Sonnenblume. Auch älter geworden, wie wir alle. Aber immer noch schön und

grazil. Sie trägt ein dunkelblaues Kostüm und die passenden Schuhe, natürlich alles sehr elegant, fast ein bisschen streng. Ist das wirklich noch meine Himari? Wir verneigen uns andeutungsweise voreinander.

Sobald sie lacht, löst sich mein Befremden in Luft auf.

»Schön, euch zu sehen«, sagt sie und umarmt uns. »Kommt! Die anderen sitzen schon am Tisch.«

Sie hakt sich bei mir und Lotte unter.

Himari.

Ihr haben wir dieses außergewöhnliche Klassentreffen zu verdanken.

Am Tisch begrüßen wir uns alle, allerdings benehmen wir uns in der gediegenen Atmosphäre ein wenig steif.

Doch wir sind natürlich neugierig auf Himari, wollen wissen, was sie macht, wie sie lebt.

»Ich bin Neurowissenschaftlerin geworden«, erzählt sie. »Meist arbeite ich in Japan, ich bin aber auch viel in Deutschland und in der Schweiz.« In Luzern sei sie allerdings noch nie gewesen. »Jetzt findet hier ein Kongress statt, und darum bin ich gekommen.«

»Darum sind wir alle gekommen«, sagt Stefano und hebt das Glas auf unsere Gastgeberin. »Sie hat ja eigentlich dieses Treffen ausgelöst.«

Die Speisekarten werden gereicht. Aus dem Augenwinkel sehe ich, dass Lotte blass wird, als sie die Preise sieht.

»Ihr seid eingeladen«, erklärt Himari, nicht etwa großspurig, sondern eher so nebenbei.

Der Alpenzander kommt aus dem Wallis, das Wienerschnitzel aus dem Muotathal. Sogar – und das amüsiert mich – die Pommes werden verortet: Die Kartoffeln stammen aus der Zentralschweiz.

Wir bestellen also, und nachdem jeder etwas von sich erzählt hat, wollen alle mehr von Himari und ihrem Kongress wissen. Wir erfahren, dass es ein Symposium von Hirnforschern aus aller Welt ist und dass Himari eigentlich nicht in dem Sinn teilnehme, sondern als Referentin eingeladen sei. Fast fällt es ihr schwer, zu ihrem Erfolg zu stehen.
»Worüber referierst du denn?«, will ich wissen.
»Nun, ich halte einen Vortrag zum Thema Gender-Medizin.«
Aha.
Darunter kann ich mir grad überhaupt nichts vorstellen.
»Und das ist was genau?«, fragt Isabelle neugierig.
»Also einfach ausgedrückt«, schiebt Lotte nach. »Ich meine, für Laien formuliert, bitte. Ich möchte es auch verstehen.«
Himari lächelt und erklärt dann: »Es geht um – Präzisionsmedizin. Medizin muss geschlechtsspezifisch betrachtet werden. Es geht darum, dass man bei der Entwicklung von Medikamenten in der Vergangenheit – und leider zum Teil heute noch – immer wie selbstverständlich davon ausging, dass Frauen in gewissem Sinn kleinere Männer seien. Dabei sind sie doch völlig anders.«
Das verstehen alle.
»Aber in der Tat werden Medikamente fast nur an Männern getestet, also für Männer gemacht. Das fängt schon im Labor an: Weibliche Zellen fehlen in der Forschung oft. Auch gibt es keine Geschlechtsbestimmung bei Tierversuchen. Doch am Ende wird dann das neue Medikament Männern und Frauen angeboten.«
Wir hängen an Himaris Lippen. Sie redet mit viel Leidenschaft und kann sich so ausdrücken, dass wir die ziemlich komplexe Materie verstehen. Ihr Englisch, das früher einen starken asiatischen Akzent hatte, klingt heute perfekt.

»Und warum macht man diese einseitigen Tests, das ist doch falsch?«, fragt Christa.
»Ach, man sagte immer, es sei zu teuer, das gleiche Medikament an Frauen und Männern separat zu testen. Aber 2019 passierte etwas, was die Wissenschaftler, die das Ganze so wie ich sehen, unterstützt hat. Es kam ein neues HIV-Medikament auf den Markt, das in einer klinischen Studie ausschließlich an Männern getestet worden war. Und dann das Unerwartete: Es wurde zwar zugelassen, aber nur für Männer. Nur für Männer! Das bedeutete für die Produzenten eine extreme finanzielle Einbuße. Es ging sehr viel Geld verloren. Aber der Entscheid war richtig und wichtig.«
»Warum werden denn nicht automatisch gleich viele weibliche Testpersonen genommen?« Ich frage dies, weil ich es wirklich nicht verstehen kann. Das wäre doch eine einfache Lösung.
»Frauen werden nicht so gern für klinische Studien genommen, weil sie schwanger werden könnten und man Angst hat, dass es dann unerwartete Probleme und schlimmstenfalls einen Skandal geben könnte«, antwortet Himari. Aber in erster Linie sei es wohl den meisten Firmen einfach zu teuer und zu kompliziert, ihre Studien an Männern und Frauen separat zu machen.
Wer hätte das gedacht: Die stille, zarte Himari kämpft für die Frauen. Das gefällt mir.
Das Essen wird serviert, und wir erfreuen uns an den ausgezeichneten Speisen, dem guten Service, dem schweren Rotwein. Trotzdem, wir wollen mehr wissen. Und Himari ist zum Glück nicht so wortkarg wie zum Beispiel Christa, die nie über ihre Arbeit spricht, oder der Geheimniskrämer Stefano, von dem wir zwar wissen, dass er irgendetwas mit

Kultur macht, aber nicht damit herausrückt, was das genau heißt.

Himari erzählt gern. Wohl weil sie eine Mission hat.

»Ich habe mich ausgiebig mit den geschlechtsspezifischen Unterschieden bei der Alzheimererkrankung beschäftigt«, fährt sie nun weiter. »Siebzig Prozent der Patienten sind Frauen. Achtzig Prozent ihrer Betreuer sind Frauen, bezahlt oder unbezahlt. Die Symptome der Krankheit sind bei Frauen anders als bei Männern, auch der Verlauf. Trotzdem: Die Medikamente werden fast nur an Männern getestet, also für Männer gemacht.«

Auch bei multipler Sklerose seien achtzig Prozent der Betroffenen weiblich, und auch Migräne trete mehrheitlich bei Frauen auf. »Achtzig Prozent aller Autoimmunerkrankungen erleiden Frauen. Aber diese Unterschiede sind noch kaum erforscht. Wir brauchen also Präzisionsmedizin. Für Frauen.«

Wir sind jetzt alle einen Moment lang still. Himari hat so engagiert gesprochen. Und eigentlich ist das, was sie gesagt hat, wirklich unerhört. Es ist wohl höchste Zeit, dass man ihresgleichen zuhört.

»Doch, doch, man hört uns langsam zu. Das schon. Ich wurde sogar schon ans WEF in Davos eingeladen. Es tut sich was«, beruhigt Himari unsere aufkommende Entrüstung. »Aber wir brauchen Geld. Millionen. Für die Forschung.« Dafür brauche es eben auch eine großflächige Empörung. Himari lächelt.

»Warum erkranken so viel mehr Frauen an Alzheimer? Das macht mir ja Angst«, meldet sich Lotte zu Wort.

»Eine klare Antwort gibt es da leider nicht. Man weiß, dass es genetische Gründe gibt, aber auch soziale. Zum Beispiel besteht ein ziemlich trauriger Zusammenhang zwischen der großen Zahl der Frauen, die an Alzheimer erkrankt sind, und der Zahl der Frauen, die Alzheimerpatienten pflegen. Diese Pflegenden sind schnell sozial isoliert und entwickeln häufiger eine Depression. Das wiederum sind hohe Risikofaktoren, an einer Demenz zu erkranken. Außerdem – aber das ändert sich nun nach und nach – sind Frauen oft weniger gebildet. Je mehr wir lernen, desto mehr schützen wir unser Gehirn vor Demenz. Es reicht natürlich nicht, einen Uniabschluss zu machen. Ständige Weiterbildung, ständiges Lernen ist wichtig.«

Wir sind alle beeindruckt und ein wenig eingeschüchtert von dieser kleinen Frau mit ihrem großen Wissen.

Jetzt redet sie sogar von häuslicher Gewalt. »Frauen erleben häufiger häusliche Gewalt als Männer. Und ihre Schädeldecke ist dünner. Kopfverletzungen sind sehr schlecht für das Gehirn. Welche Spätfolgen können sie nach sich ziehen? Wir wissen so viel noch nicht. Wir brauchen Millionen für die Forschung. Millionen. Ich wurde von der Stiftung Women's Brain Project der italienischen Neurowissenschaftlerin Antonella Santuccione Chadha eingeladen. Wir arbeiten zusammen. Man hört uns langsam zu. Wie gesagt, wir waren dieses Jahr sogar am WEF.«

Was für eine Frau!

Nach Himaris langer Rede will das Gespräch am Tisch gar nicht mehr richtig in Gang kommen. Außer Worten der Bewunderung für ihre Arbeit kommt uns nichts in den Sinn. Alles klingt jetzt so banal nach dem, was sie uns erzählt hat. Himari selber ist jetzt wieder still und zurückhaltend, so wie wir sie von früher kennen, als sie von vielen als unnahbar und reserviert wahrgenommen wurde.

Es wird erst wieder laut am Tisch, als Himari der vielen Komplimente überdrüssig wird und sagt: »Ich bin aber hier nicht der Star. Ich mache nur meine Arbeit, gehe meiner Leidenschaft nach. Meine Assistentin – Doris nennt sie ja 007 – hat natürlich auch über euch ein wenig recherchiert für mich. Und sie hat Erstaunliches über Stefano herausgefunden.«

Alle Blicke sind nun auf unseren Hahn im Korb gerichtet.

»Ach, komm, lass doch das«, wehrt er sich und wird tatsächlich ein wenig verlegen, zupft nervös an seiner Serviette herum. Zu spät. Wir wollen jetzt natürlich wissen, worauf Himari anspielt. Sie schweigt wieder und überlässt Stefano das Wort.

»Nun, ihr habt meinen Namen wohl vergessen. Ich heiße Stefano Spina«, sagt er nur.

Und jetzt? Christa zückt ihr Handy und googelt.

»Stefano Spina! Ich werd verrückt!«, ruft sie aus. »Italienischer Bestsellerautor. Hat bereits zwanzig erfolgreiche Bücher geschrieben, die teilweise verfilmt, teilweise übersetzt wurden. Inzwischen Besitzer einer Buchhandlung und einer Kunstgalerie in Mailand. Lebt mit seiner Mutter in einem Palazzo aus dem 15. Jahrhundert am Rand von Mailand.«

Tja, das ehemalige Mauerblümchen ist über sich hinausgewachsen. Schön, dass er mit seinem Erfolg nicht geprahlt hat. Im Gegenteil. Er wollte hier einfach unerkannt mit uns eine gute Zeit verbringen. Das macht ihn noch sympathischer. Stefano sieht aus, als möchte er sich unter dem Tisch verkriechen, aber dann setzt er sich wieder aufrecht hin und beantwortet unsere neugierigen Fragen.

»Was schreibst du?«, will ich wissen.

»Die einen würden sagen: Liebesromane. Ich selber sage, dass ich Geschichten sammle, die in Mailand spielen. Im heutigen Mailand. Und ja, es gibt sie in meinen Büchern, die Liebe.«

»Was ist denn so besonders an Mailand?«, fragt Christa.

»Nichts. Oder alles.«

»Na, das ist aber jetzt wirklich keine Antwort!«, schimpfen wir mehrstimmig.

»Mailand ist das Mekka für Kunst und Design. Eine pulsierende, lebendige Stadt. Leider auch mit der schlechtesten Luft von ganz Italien und mit immer mehr Kriminalität. Und – wo soll ich anfangen? – Geschichte, Kultur, Lebensfreude. Essen und Wein. Flanieren durch das Künstlerviertel Brera. Der Dom. Das weltberühmte Bild vom Abendmahl von Leonardo da Vinci. Die Leute stehen stundenlang geduldig an, um einen Blick darauf werfen zu können. Dann die Universitäten, die Oper, die Kanäle, Galerien, die exklusiven Boutiquen …«

Er scheint von seiner Stadt genauso begeistert zu sein, wie ich es von Luzern bin. Ich sollte unbedingt einmal nach Mailand fahren. Jetzt wüsste ich ja auch, wen ich da treffen wollte.

»In welche Sprachen wurden deine Bücher übersetzt?«, fragt Lotte.

»Leider bisher nur ins Französische.«

Da freut sich Isabelle. Auch sie nimmt ihr Handy zur Hand. »Tatsächlich. Das ist wunderbar. Ich werde jedes Buch kaufen. Jedes. Ehrensache!«

Himari lehnt sich entspannt zurück. Jetzt dreht sich nicht mehr alles um sie, und das gefällt ihr. Was hat sie wohl über die anderen alles herausgefunden? Sie schweigt.

Irgendwann will wohl auch Stefano ein wenig von sich ablenken, und er nimmt ein kleines Büchlein hervor.

Der amerikanische Schriftsteller Mark Twain sei 1878 in Luzern gewesen und habe darüber folgende Bemerkungen gemacht:

Am ersten Tag hätte ich hundertfünfzig von diesen Uhren gekauft, hätte ich nur das Geld gehabt – und drei kaufte ich tatsächlich, aber am dritten Tag hatte die Krankheit sich ausgetobt, ich war genesen und abermals auf dem Markte – mit dem Versuch, meine Erwerbungen zu verkaufen. Ich hatte leider kein Glück, was vielleicht gar nicht mal so verkehrt war, denn diese Dinger werden zweifellos recht hübsch aussehen, wenn ich mit ihnen zu Hause ankomme.

Stefano zeigt uns sein Handgelenk. Auch er habe bei Bucherer heute eine neue Armbanduhr gekauft, gibt er lachend zu. Und zu mir gewandt liest er noch folgende Zeilen:

Luzerns Handel liegt hauptsächlich auf dem Gebiet des Firlefanzes von der Andenkensorte; die Läden sind mit Bergkristall, Ansichtskarten und Holz- und Elfenbeinschnitzereien vollgestopft.

Ja, das bin ich also: die »Frau Firlefanz«. Stefano nennt mich liebevoll »Signora Cianfrusaglia«. Das klingt irgendwie süß. Ob ich diesen Namen jemals wieder loswerde? Wir lachen und beschließen mit den Zitaten von Mark Twain unser gemeinsames Abendessen.

13

Nachdenklich

Was für ein spannender Abend! Das Mauerblümchen und die Sonnenblume. Das große, gemeinsame Blühen. Und wir stehen staunend daneben und schauen zu.
Auf dem Heimweg ist Lotte erstaunlich still.
»Was ist?«, frage ich sie.
»Hm.«
»Ach so.«
Ich lache sie aus. Wie soll ich erraten, was sie denkt?
»Ich fühle mich grad total klein und unbedeutend. Himari rettet die Frauen und ist berühmt. Stefano schreibt Bestseller und ist reich. Und ich, ich sitze an der Kasse bei Lidl, schneidere da und dort an der Garderobe meiner Bekannten herum – und bin nett ...«
So wie Lotte »nett« sagt, klingt es, als wärs eine Beleidigung. Sie spuckt das Wort richtiggehend aus.
»Du bist viel mehr als nett, Lotte, du bist eine unglaublich liebenswerte Frau und unfassbar hilfsbereit und so wohltuend fröhlich.«
»Im Moment nicht.«
»Neidisch?«, frage ich.
»Ja. Klar«, gibt sie unumwunden zu. »Und ich sags ja: Ich fühle mich so klein. Ich weiß übrigens nicht mal genau, was dieses WEF ist, von dem Himari dauernd erzählt hat. Na-

türlich habe ich mich nicht getraut, zu fragen. Für euch ist das ja anscheinend völlig klar.«

»Ach, Lotte, ich weiß das doch auch nur, weil das World Economic Forum, wie das WEF in seiner ganzen Länge heißt, seit langem jedes Jahr hier in der Schweiz stattfindet. Da treffen sich lauter Leute, die auf dem internationalen Parkett der Wirtschaft oder der Politik etwas zu sagen haben und schrecklich klug sind. Oder jedenfalls glauben alle, dass die klug sind. Und neidisch«, füge ich nach einer kurzen Pause an, »neidisch bin ich auch. Wirklich. Auch darauf, dass Himari da dazugehört. Ich würde wenigstens gern erzählen, dass ich Kunst studiert habe und dass schon meine erste Ausstellung ein Erfolg war. Dass ich von Galerien auf der ganzen Welt eingeladen werde und inzwischen ab und zu Gastvorlesungen an der Schule für Kunst und Gestaltung in Paris und Stockholm halte. – Stattdessen bemale ich Christbaumkugeln und bespaße Kinder.«

Jetzt lachen wir beide.

Lotte sagt: »Ich wäre schon zufrieden, ich könnte erzählen, dass ich eine glückliche Familie habe und immer noch mit Herzblut im Krankenhaus arbeite.«

Wir umarmen uns, mitten auf der Straße.

»Hätte, hätte, Fahrradkette«, murmelt Lotte dann. Und später: »Ich frage mich einfach immer wieder: Warum schaffen es die einen, ihre Lebensträume umzusetzen, und die anderen nicht? Sind sie intelligenter, schlauer, ehrgeiziger, konsequenter? Waren sie bloß zur richtigen Zeit am richtigen Ort, haben sich mit den richtigen Menschen umgeben oder diese richtigen Menschen ganz zufällig getroffen oder mit ihrer Aura angezogen? Ist das Leben eine Lotterie, und sie hatten einfach bessere Karten?« Lotte schweigt kurz und schickt

dann hinterher: »Sind sie überhaupt glücklich? Wissen sie überhaupt, wie viel Glück sie hatten, oder bilden sie sich ein, das alles verdient zu haben? Haben sie es sich verdient?«
Ich kann Lottes Fragen nicht beantworten und versuche, sie zu beruhigen: »Ach, Lotte. Auf jeden Fall ist es in unserem Alter zu spät. Für fast alles. Das Steuer reißen wir jetzt nicht mehr herum. Also sollten wir das Beste aus unserem Leben machen und das Gute darin erkennen und feiern. Und es gibt ja viel Gutes.«
»Du hast recht, Doris. Und vergleichen, das macht wirklich immer unglücklich. Dazu gibt es tausend Studien, obwohl es keine bräuchte. Heute ist das halt ein besonderes Problem mit den sozialen Netzwerken, wo jeder die beste Seite von sich zeigt. Und dann vergleicht man sich mit diesen besten Seiten. Kaum einer erzählt auf Instagram, dass er grad schlechte Laune hat oder drei Kilo mehr auf die Waage bringt. Aber wenn er gut drauf ist oder abgenommen hat, posaunt er es in die Welt hinaus. Wenn grad das Essen angebrannt ist, gibt das kein Bild für Facebook. Aber das perfekt angerichtete Dinner natürlich schon. Und dann all diese mit Photoshop verschönerten Körper!«
»Stimmt.« Ich nicke. Aber wir sollten alt genug sein, nicht in diese Falle zu tappen.
Lotte fährt fort: »Abgesehen davon: Wir könnten uns ja auch mit Leuten aus der Ukraine vergleichen, die mitten im Kriegsgebiet leben. Oder mit einer Mutter in der Sahelzone, die nicht weiß, wie sie ihre Kinder ernähren soll. Dann wären wir froh und erleichtert und würden unser Leben feiern. Aber nein, man vergleicht sich immer mit Menschen, denen es besser geht, und macht sich damit unglücklich. Stimmts, oder habe ich recht, Doris?«

Ich nicke und ergänze: »Heute haben wir von Stefano und Himari auch nur das Erfolgsprofil präsentiert bekommen, die Schokoladenseite. Wir haben nicht nach dem Preis gefragt, den die beiden dafür bezahlen oder bezahlt haben.«

»Nun, Stefano hat es immerhin angedeutet: Keine Frau hält es mit ihm aus. Zwei Kinder von zwei Frauen. Und jetzt lebt er allein mit seiner Mutter in einem riesigen Palazzo.«

»Ja, stimmt. Aber eben: Immerhin in einem Palazzo und nicht etwa in einer heruntergekommenen Absteige.«

Inzwischen sitzen wir an meinem Küchentisch, und ich habe uns beiden noch ein Glas Wein eingeschenkt. Ich glaube, ich bin zu müde, um ins Bett zu gehen.

»Wenn ich nicht schlafen kann, überlege ich mir manchmal andere Fortsetzungen von meinem Leben, wenn ich da oder dort eine andere Entscheidung getroffen hätte«, erzähle ich Lotte.

»Du auch?«, freut sich Lotte. »Wahrscheinlich tun das viele. Und manche spinnen das so genau weiter, dass ganze Romane daraus entstehen. Da gab es doch zum Beispiel ›Die Mitternachtsbibliothek‹ genau zu diesem Thema. Wenn ich mir im Einzelnen ausmale, wie sich mein Leben in verschiedenen Varianten entwickelt hätte, komme ich immer an einen Punkt, an dem es wieder nicht weitergeht, weil sich ja dauernd andere Möglichkeiten auftun. Ich bin dann gar nicht mehr so sicher, ob ich meine früheren Entscheidungen rückgängig machen wollte, wenn ich könnte. Und das gibt mir immerhin das Gefühl, ich solle nicht so streng mit mir sein, weil alles irgendwie so kommt, wie es wohl kommen muss.«

»So ähnlich kenne ich das auch«, meine ich, als Lotte kurz innehält. »Aber wir sind ja doch dafür verantwortlich, was wir aus unserem Leben machen.«

»Genau«, seufzt Lotte, »und heute Abend zweifle ich einfach mal wieder sehr an mir. Natürlich habe ich immer versucht, alles gut zu machen. Aber war es gut genug? Wir nisten uns in unserem Leben ein, versuchen krampfhaft, schlechte Erfahrungen zu vermeiden, eine Zufriedenheit zu fühlen, suchen das Gute in unserer kleinen Welt, feiern unsere Überlebensstrategien, machen das Beste daraus. Doch andere werden bejubelt und überschüttet mit Erfolg und Reichtum.«

»Ach, Lotte!«

»Stimmt doch. Wenn ich mir überlege, wie anders mein Leben verlaufen wäre, wenn ich einen guten Ehemann gefunden hätte, einen besseren zumindest …«

»Einen Partner zu finden, mit dem man glücklich alt werden kann, das erscheint mir immer mehr wie ein Sechser im Lotto, wie ein ganz besonderes Wunder, das nur wenige Menschen erleben. Da muss so vieles stimmen: Weltanschauungen, Ansichten, Werte, Humor. Man muss kommunizieren können, zuhören und sich selbst einbringen, die gleiche Art von Sex und Zärtlichkeit mögen, die Familie und die Freunde des anderen akzeptieren, finanziell zurechtkommen. Einer braucht mehr Freiraum, der andere mehr Nähe … So manches kann sich mit der Zeit ändern und erst nach Jahren plötzlich nicht mehr passen. Der Mensch verändert sich laufend. Ich glaube, wir sollten unser Lebensglück nicht von einer Partnerschaft abhängig machen.«

»Du hast ja leicht reden, Doris.«

»Wieso? Denkst du, es war leicht, mit zwanzig schwanger sitzen gelassen zu werden? Sich dann beruflich nach dem Kind auszurichten? Zu Hause bei den Eltern zu bleiben, statt ein eigenes Leben außerhalb zu führen?«

Lotte schweigt. Dann entschuldigt sie sich und sagt: »Wir hätten es beide besser machen sollen.«
»Ich glaube, wir sollten jeden Tag versuchen, unser Leben besser zu machen, und die Augen offenhalten für die Möglichkeiten, die man immer noch hat – und für die Wunder.«
Lotte lacht mich aus und findet, ich hätte wohl zu viel getrunken oder zu viele Glückskekse gegessen.
»Glückskekse? Wie kommst du denn darauf?«
»Ich glaube, wir haben beide zu viel getrunken und gehen wohl besser schlafen«, antwortet sie lachend und meint dann: »Heute erwarte ich jedenfalls keine Wunder mehr. Und morgen – ehrlich gesagt – auch nicht.«
»Lotte, bei dir könnte man sicher noch etwas ändern. Ich habe es dir schon einmal gesagt: Du könntest wieder in der Pflege arbeiten. Das hat dich doch am meisten glücklich gemacht. Und dazu könntest du hier in Luzern bleiben. Bei uns. Das würde uns glücklich machen – und dich vielleicht auch.«
»Du spinnst!« Lotte lacht. Aber sie mustert mich auch vorsichtig, als ob sie prüfen müsste, ob ich das wirklich alles ernst meine.
Wir schweigen und trinken unser Glas aus.
Es ist schön, so zu sitzen, trotzdem ist es Zeit, endlich schlafen zu gehen.
Nachdenklich.

Am Morgen darf ich in Papas Namen alle bei uns zum Hörnligratin-Znacht einladen. Ich frage mich zwar, ob das für Himari oder Stefano – unsere Promis – nicht ein zu bescheidenes Mahl sein wird. Trotzdem: Papa freut sich aufs Kochen, und wir können ja nicht jeden Abend so feudal essen gehen wie gestern.

Ein Tagesprogramm haben wir nicht besprochen, und ich bin froh über meinen freien Sonntag. Der anstrengende, lange Samstag und der Alkohol fordern ihren Tribut. Ich schlafe fast bis zum Mittag. Papa geht mit Lotte in den Gottesdienst. Beim Mittagessen erzählen wir ihm von unserem Abend im »Schweizerhof« und unserem nächtlichen Gespräch. Er belächelt unsere Anflüge von Neid und unsere Unzufriedenheit beim Vergleichen der Biografien.

Er befiehlt uns, mit ihm in einen Kreis zu stehen und einander an den Händen zu halten, und fragt dann: »Haben wir Hunger? – Haben wir Durst? – Haben wir finanzielle Sorgen? – Sind wir krank? – Fliegen Bomben auf unsere Stadt? – Sind wir in Gefahr? – Sind wir einsam?« Nach jeder Frage erwartet er, dass wir laut und deutlich antworten. Natürlich mit einem Nein. Auch er macht mit ernster Miene mit.

Lotte und ich schauen uns an; ein bisschen schräg ist das Ganze schon.

Schließlich kommen seine letzten Fragen: »Haben wir das Recht, neidisch auf andere zu sein? – Unzufrieden zu sein? – Zu jammern und zu meckern? – Müssen wir uns selber mit Ängsten und Sorgen quälen und mit schlechten Gedanken von verpassten Gelegenheiten?«

»Nein!«

»Geht es uns gut?«

Wir können nicht anders und rufen mit ihm: »Ja!«

Und dann stoßen wir darauf an. Mit einem billigen Rotwein, der in diesem magischen Moment köstlich schmeckt.

Papa, mein Lebenscoach und jetzt grad auch der von Lotte. Papa, der ja selber auch immer wieder Tage hat, an denen er schimpft und meckert und definitiv mit allem unzufrieden ist, erstens mit sich und zweitens mit der ganzen Welt.

Und vielleicht liegt es ja im Naturell von uns Menschen, dass wir eigentlich immer mehr wollen als das, was wir gerade haben, zumindest in unseren Breitengraden. Manche würden sagen, dass genau dies uns weiterbringe im Leben. Dass dieses Streben der Motor sei, der uns allen Wohlstand verheißt. Aber bringt nicht vielleicht genau das einige von uns auch zum Verzweifeln und zum Scheitern?
Auch wenn Papa ein großartiger Mensch ist: Ich habe Ängste und Sorgen. Und viele davon betreffen ihn. Papa nicht mehr in meinem Leben zu haben, das mag ich mir gar nicht vorstellen, und doch weiß ich ja, dass ich ihn irgendwann verlieren werde. Und dieses Risiko steigt sozusagen jeden Tag.

Am Nachmittag, als wir drei beim Kaffee sitzen, kommen verschiedene Whatsapp-Nachrichten. Isabelle macht mit Stefano eine Tour über die Weihnachtsmärkte. Sie waren schon auf dem Franziskanerplatz, beim Inseli und auf dem Kapellplatz.
»Auf jedem Markt kaufen wir etwas, und auch zu essen und zu trinken gönnen wir uns überall was«, schreibt Stefano.
Himari hat sich ein Orgelkonzert in der Jesuitenkirche angehört, von dem ich nicht einmal wusste, dass es stattfand. Ich mag eben keine Orgelkonzerte, aber das werde ich wohl besser verschweigen. Ich will nicht als Kulturbanause rüberkommen. Die berühmtere Orgel wäre ohnehin die in der Hofkirche, also vor unserer Haustür.
Papa wandelt sich sofort wieder zum Reiseführer, als ich Himaris Nachricht vorgelesen habe, und prahlt vor Lotte: »Unsere Orgel ist die zweitgrößte der Schweiz – die größte ist in Engelberg – und wurde um 1640 herum erbaut, später noch ergänzt. Sie wiegt etwa dreißig Tonnen, hat 7374 Pfei-

fen, verteilt auf hundertelf Register. Die größte der Pfeifen ist fast elf Meter lang und beinahe vierhundert Kilo schwer und somit die schwerste und größte Orgelpfeife der Welt aus ihrer Zeit.«
Ich lächle in mich hinein. Papa erzählt so stolz über die Orgel, als würde sie ihm gehören oder als hätte er selber daran mitgebaut. Vor allem aber staune ich immer wieder, dass er sich die Zahlen so genau merken kann.
Papa holt ein Blatt aus einer Schublade und liest – nicht zum ersten Mal – einen Text von Mark Twain über die Hoforgel vor, den dieser 1878 geschrieben hatte:

> *Die Hofkirche ist wegen ihrer Orgelkonzerte berühmt. Den ganzen Sommer lang strömen die Touristen gegen sechs Uhr abends in diese Kirche, bezahlen ihren Franken und lauschen dem Lärm. Sie bleiben nicht, um alles zu hören, sondern stehen auf und trampeln über den hallenden Steinfußboden hinaus, wobei sie Zuspätkommenden begegnen, die geräuschvoll hereinpoltern. Dieses Hin- und Hergetrampel dauert fast die ganze Zeit über an und wird durch das ständige Türenschlagen und das Husten, Bellen und Niesen der Menge noch unterstrichen.*
> *Unterdessen tost und kracht und donnert die große Orgel dahin und tut, was sie nur kann, um zu beweisen, dass sie die größte und lauteste Orgel Europas ist, und dass eine kleine enge Kiste von Kirche der günstigste Ort ist, um ihre Gewalt abschätzen und würdigen zu können.*
> *Es ist wahr, dass gelegentlich leise und barmherzige Stellen vorkamen, aber das Trapptrapp der Touristen gestattete nur dann und wann, gewissermaßen einen flüchtigen Blick davon zu erhaschen. Dann ließ der Organist gleich wieder eine neue Lawine los.*

Es klingt grad so, als hätte auch Mark Twain das Orgelspiel nicht wirklich gemocht. Doch das Verrückteste an unserer Hoforgel ist ja die Regenmaschine. Das ist eine Blech-Holz-Trommel mit Metallkugeln, die 1862 gebaut wurde. Die weltweit einzige Maschine dieser Art. Damit kann der Organist richtige Orgelgewitter spielen, pompös und eindrücklich. Als Kind machten mir solche Vorführungen jeweils richtig Angst. Vielleicht rührt daher mein gestörtes Verhältnis zu Orgelmusik.

Von Christa hören wir nichts. Aber sie wird in unserer kleinen Stadt schon nicht verloren gehen. Sie wirkt immer so stark und unabhängig.
Doch dann schickt mir Isabelle ein Foto, das sie anscheinend heimlich gemacht hat. Es zeigt Christa und Romica in einem Café. Sie schreibt dazu: »Wir wollten die beiden nicht stören, aber vielleicht möchtest du es wissen.«
Christa und Romica?
Niemals!
Die selbstbewusste Christa wird doch nie im Leben diesem Schaumschläger auf den Leim gehen. So was kann man mit zwanzig machen, was schlimm genug ist, aber doch nicht mit sechzig!
»Du hast ihnen nicht erzählt, wie du zu Romica stehst und was du mit ihm erlebt hast. Alle denken vielleicht, ihr seid noch irgendwie befreundet. Und das heißt dann wiederum, dass er okay ist«, gibt Lotte zu bedenken.
Papa schüttelt den Kopf und brummelt etwas in seinen Bart. Seine Abneigung gegen Romica wächst täglich.
»Ja, ich muss den andern heute Abend wohl ein wenig von mir erzählen. Und von ihm.«

Das werde ich tun. Sonst sitzt beim nächsten Abendessen am Ende Romica frech mit am Tisch und versprüht seinen klebrigen Charme.

Nach dem Kaffee spazieren auch Papa, Lotte und ich eineinhalb Stunden lang über die Weihnachtsmärkte. Luzern rührt heftig die Werbetrommel, um immer mehr internationale Touristen über die Festtage in die Stadt zu locken. Das funktioniert anscheinend, die Stadt ist voll. Und sie leuchtet und glitzert und funkelt wirklich außerordentlich und kann längst mit anderen Städten mithalten, die als vorweihnächtliche Hotspots regelmäßig besucht werden. Beim KKL gibt es sogar ein Eisfeld und eine Freiluftbühne mit Konzerten.

»Das ist übrigens der größte Weihnachtsbaum von Luzern«, erklärt Papa, als wir – fast vor unserer Haustür – den großen Baum auf der Verkehrsinsel sehen können. »Eine stolze, zweiundzwanzig Meter hohe Weißtanne aus dem Entlebuch, mit vierhundertfünfzig Kugeln und mehr als viertausend LED-Leuchten bestückt!« Der Baum drüben beim KKL sei im Gegensatz nur mickrige siebzehn Meter hoch und außerdem dieses Jahr eine Orientalische Fichte.

Orientalische Fichte – das klingt aus Papas Mund wie ein Schimpfwort. Dabei hat man den exotischen Baum nicht extra aus einem fernen Land eingeflogen. Der wuchs irgendwo im Kanton Luzern und musste dort ohnehin weg. Aber dass wir den größten Weihnachtsbaum der Stadt haben, das hat mir schon als Kind sehr gut gefallen. Wie lächerlich. Alles wird gemessen und verglichen. Alles ist Wettkampf, Wettbewerb, auch wenn es überhaupt keine Rolle spielt. Wer hat den größten, den schnellsten, den lautesten …

Zum Schluss besuchen wir auf dem Kapellplatz den Venite-Weihnachtsmarkt mit Ständen aus aller Welt. Man kann Speisen aus Ungarn, Argentinien oder Pakistan probieren. Peruanische Straßenmusiker spielen auf einer Bühne fröhliche Weihnachtslieder. Wir trinken einen Glühwein und wippen ein bisschen zur Musik. Das wärmt. Dann übernimmt eine russische Gesangsgruppe die Bühne.
Und wir spazieren wieder heimwärts. Papa muss kochen.

14

Ungeschönt

Wir treffen uns zum Abendessen um unseren großen Küchentisch und fühlen uns als eine kleine Gemeinschaft. Schön, dass wir uns nach so kurzer Zeit wieder so nahe sind. Das Essen schmeckt allen, und Papa strahlt. Unsere Gäste erzählen munter von ihren Erlebnissen. Nur Himari ist eher still, was aber keinen stört, weil das ja eigentlich immer so ist. Dass sie sich so ereifert wie gestern, als sie von ihrer Arbeit erzählte, kommt wohl eher selten vor. Irgendwann registriere ich, dass schon über Heimreise, über Flüge und Fahrpläne gesprochen wird.
Höchste Zeit, dass ich meine Freunde über Romica informiere. Sie sollen alles über ihn erfahren und somit auch viel über mein Leben, über die Gründe, warum ich in meinem Elternhaus geblieben bin. Am Anfang fällt es mir schwer, aber dann fließt alles aus mir heraus. Ich erzähle von der

Zeit, als ich aus England zurückkam und Romica kennen lernte, davon, wie er mich schwanger sitzen ließ, mache dann einen kurzen Abriss von damals bis heute und erzähle zum Schluss natürlich auch von Sandras Anruf und dass ich Romica deshalb erst grad Geld gegeben habe.

»Ich möchte einfach nicht, dass er plötzlich hier auftaucht, weil ihr ihn eingeladen habt, weil ihr glaubt, wir seien befreundet. Er tut ja gern so, als sei das so«, sage ich dann in die Runde. »Ich möchte ihn wirklich nicht mehr wiedersehen. Er hat in meinem Leben nichts verloren – nicht einmal seine Tochter will ihn ja noch sehen.«

»Er ist ein Nichtsnutz«, verkündet Papa mit Nachdruck.

Leider hat er wohl recht.

Und dann schaue ich zwangsläufig Christa an. Ich kann nicht anders. Und sie schaut mich an und weiß, was mein Blick bedeutet.

»Was guckst du so?«, sagt sie zuerst, und dann: »Ja, stimmt. Ich habe mich heute mit ihm getroffen.« Sie wirkt zerknirscht. So, als hätte sie das lieber für sich behalten. Warum bloß?

»Das ist ja nicht verboten«, meint Stefano vermittelnd.

»Aber auch nicht gerade empfehlenswert«, schickt Lotte giftig hinterher.

»Christa ist doch erwachsen und weiß, was sie tut«, findet Isabelle.

»Weiß man – bloß weil man erwachsen ist – immer, was man tut?«, frage ich. »Schön wärs!« Ich werfe Christa einen verständnisvollen Blick zu und meine: »Aber wenn du dich in ihn verliebt hast: Willkommen im Klub! Ich bin ja wohl die Letzte, die dir deswegen einen Vorwurf machen dürfte. Ich war ja auch nicht schlauer … Aber immerhin sehr jung und daher schon ein wenig entschuldigt.«

»Stimmt«, bestätigt Stefano. »Nur: In Beziehungsdingen bleiben wir leider oft Kinder.«
Ein unangenehmes Schweigen macht sich breit. Es ist, als würde Romica mit am Tisch sitzen, als eine Art Riese aus einem Comic, aufgeblasen als Viermeterfigur.
»Nein, ich habe mich bestimmt nicht in Romica verliebt«, lacht Christa dann. »Aber na gut. Ihr wollt es also genauer wissen. Das ist vielleicht auch besser. Dann machen wir doch reinen Tisch.«
Was kommt jetzt? Christa hat nun unsere volle Aufmerksamkeit.
Sie nimmt noch einen Schluck Rotwein, streicht sich ihre langen Haare aus dem Gesicht, setzt sich aufrecht hin und verspricht: »Okay, meine wahre Geschichte. Ungeschönt.«
Gut, bisher hat sie ja eigentlich nichts von sich erzählt. Und wenn diese spärlichen Fakten, die sie uns präsentierte, schon geschönt waren: Was will sie uns jetzt erzählen? Welche Abgründe werden sich nun auftun?
Nach einem Räuspern und einem Seufzer legt sie los: »Kurz nachdem ich aus dem Englischkurs heimgekommen bin, ist meine Mutter gestorben. Einfach so. Herzstillstand. In der Küche, beim Abwaschen, umgefallen, tot. Das hat mich völlig aus der Bahn geworfen. Meinen Vater habe ich nie gekannt. Ich stand also allein da. Und dann kam der falsche Typ im falschen Moment. Er war deutlich älter als ich und versprach mir Liebe und Sicherheit. Stattdessen brachte er mich bald dazu, für ihn auf den Strich zu gehen.«
Christa schweigt einen Moment, schluckt. Blickt in die Runde, in unsere betretenen Gesichter. »Um es kurz zu machen: Später nahm ich Drogen, habe gedealt, gestohlen, betrogen«, sagt sie dann. »Alles, was dazugehört. Immer wieder habe ich

es aber geschafft, mich aufzufangen. Was jeweils sehr viel Kraft und Mut brauchte. Doch kaum hatte ich mein Krönchen wieder gerichtet, bin ich wieder hingefallen. Ich will nichts beschönigen. Und manchmal hat mir mein kaputtes Leben durchaus Spaß gemacht. Ein paar Jahre lang hatte ich eine eigene Bar, in der wirklich alles abging, was man sich vorstellen kann. Da trafen Stricherinnen ihre Freier, während die Zuhälter im Hinterzimmer illegales Glücksspiel betrieben, Drogen wurden verschoben, es gab sogar Tote, als sich verschiedene Banden bekriegten. Man hätte dort einen mehrteiligen Film drehen können. Und ich war mittendrin, oft nicht unbeteiligt. Ich erlebte einfach alles. Vier Jahre war ich dann im Knast. Vier Jahre! Das macht etwas mit einem. Das machte etwas mit mir.«

Wieder eine kurze Pause, in der Christa noch einen Schluck Wein trinkt. Wir hängen an ihren Lippen.

»Ich habe im Knast viele Frauen kennen gelernt«, fährt sie fort. »Und bestimmt nicht nur schlechte. Ich habe euch erzählt, dass ich etwas mit Computern mache. Das stimmt. Nun, ich habe mit einer in dieser Branche äußerst begabten Freundin eine der erfolgreichsten Internet-Sexseiten Deutschlands aufgebaut. Wir vermitteln Dienstleistungen. Frauen, die Sex verkaufen wollen, können sich bei uns anmelden und so in einem geschützten Rahmen und ohne von einem Zuhälter abhängig zu sein, ihre Dienste anbieten. Wir haben damit wirklich viel Geld gemacht. Damit wir immer auf der rechtlich sicheren, sauberen Seite bleiben, haben wir auch eine Juristin im Team. Und wir kümmern uns um die Frauen, mit denen wir arbeiten. Keine soll in diesem Milieu so tief sinken, wie ich es tat.«

Jetzt verstehe ich, warum Christa nie viel erzählte.

Und ich verstehe, warum sie so viel Stärke ausstrahlt und sie wie eine Art Panzer vor sich herträgt.
Nur erklärt das nicht ihr Interesse an meinem Ex.
»Tja, Romica«, sagt Christa nun; sie scheint meine Gedanken zu lesen. »Er ist wirklich … dafür finde ich gar keinen Ausdruck … Auf Hessisch würde man sagen: a Lumbeseggel!«
Ach? Und warum trinkt sie dann mit ihm Kaffee?
»Er hat mich wiedererkannt. Er war Stammkunde einer meiner Freundinnen.«
Nein!?
Und dann lässt Christa die Bombe platzen: »Und jetzt wollte er mich erpressen.«
»Was?«
»Wie?«
»Wirklich?«
Alle rufen verwundert und schockiert durcheinander.
Christa sagt es noch einmal: »A Lumbeseggel!« Romica habe gedroht, uns allen zu verraten, was er über sie weiß. »Er hat aus unseren Gesprächen mitbekommen, dass ich euch nur erzählt habe, dass ich in der Computerbranche arbeite.« Er habe also angenommen, dass sie ihre Vergangenheit verschweigen wolle. »Aber so ist das nicht. Ich will gar nichts verschweigen. Allerdings binde ich meine Geschichte auch nicht jedem gleich auf die Nase, den ich nach vierzig Jahren erstmals wiedersehe.«
Das verstehe ich gut.
»Und was wollte er denn von dir?«, fragt Stefano.
»Geld natürlich«, antworte ich sofort. Ich kenne ihn schließlich gut genug.
Christa nickt und sagt: »Zehntausend Euro. So eine Frechheit! Zeeehntausend!«

»Lumbeseggel«, sagt Stefano, und alle lachen, weil ein hessisches Schimpfwort mit italienischem Akzent sehr lustig klingt.
Nur Himari bleibt ernst und fragt nur: »Wie kann ich dir helfen?«
»Ja. Wie können wir dir helfen?«, fragt Papa.
»Genau!«, stimmt Lotte mit ein. »Können wir etwas tun?«
»Wir stehen hinter dir«, erkläre ich.
Alle reden nun wieder durcheinander, und eigentlich sind auch alle einer Meinung: Romica sollte nicht einfach so davonkommen. Aber Christa will ihn ganz bestimmt nicht anzeigen, was einige vorschlagen.
»Nein«, wehrt sie sich. »Ich habe kein Vertrauen zur Polizei. Mit meiner Vergangenheit. Und ich habe ja keine Beweise. Wir haben nur gesprochen, ohne Zeugen. Er kann alles abstreiten.«
Das stimmt.
Stefano sagt sofort: »Dann besorgen wir uns halt Beweise.«
Christa winkt ab. »Ich will nicht zur Polizei«, wiederholt sie.
»Schon klar«, antwortet Stefano. »Aber das muss Romica ja nicht wissen. Er könnte ja einfach mal den umgekehrten Druck zu spüren bekommen.«
»Lohnt es sich wirklich, solche Spielchen zu spielen?«, will Himari wissen.
»Ja!« Die Antwort kommt einstimmig.
Wir wollen ihn wenigstens ein bisschen leiden sehen. Und er soll auch mal das Opfer sein.
»Lade ihn jetzt gleich wieder ins ›National‹ ein«, schlägt Stefano vor. »Wir gehen rüber in die Bar. Du triffst ihn in einem Gang und nimmst euer Gespräch mit dem Handy auf. Du spielst ein wenig mit. Diskutierst mit ihm über die Höhe

des Betrags. Und selbst wenn es dir nicht gelingt, eine Aufnahme zu machen, kannst du ja dann trotzdem so tun, als hättest du seine Worte aufgezeichnet.«

»Genau«, sagt Lotte. »Und dann kommst du zurück und gibst uns ein Zeichen. Und wir fangen alle an, auf dich einzureden, dass du mit deinen Beweisen zur Polizei gehen sollst.«

»Und dann?«, fragt Christa, immer noch zweifelnd, aber sichtlich interessiert an der Idee.

»Dann schauen wir mal, was mit ihm passiert, wenn es eng wird.« Meine Worte klingen sehr unfreundlich. Aber wenn man es genau nimmt, hat Romica ja auch mich gerade erst erpresst. Ich musste ihm Geld geben, damit er meine Tochter in Ruhe lässt.

Isabelle hat ein wenig Mitleid mit dem armen Musiker, der ja sicher nur aus einer absoluten Notsituation heraus so gehandelt habe. Sie findet aber kein Gehör.

»Das glaubst du ja selber nicht!«, schnaubt Lotte. »Doris hat ihm doch gerade erst Geld geschickt!«

Stefano lacht, schüttelt den Kopf und sagt dann mit weinerlicher Stimme: »Bestimmt hatte er eine schwere Kindheit … Das entschuldigt doch alles …«

»Mitleid hat er wirklich nicht verdient. Er hat schließlich Glück, dass er nicht angezeigt wird«, meint Christa abschließend. »Und wären wir in Frankfurt, müsste ich nur einen Anruf tätigen, und Romica würde nie mehr auch nur in meine Nähe kommen.«

Das klingt allerdings sehr bedrohlich und so, als hätte Christa immer noch Kontakt mit eher üblen Kreisen.

»Überlegt euch einfach gut, was ihr tut und mit wem ihr euch anlegt. Der Kerl hat ja nicht mehr viel zu verlieren«, warnt uns Papa. Er gehe schlafen und sei froh, Romica gar

nicht erst begegnen zu müssen. »Versteht mich nicht falsch, eine Lektion hat er verdient. Aber passt auf euch auf.«
Christa schickt Romica eine Nachricht, dass wir jetzt ins »National« wollten, und wir machen uns auf den Weg. Nur Himari verabschiedet sich. Sie mag da nicht mitspielen. Außerdem hält sie am nächsten Morgen ihren Vortrag. Sie lädt uns aber für morgen Abend noch einmal in den »Schweizerhof« ein.

15
Lektion

Der Pianist im »National« spielt gerade »Strangers in the Night«, wohl zum hunderttausendsten Mal in seinem Leben. Er lächelt uns kurz hoffnungsvoll zu, denn die Gäste, die bereits hier sind, ignorieren ihn völlig. Er tut auch nicht viel dafür, Aufmerksamkeit zu erregen oder diese gar zu verdienen, spielt einfach vor sich hin, einen Oldie nach dem anderen. Gekonnt zwar, aber auch leise, zurückhaltend und unauffällig. Leider kein Wunder, dass solche charmanten Schaumschläger wie Romica dann so beliebt sind. Er kann etwas, und er verkauft sein Können gut. Wenn er nicht gerade in seiner großen Krise versinkt und in Selbstmitleid badet, weil er ja eigentlich zum Weltstar berufen wäre. Tja, so steht sich manch einer halt selber im Weg.
Wir setzen uns wieder in unsere Ecke, bestellen Drinks. Und wir warten. Es dauert nicht lange, und Romica betritt

die Bar mit einem strahlenden Lächeln. Immerhin hat man ihn herbestellt. Bevor er sich zu uns setzt, spricht er kurz mit dem Pianisten, übernimmt dann den Flügel, richtet das Mikrofon und singt für mich »Blue Eyes«.

Unser Lied …

Wenn er wüsste, wie sehr ich das Lied inzwischen hasse.

Gern würde ich schreien: »Ich habe grüne Augen! Hatte ich schon immer!«

Elton John kann ja nichts dafür. Ich liebe Elton John. Ich weiß natürlich, wie schön der Song ist. Eigentlich. Aber halt nicht, wenn er für mich gesungen wird, bloß weil einer nie richtig gesehen hat, dass ich in Wahrheit funkelnde grüne Augen habe. Wie eine Katze. So wie er mich auch sonst nie wirklich gesehen hat, weil ich ihn wohl nur als Spielzeug für ein paar Nächte interessiert habe. Oder als Eroberungserfolg. Was weiß ich.

Heute Abend mache ich allerdings gute Miene zu Romicas Spiel und schenke ihm ein ausgesucht nettes, grünäugiges Lächeln.

Nach seinem Kurzauftritt kommt er an unseren Tisch, begrüßt alle und lässt wieder seinen Charme spielen. Den kann man ihm zwar nicht absprechen, aber mir wird dabei schlecht. Ich trinke einen großen Schluck, um meinen Ekel runterzuspülen. Romica ist auch verblüffend sprachgewandt und plaudert mit jedem kurz in seiner Sprache. Ja, ich sehe schon, was mich damals an ihm faszinierte. Er hat Umgangsformen. Er kann sich in Szene setzen. Das Zeug zum Star hätte er früher sicher gehabt. Aber ein Star wird man halt nicht, bloß weil man gut ist. Dazu gehört neben dem Glück, zur richtigen Zeit am richtigen Ort zu sein, vor allem viel Ehrgeiz, Zielstrebigkeit, Durchhaltevermögen und eine gute

Selbsteinschätzung, ohne Überheblichkeit. Als Romica jung war und viele Türen für ihn offenstanden, hat er sich wahrscheinlich mehr um die schönen Frauen gekümmert als um seine Karriere. Sein Pech.

Nach ein wenig Small Talk verlässt Christa die Bar. Sie wolle draußen eine rauchen, verkündet sie, sehr überzeugend. Und siehe da: Romica folgt ihr ein paar Minuten später, auffällig unauffällig.

Hoffentlich geht alles gut. Am liebsten wäre ich mitgegangen, um auf Christa aufzupassen.

Als die beiden wieder in die Bar zurückkommen, grinst Romica siegesgewiss. Christa lächelt in sich hinein und nickt uns zu.

»Ich habe alles aufgenommen«, sagt sie dann laut.

»Was?«, fragt Romica konsterniert, und auf seiner Stirn bilden sich ein paar Schweißtropfen.

»Alles. Das Gespräch. Die ganze fiese Erpressung.«

»Was ist denn jetzt los? Du spinnst wohl!« Romica kocht vor Wut. Sein Gesicht ist nur noch eine böse Fratze. »Willst du, dass ich dein Geheimnis ausplaudere?«

»Das hat sie längst ausgeplaudert«, entgegne ich kalt.

»Ihr glaubt zu wissen, wer Christa ist? Dass ihr euch da nicht täuscht. Sie …«

»Du brauchst gar nicht weiterzureden. Ja, wir wissen alles ganz genau, jedes Detail«, sagt Lotte.

»So ist es«, bestätigt Isabelle.

»Und jetzt sollten wir wohl die Polizei informieren«, schauspielert Stefano gekonnt. »Wie ist die Nummer hier in der Schweiz? 117?« Er zückt sein Handy.

»Ihr spinnt wohl alle zusammen«, faucht Romica. »So eine Handyaufnahme ist doch nichts wert. Ich habe nichts getan.

Und wer glaubt einer Nutte, die im Knast war? Die ist doch nur Abschaum!«
Ui, da hat er sich nun doch zu weit vorgewagt, der Gute. Christa stürzt sich auf ihn, voller Wut. Eigentlich sollten wir sie einfach lassen. Wenn sie ihm die Augen auskratzen will – warum nicht? Zumindest ein hübsches Veilchen hätte er auf jeden Fall verdient. Aber wir müssen sie natürlich vor sich selbst schützen und mischen uns ein.
In dem Gerangel habe ich schon Angst, alles könnte irgendwie ausarten und in eine falsche Richtung gehen. Aber dann steht plötzlich der Pianist da, greift sich Romica, dreht ihm gekonnt einen Arm auf den Rücken und hält ihn so fest. Christa nutzt die Gunst des Moments und haut meinem Ex doch noch eine rein, bevor wir sie von ihm wegzerren können. Romica schreit kläglich auf, und der Pianist entfernt ihn aus der Bar. Ich folge den beiden nach draußen.
»Romica, lass dir das eine Lehre sein. Wir haben die Aufnahme. Ein Mucks von dir, und wir gehen zur Polizei. Alle. Dann werden wir ja sehen, ob das nicht reicht. Und noch was, ein für alle Mal: Lass meine Familie in Ruhe! Wir möchten einfach nichts mehr mit dir zu tun haben. Du hattest viele Chancen, und du hast alle vertan.«
Mein Ex spuckt mir vor die Füße. Der Pianist lässt ihn so unvermittelt los, dass er fast fällt.
Stefano bringt seine Jacke, wirft sie ihm zu und schimpft: »Vai al diavolo!«
Und dann geht Romica tatsächlich. Wahrscheinlich nicht zum Teufel, aber immerhin macht er sich davon.
Ohne ein Wort.
Ohne einen Blick zurück.
Für immer aus meinem Leben.

Und ich spüre ein völlig unverständliches Gefühl von Bedauern. Natürlich bin ich froh, dass er geht. Ich bedauere wohl einfach all das, was nicht war, aber hätte sein können, hätte sein müssen.

Warum ist er so, wie er ist? Warum bin ich gerade an ihn geraten, als ich noch so jung und unerfahren war? Warum hat er mich einfach sitzen lassen und Sandra, die auch seine Tochter ist, verletzt, als sie ihn kennen lernen wollte?

Es ist so traurig. Wir hätten ja auch glücklich werden können. Zusammen. Mit Kind. Warum nicht? Es wäre möglich gewesen. Ich hätte alles dafür getan. Aber er gab uns nicht den Hauch einer Chance. Er dachte, ich würde ihn bei der Verwirklichung seiner Höhenflüge behindern. Und wo ist er jetzt? Im Tiefflug. Ganz, ganz tief gesunken.

»Warum weinst du?«, fragt Stefano verwundert.

»Hat er Ihnen wehgetan?« Der Pianist sorgt sich um mich. »Möchten Sie, dass ich ihn zurückhole?«

»Ja, also nein.« Ich schüttle den Kopf. »Nein, Sie müssen ihn nicht zurückholen. Aber ja, er hat mir wehgetan, vor langer Zeit. Vor vierzig Jahren schon.«

»Oh«, sagt der Musiker. »Das ist dann wohl verjährt.«

»Stimmt.« Ich putze meine Nase und reiße mich zusammen.

»Er hat sie schwanger sitzen lassen«, erklärt Stefano unnötigerweise. »Und jetzt wollte er eine Kollegin erpressen. Che stronzo!«

»Das tut mir leid. Ich entschuldige mich, im Namen aller Musiker dieser Welt«, sagt der Pianist und legt mir kurz seine Hand auf die Schulter.

Erst jetzt schaue ich ihn richtig an. Er scheint doch ein sympathischer, warmherziger Mann zu sein. Auch wenn er Klavier spielt …

»Danke«, sage ich und strecke ihm meine Hand entgegen. »Ich bin Doris.«
»Gern«, antwortet er. »Ich heiße Adrian. Adrian Arnold.«
»Ein Schweizer Barmusiker?«, entfährt es mir.
»Ja.« Er lacht. »Das ist wohl tatsächlich erwähnenswert.«
Mit seinem Lachen erscheinen tausend Fältchen in seinem Gesicht. Aber die Augen überstrahlen sie. Meine Augen strahlen zurück, bevor ich es verhindern kann. Und in diesem Moment, in dem die Strahlen aufeinandertreffen, seine und meine, gibt es ein kurzes, angenehmes Beben. Eine Art überirdische Wahrnehmung.
Aber ich wende mich ab.
Ich bin vorsichtig geworden.
Nie wieder werde ich mich in einen Musiker verlieben.
Niemalsnie.
Einmal ist keinmal, aber zweimal – das wäre wirklich sehr, sehr unvernünftig und uneinsichtig und unklug und unbedacht und unbedarft … Mir fallen grad wahnsinnig viele Un-Worte ein.
Leider.
Schade.
»Soll ich ›Blue Eyes‹ für dich spielen?«, ruft Adrian hinter mir her, weil ich einfach davonlaufe, zurück in die Bar.
»Um Himmels willen! Jedes andere Lied!«
Adrian lacht. Wahrscheinlich hat er sich das schon gedacht. Aber ich bin auch an seinem trockenen Humor nicht interessiert.
Musiker sind ein rotes Tuch.
Er würde mich vielleicht interessieren, wenn er – zum Beispiel – Gärtner, Teppichhändler oder notfalls sogar Zahnarzt wäre. Aber so sicher nicht.

Es gelingt mir erfolgreich, ihn den Rest des Abends mehrheitlich zu ignorieren, weil wir uns alle so gut unterhalten. Wir sind auch ein wenig aufgekratzt, weil wir Romica so einen Schrecken eingejagt haben und überzeugt davon sind, dass er das verdient und unsere Aktion Erfolg gehabt hat.
»Nur schlagen hättest du ihn wirklich nicht müssen«, findet Isabelle und straft Christa mit einem vorwurfsvollen Blick. Sie hat prinzipiell etwas gegen rohe Gewalt.
Ich eigentlich auch. Aber ich mache Ausnahmen – wie es scheint. Romica war zu unverschämt. Er ist eindeutig zu weit gegangen. Christa muss ihre Hand mit einem Eisbeutel kühlen. Der Schlag muss also ordentlich heftig gewesen sein.
»So zuschlagen, das könnte ich wahrscheinlich gar nicht«, sagt Lotte, fast ein wenig bedauernd.
»Ach, das kann man alles trainieren«, entgegnet Christa. »Ich habe gelernt, mich zu wehren. Ich musste es lernen.«
Ja, das war wohl wichtig für sie, da wo sie gearbeitet und so wie sie gelebt hat.
Wir plaudern ungezwungen, genießen es, dass wir in diesen Tagen wieder eine schöne internationale Gemeinschaft geworden sind.
Erst spät verabschieden wir uns höflich von Adrian Arnold, dem Barpianisten, danken ihm für seinen gekonnten Polizeigriff und gehen heim.
Im Bett denke ich noch eine Weile über den aufregenden Abend nach, über den hoffentlich endgültigen Abschied von Romica. Auch Adrian erscheint kurz in meinen Gedanken. Nur ganz kurz.
Dann drehe ich mich auf die andere Seite und schlafe ein.

16

Long John

Am Morgen legt mir Lotte eine Zeitschrift auf den Frühstückstisch und sagt: »Das musst du mal lesen!«

Sie hat schon eine bestimmte Seite aufgeschlagen und deutet darauf.

»Ach, Lotte, kannst du mir nicht einfach erzählen, was da so Wichtiges drinsteht?« Ich raffle gerade einen Apfel in meine Haferflocken und bin also beschäftigt.

»Kann ich schon. Der Text ist mir wegen deiner Tochter Sandra aufgefallen und wegen deiner Abneigung gegen die Schönheitsmedizin.« Lotte gießt sich einen Kaffee ein.

»Schönheitsmedizin? Gibt es dieses Wort?«

»Das ist doch jetzt egal. Die schreiben hier, dass, wer seine Gesichtsfalten mit einer Botoxspritze beseitige, etwas langsamer im Kopf werden könne. Die Spritzen würden das Sprachverständnis leicht reduzieren. Emotionen des Gegenübers würden schlechter wahrgenommen.«

»Ach?«

»Ja. Das steht da.«

»Warum?«

»Um Beschreibungen von Zorn, Ärger und Trauer besser zu verstehen, ziehen wir die Stirn in Falten. Wer seine Stirn nicht ordentlich bewegen könne, verstehe auch Emotionen weniger gut, die mit Stirnrunzeln verbunden sind. Es gibt da eine

Studie, die zeigt, dass Frauen nach einer Botoxbehandlung eine Sekunde länger brauchten, um etwa folgenden Satz zu verstehen: ›Sie verabschieden sich von ihrer Freundin und werden sie nie wiedersehen.‹ «

»Ach, komm: Eine Sekunde! Eine einzige, winzige Sekunde! Das klingt jetzt nicht gerade dramatisch. Das ist … ein Mückenschiss!«

»Dieser Mückenschiss genüge aber, um gewisse emotionale Schwingungen in einem Gespräch nicht mitzubekommen. Nach Vermutungen der Forscher benötigt das Gehirn ein Feedback der Gesichtsmuskeln, um Emotionen steuern zu können.«

»Dann spritzen wir halt kein Botox«, sage ich leichthin. Ich hatte es ohnehin nie vor.

»Vielleicht versteht deine Tochter dich nicht, weil ihr Gesicht voller Botox ist?«

»Ach so. Du wolltest mir helfen. Du bist herzig!« Ich umarme sie kurz. Jetzt verstehe ich, weshalb sie so auf dieser Geschichte herumreitet. Lotte ist wirklich eine Bereicherung. Sie ist wunderbar empathisch. »Weißt du«, sage ich dann, »ich habe mich in letzter Zeit tatsächlich intensiv mit dem Thema kosmetische Eingriffe befasst und versucht, meine Vorurteile abzubauen. Ich habe allerdings einiges gelesen, was mich in meinen Vorurteilen nur bestärkt hat. Schätzungsweise neunzigtausend Schönheitsoperationen werden in der Schweiz pro Jahr gemacht, weltweit etwa fünfunddreißig Millionen. Natürlich ist es gut, Menschen zu helfen, die unter ihren körperlichen Problemzonen leiden. Aber man kann auch künstlich danach suchen.«

»Das stimmt«, bestätigt Lotte. »Man kann übertreiben. Und was wirft das für ein Licht auf die Frauen von heute? Wo

bleibt ihre Selbstsicherheit? Jede glaubt, sie sei nicht perfekt genug. Das ist doch ein trauriges Bild.«
»Weißt du schon, dass das Interesse von jungen Frauen an Schamlippenoperationen geradezu explodiert?«
»Schamlippenoperationen?« Lotte ist entsetzt.
»Das fing wohl damit an, dass Schönheitstrends in den letzten Jahren immer deutlicher in die Richtung gingen, dass wir Frauen unseren Körper von jedem einzelnen Härchen befreien müssten, das sich irgendwo zu wachsen traut – und dann sieht man halt die Schamlippen, die vielleicht wirklich nicht besonders schön sind. Auch das ist wohl Ansichtssache. Jedenfalls schnipselt man nun daran herum. Das ist so was von verrückt. Und was kommt als Nächstes?« Ich erlaube mir einen Seufzer. »Trotzdem: Sollte sich Sandra wieder bei mir melden, werde ich nie mehr ein einziges, winziges Wörtchen gegen Schönheitsoperationen sagen. Eher lege ich mich selber unters Messer. Da gäbe es ja schon auch die eine oder andere Problemzone.«
Es schüttelt mich zwar bei diesem Gedanken, aber inzwischen ist mein Wunsch, Sandra wieder in meinem Leben zu haben, so groß, dass ich dafür fast alles tun würde. Dass man an immer jüngeren Menschen, gesunden Menschen – natürlich meist weiblichen – herumoperiert, das will ich trotzdem nicht begreifen.

Papa ist heute ein wenig grummelig. Am Abend findet im KKL das offene Weihnachtssingen mit dem Luzerner Sinfonieorchester und verschiedenen Chören statt, und ich will ihn nicht begleiten.
Er insistiert: »Ich habe zwei Karten. Wir sind da doch immer hingegangen. Zusammen. Immer.« Papa findet, ich könne

meine Besucher doch gut auch mal einen Abend lang allein lassen. Ich wiederum bin der Meinung, man könnte auch das Weihnachtssingen einmal im Leben auslassen.
»Vielleicht ist es mein letztes Weihnachtssingen. Mein allerletztes!«, knurrt Papa.
Diese Karte spielt er selten aus. Natürlich könnte es sein letztes Weihnachtssingen sein. Jeder Tag könnte sein letzter sein. Jede Stunde. Jeder Tag könnte aber auch mein letzter sein, wenn wir es genau nehmen wollen. Keiner weiß, wann seine letzte Stunde schlägt. Ich hasse es, wenn Papa sein Alter und seinen möglichen Tod als Druckmittel benützt.
»Papa!«, sage ich darum vorwurfsvoll.
»Dir hat er doch auch immer gefallen, dieser festliche Anlass zum Mitsingen!«
»Ja, natürlich. Aber diese Traditionen sind doch nicht in Stein gemeißelt. Du findest sicher jemanden, der mit dir singen geht. Vielleicht den Käser Barmettler? Oder Claudia Moser von nebenan?«
Ich könnte ja auch ins Feld führen, dass Papa sowieso ganz und gar nicht singen kann. Aber so etwas würde ich nie tun.
Papas Laune bleibt im Keller und hellt sich erst auf, als ich meine Freundin Aurora aus dem Hutladen bitte, mit ihm singen zu gehen. Diese reklamiert zwar auch, sie sehe mich in letzter Zeit gar nicht mehr. Allerdings hat sie im Dezember meist auch keine freie Minute für mich.
»Aurora kommt mit? Das ist okay. Die mag ich. Dann trage ich heute Abend einen Hut«, meint er und lacht übers ganze Gesicht.
Der Tag ist gerettet. Papas Laune auch. Und das ist wichtig. Im Laden ist nämlich die Hölle los. Ich zeichne und male. Papa lächelt unermüdlich unter seiner Zipfelmütze in die

Kameras von Touristen. Wir lächeln und lachen, arbeiten aber konzentriert und freuen uns, dass die Kasse klingelt.
Stefano und Isabelle verbringen den nassen, kalten Tag im Verkehrshaus. Sie haben in einer separaten Anlage ein Event gebucht. Man kann dort mit VR-Brille und professionellem Coaching in Kletterausrüstung die letzten Meter auf den Gipfel des Matterhorns erklimmen. Dank dieser speziellen Brille und modernster Technologie muss sich dieses virtuelle Erlebnis anfühlen, als wäre man wirklich dort. Adrenalinrausch inklusive. Virtual Reality der nächsten Generation. Ich bin gespannt, was sie am Abend erzählen werden.
Christa trifft Freunde in Bern.
Himari hat ihren großen Auftritt im KKL.

Lotte bleibt bei uns, hilft im Laden und schmeißt den Haushalt. Sie ist pures Gold. Ein Lichtblick. Irgendwie gehört sie schon zur Familie. In einem ruhigen Moment klicke ich mich am Mittag durch die Websites der Luzerner Altersheime und Seniorenresidenzen. Es ist genau so, wie ich es dachte: Überall fehlen Pflegekräfte. Wirklich überall! Der Drucker läuft heiß, weil ich alle freien Stellen ausdrucke.
Und dann sehe ich, eher zufällig, dass ich die Personalchefin eines dieser Häuser persönlich kenne. Ich habe mit Barbara Bucher vom Haus Abendstille die Primarschule besucht. Spontan rufe ich an, wechsle ein paar belanglose Worte mit ihr und will dann wissen, ob sie auch eine Wiedereinsteigerin aus Wien nehmen würde, die zwar eine Ausbildung, aber fast keine Praxis habe und außerdem schon sechzig sei. Ich erwähne auch, dass sie, also Lotte, im Moment keine Bewerbungsunterlagen zur Hand habe.

»Schick sie mir vorbei, und ich trinke unverbindlich einen Kaffee mit ihr. Dann spüre ich schnell, welche Möglichkeiten es für sie gäbe«, antwortet Barbara. »Ich würde mich freuen, deine Lotte kennen zu lernen, und du hast recht: Unsere Not ist sehr groß.«
Ich wusste es!
Lotte könnte problemlos in Luzern arbeiten.
Wenn sie es wollte.
Was schön wäre.

Abends sitzen wir alle wieder im »Schweizerhof« bei einem edlen Dinner. Die Preise erschrecken uns jetzt nicht mehr. Wir bestellen voller Freude die Speisekarte rauf und runter. Isabelle und Stefano erzählen begeistert von ihrem Klettererlebnis.
»Ich war so glücklich auf dem Matterhorngipfel«, schwärmt Isabelle. »Die Aussicht war atemberaubend!«
»Das schon. Doch zuvor ging es mir richtig schlecht«, meint Stefano. Er hatte Probleme und tatsächlich mit seiner Höhenangst zu kämpfen. »Aber oben habe ich es dann auch genossen. Doris, das musst du unbedingt auch mal machen!« Ein Walliser Bergführer habe sie angeleitet. Natürlich war dieser nicht vor Ort.
»Schon ein wenig schräg, nicht?«, meint Lotte skeptisch.
»Ja, klar … aber auch irgendwie spannend.« Ich überlege mir tatsächlich, das auch einmal auszuprobieren. »Vielleicht geh ich ja mal mit einer Freundin hin.« Papa kommt dafür ja nicht infrage.
»Ja, mach das! Es gab sogar Windsimulationen mit der passenden Geräuschkulisse. Es fühlte sich verdammt echt an«, meint Isabelle mit leuchtenden Augen.

Stefano und Isabelle sind glücklich.
Christa ist mit ihrem Tag in Bern ebenso zufrieden und schwärmt: »Die Arkaden waren herrlich zum Shoppen. Es soll eine der längsten gedeckten Einkaufspromenaden Europas sein, sagte meine Berner Freundin. Ich weiß nur: Ich habe viel zu viel Geld ausgegeben.«
Auch Himari strahlt. Ihr Vortrag war ein Erfolg.
»Ich habe wichtige Kontakte geknüpft und diverse Einladungen bekommen. Im Januar fliege ich nach London.«
»Oh!«, ruft Isabelle aus. »Dann kannst du uns besuchen kommen. Johnny würde sich bestimmt freuen, dich zu sehen.«
»Johnny?«, fragt Himari und zieht kurz ihre Stirn kraus. »Er kennt mich doch gar nicht.«
Da wird mir klar: Sie hat anscheinend noch gar nicht mitbekommen, dass Isabelle unseren Englischlehrer geheiratet hat, weil sie ihn ja nun immer Johnny nennt und nicht mehr so wie wir früher.
»Long John«, helfen wir daher alle im Chor.
Himari wird blass, ihre Miene versteinert, ihr Atem wird schneller, und dann – dann fällt sie einfach vom Stuhl, in eine Ohnmacht, die uns alle in Angst und Schrecken versetzt. Ich suche mit zittrigen Händen mein Handy und will schon einen Krankenwagen rufen. Aber Himari ist schnell wieder bei Bewusstsein.
»Alles gut, alles gut«, beruhigt sie uns. »Ich brauche keinen Arzt! Aber Doris, bitte bring mich auf mein Zimmer. Jetzt. Sofort.«
Ich helfe Himari auf die Beine, und als ich sie zum Lift führe, spüre ich, dass sie am ganzen Körper zittert. Sie hängt sich bei mir ein, braucht diese Stütze. In ihrem Zimmer legt sie sich sofort ins Bett, zieht nur gerade die Schuhe aus. Und

dann weint sie. Sie schluchzt richtiggehend und zieht die Bettdecke über sich.
Ich bin überfordert.
Die kühle Himari, die so selten Gefühle zeigt, ist völlig außer sich. Und ich kann mir überhaupt nicht vorstellen, was passiert ist, das sie in diesen Zustand versetzt hat. Ich kenne Himari nur kontrolliert und zurückhaltend, gerade in schwierigen Situationen.
Ich bereite ihr einen Tee zu. In ihrem wunderprächtigen Zimmer, das wohl eher eine Suite ist, gibt es selbstverständlich einen Wasserkocher. Damit gebe ich ihr die Zeit, sich ein wenig zu beruhigen. Und in der Tat: Als ich ihr den Tee ans Bett bringe, nimmt sie ihn schon wesentlich ruhiger entgegen, setzt sich auf und schiebt sich eines der vielen Kissen in den Rücken.
Ich schaue sie fragend an.
Himari trinkt zuerst vorsichtig etwas von dem Tee.
»Du willst wissen, was los ist?«
Ich nicke.
Es gebe da eine Geschichte, die sie eigentlich jahrzehntelang verdrängt habe. Erfolgreich. Sie habe wohl fast vierzig Jahre nicht mehr darüber geredet und sich auch bemüht, nicht mehr daran zu denken.
Himari schweigt.
Ich warte.
»Doris, kannst du dich erinnern, wie schnell ich damals die Schule verlassen habe? Wie plötzlich ich abgereist bin? Und dass ich trotzdem ein Abschlusszeugnis bekommen habe?«
Ich nicke wieder. Jetzt fängt auch mein Herz an, lauter zu schlagen. Es muss Furchtbares passiert sein, wenn Himari

so hysterisch reagiert, wenn sie nach vierzig Jahren daran erinnert wird.
»Wir Studenten waren mit dem Kleinbus auf einer Pubtour.«
Ich nicke. Ich erinnere mich gern an diese Touren.
»Der Bus ließ uns vor der Schule aussteigen. Es war schon spät. Ich sah noch Licht in unserem Schulzimmer und dachte, vielleicht sei die Putzfrau dort. Ich hatte nämlich Unterlagen vergessen, also wollte ich schnell hochgehen und sie holen, um dann am Sonntag lernen zu können.«
»Ja. Ich verstehe. Und dann?«
»Long John war oben. Er war angetrunken – und er hat mich vergewaltigt.«
»Nein!?«
»Ja! Doch!«
Himari lässt es zu, dass ich sie in die Arme nehme. Wir halten einander fest. Ich tröste sie, aber ich halte nicht nur sie, sondern mich auch an ihr. Weil sich gerade so viele furchtbare Fragen stellen und es mir vorkommt, als würde ich in ein dunkles Loch fallen.
Warum hatte ich nichts gemerkt? Was für eine Freundin war ich? Himari reiste danach ab, für alle unerwartet plötzlich, und ich habe es nicht hinterfragt, war nur mit meinen Prüfungen beschäftigt. Und dann: Was bedeutet das für Isabelle? Was weiß sie darüber? Wird sie Himari überhaupt glauben? Oder sollte sie besser gar nichts erfahren? Und auch: Warum hat Himari unseren Englischlehrer nicht angezeigt? Oder dafür gesorgt, dass er von der Schule flog? Wie hat sie mit diesem Erlebnis gelebt? Sie war so jung damals.
»Meine Eltern haben beschlossen, dass wir das einfach vergessen werden. Kein Skandal, das war das Motto. Nur ja kein Skandal! Meine Eltern fanden, ich würde keinen Ehe-

mann finden, wenn meine Vergewaltigung publik werden würde. Oder man würde an meiner Integrität zweifeln.«

»Integrität! Als wäre das nun das Wichtigste gewesen!«, entfährt es mir.

»Für meine Eltern schon. Das Gesicht wahren. Das war wichtig.«

»Und er kam straflos davon?«

Himari zuckt mit den Schultern. Und sie sagt, dass sie selber lange, lange gelitten und außer mit ihren Eltern mit niemandem darüber geredet habe. Erst nach Jahren mit einer befreundeten Psychologin.

»Ich hatte Albträume. Schlafstörungen. Essstörungen.« Es sei für sie persönlich eine Katastrophe, dass jetzt alles wieder hochkomme. »Ich kann mir das nicht leisten, in meiner Position. Ich habe eine Mission. Ich habe keine Kraft für einen Rückfall in die Vergangenheit.«

Ich weiß nicht, was ich sagen soll.

»Weißt du, darum habe ich ja auch gezögert, alle zu diesem Treffen einzuladen. Ich wollte nur dich sehen. Und da wusste ich ja noch nicht einmal, dass der Englischlehrer noch immer so eine wichtige Rolle in unserer Gruppe spielt.«

Alles scheint 007 also doch nicht über uns herausgefunden zu haben, geht es mir durch den Kopf. Natürlich behalte ich das für mich, frage Himari nur: »Solltest du nicht vielleicht mit Isabelle sprechen? Oder denkst du, es ist besser, wenn sie gar nichts weiß?«

»Ich habe keine Ahnung. Eigentlich müsste man als Ehefrau so etwas erfahren. Ich jedenfalls würde das ganz bestimmt wissen wollen. Aber es ist ja schon so lange her, dass Isabelle dann selber entscheiden könnte und müsste, ob sich dadurch für sie etwas ändert oder eben nicht. Es ist ja alles

verjährt. Für den Täter. Nur halt nicht für mich. Ich habe lebenslänglich.«
Himari schreibt in unseren Gruppen-Chat, es gehe ihr besser, aber sie bleibe im Bett. Sie informiert auch das Restaurant, dass die Rechnung auf sie gehe. Zu mir sagt sie: »Willst du jetzt nicht wieder zu den andern gehen? Ist für mich okay.«
»Nein«, antworte ich. »Diesmal will ich eine bessere Freundin sein.«

17
Privatleben

Wir trinken beide noch eine Tasse Tee zusammen, sitzen nahe beieinander auf einer flauschigen Polstergruppe und haben eine Decke über unsere Beine gezogen.
»Wie geht es dir sonst, Himari? Bist du glücklich? Auch privat?«, frage ich sie irgendwann.
»Im Beruf läuft alles rund. Erfolg zu haben mit dem, was man wirklich machen will, das ist unglaublich schön.«
»Und im Privatleben läuft es nicht so?«
»Ich habe kein Privatleben.«
»Man kann nicht kein Privatleben haben, höchstens ein unglückliches, langweiliges oder so. Aber jeder hat doch ein Leben neben der Arbeit.«
»Ich nicht. Gut, dieses Treffen hier, das war jetzt für mich mal ein Stück weit etwas Privates. Aber es hat mir kein Glück gebracht. Also lasse ich es in Zukunft wieder.«

Ich schüttle ungläubig den Kopf und frage: »Und sonst?«
»Ich arbeite. Zu Hause lese ich wissenschaftliche Arbeiten in verschiedenen Sprachen, treffe mich auch mal zum Austausch mit anderen Wissenschaftlern, suche im Internet nach neuen Studien und Forschungsergebnissen. Ich reise viel. Ich arbeite viel.«
»Freunde? Familie? Liebe?« Ich will es jetzt wissen.
»Meine Eltern leben nicht mehr. Meine Freundin – ja, ich hatte tatsächlich eine, aber nicht einmal sie wusste von Long John –, sie wurde erschossen. Sie war zur falschen Zeit am falschen Ort und im falschen Land. Liebe? Ich bin wohl nicht beziehungsfähig. Das hat mit Long John zu tun. Ich kann Männer nicht wirklich an mich heranlassen – nicht einmal emotional, geschweige denn körperlich. Ich habe Kolleginnen und Kollegen. Ich werde respektiert, und ich betreue viele junge Leute, die sich für Neurowissenschaften interessieren. Da gibt es schon ab und zu auch ein persönliches Gespräch. Aber sonst …«
Das kann einfach nicht sein!
Kein Privatleben!
Ich bohre weiter: »Und wenn du auf Reisen bist, schaust du dir dann die Städte an, wie jetzt zum Beispiel Luzern? Du warst doch in einem Orgelkonzert? Liebst du Musik?«
»Ja, das stimmt. Ich liebe Musik. Ich besuche gern klassische Konzerte, wenn ich es einrichten kann.«
Immerhin. Ein Lichtblick.
»Aber Städte anschauen? Ach, Doris, ist nicht irgendwann eine Stadt wie die andere?«
»Nein, Himari, was denkst du! Luzern ist doch nicht wie London oder Lissabon oder Leipzig oder Luxemburg! Ich bitte dich!«

Sie zuckt mit den Schultern, meint: »Irgendwie schon, wenn du nur zum Arbeiten anreist, wenn du allein bist, wenn du eigentlich lieber zu Hause wärst.«
Das finde ich nun mehr als traurig. Himari müsste doch wenigstens ihren Reisen etwas Gutes abgewinnen können.
»Tokio ist wie Timbuktu?«, hake ich nach. Immerhin entlocke ich ihr damit ein kleines Lächeln.
Himari versucht, abzulenken, und fragt, ob ich denn glücklich sei. Ich darf ihr gar nicht sagen, was ich wirklich denke: Im Vergleich mit der Schilderung ihres Lebens fühle ich mich nämlich gerade wie ein totaler Glückskeks. Mein Leben ist nicht perfekt, und ich rette nicht die Welt. Aber mitten im kalten Winter fühlt sich mein Zuhause doch warm und gemütlich an.
»Glücklich? Ja. Doch. Schon. Zufrieden auf jeden Fall. Auch wenn alles etwas anders gekommen ist als gedacht und die Liebe in meinem Leben fehlt.«
»Es gibt viele Arten von Liebe.«
»Was meinst du?«
»Ich habe dich mit deinem Vater gesehen. Das ist Liebe, Doris. Auch das ist Liebe. Ich habe gesehen, wie nahe du Lotte stehst, wie ihr miteinander umgeht. Auch das ist Liebe.«
Wir schweigen.
Sie hat recht.
Ich habe Liebe in meinem Leben. Sogar mehr Liebe als viele andere.
»Du hast wahrscheinlich recht«, bestätige ich also.
»Sicher. Das habe ich. Du denkst, ein Partner wäre mehr wert? Mag sein. Sex und Zärtlichkeit. Vielleicht.«
»Ja«, sage ich, und ganz, ganz kurz sehe ich Adrians Lächeln vor meinem inneren Auge.

»Es ist nie zu spät.«
Und das sagt Himari! Nicht gerade glaubwürdig.
»Jeder hat halt so seine Baustellen«, sage ich. »Mir fehlt vor allem meine Tochter – und mein Großkind habe ich noch nie gesehen.« Während ich das ausspreche, spüre ich ganz heftig, wie weh mir das tut.
»Du musst kämpfen«, erklärt Himari. »Mach es wie Romica: Belagere sie. Belästige sie.«
»Das ist nicht dein Ernst?«, frage ich zurück. »Gerade du würdest das doch nie im Leben machen.«
Sie lacht und gibt zu, dass dies nur ihr Plan für mich sei: »Du kannst so was. Und du solltest es tun.«
»Ganz bestimmt nicht!«, entgegne ich. Gerade weil Romica so eine Belagerung inszeniert hat, kommt es für mich nicht infrage. Ich würde Sandra nie in eine so unangenehme Situation bringen wollen. Aber vielleicht sollte ich irgendwie anders den Kampf wieder aufnehmen, präsent bleiben, ihr ständig zeigen, dass ich auf sie warte. Gerade jetzt vor Weihnachten, wo die meisten Menschen etwas emotionaler sind als sonst, könnte ich sie möglicherweise besser erreichen.
Irgendwann steht Himari auf und verkündet: »Ich nehme jetzt eine Schlaftablette und werde in zehn Minuten schlafen. Du kannst jetzt wirklich gehen. Schau, ich zittere nicht mehr. Ich bin ganz ruhig.«
Sie hat sich tatsächlich beruhigt. Wir umarmen uns, und es ist eine lange Umarmung, eine ganz besonders herzliche, freundschaftliche.
»Danke«, sagt sie und schaut in meine Augen.
»Schon gut. Schlaf wohl, Himari! Und du weißt ja, wo du mich finden kannst, wenn du mich brauchst. Mein Handy lege ich heute auf den Nachttisch.«

»Danke, Doris. Auch das ist Liebe.« Sie lächelt ein trauriges Lächeln.
»Jaja, ich habs ja verstanden … Wir brauchen keine Männer …« Ich verabschiede mich lachend.

Zu Hause finde ich Lotte in der Küche. Sie versucht, ein Sudoku zu lösen, sieht aber so aus, als würde sie schon halb schlafen. Sie hat auf mich gewartet. Das ist schön. Auch das ist Liebe, denke ich und umarme sie.
Lotte lässt mich natürlich nicht ins Bett gehen, bevor sie die ganze Geschichte gehört hat. Ich bin ein bisschen verunsichert, ob ich alles erzählen darf, schildere ihr aber das Nötigste. Lotte ist entsetzt. Und wütend. Und schockiert.
»Puh, jetzt bin ich wieder hellwach. Ich könnte die Wände hochgehen, dass dieser Mann ungestraft davongekommen ist. Man hat ihm so auch die Möglichkeit gegeben, noch weitere junge Mädchen zu belästigen. Das war wirklich falsch. Findest du nicht?«
»Ja, stimmt. Aber Himari hat wohl einfach das getan, was ihre Eltern verlangten. Und später wollte sie nicht mehr daran denken und nicht alles wieder und wieder nacherleben müssen.«
»Schon klar. Und von Japan aus einen Engländer anzeigen … auch nicht so leicht. Aber ein Brief an die Schulleitung hätte sicher schon einiges bewirkt. Wenigstens das hätten die Eltern machen können.«
»Auch da hast du recht.«
»Isabelle muss das wissen.«
»Ja, das denke ich auch. Aber das wird hart für sie.«
»Ich würde das wissen wollen.«
»Ich auch.«

Hoffentlich wird Himari morgen mit Isabelle reden. Sie sollte das tun.

Ich liege in dieser Nacht noch lange wach. Mich beschäftigen die Formen von Liebe und die wohltuende Erkenntnis, dass ich tatsächlich viel Liebe in meinem Leben habe. Und dass es darin eigentlich auch viel Glück gibt. Als ich neidisch auf Himari war, habe ich nur Wohlstand und Erfolg gesehen, Schönheit und Eleganz, aber nicht ihre innere Hölle.
Nein, ich möchte nicht mir ihr tauschen.
Und am nächsten Morgen werde ich mich wieder in den Laden stellen und lächelnd Kühlschrankmagnete verkaufen, als wären es Juwelen.
Mein Leben ist schön.

18

Zimtsterne

Am Morgen riecht es unerwartet weihnächtlich im Haus. Schon beim Aufwachen steigt mir der Duft von Zimt in die Nase. Die Duftwolke scheint aus der Küche zu kommen. Ich schließe noch einmal kurz die Augen und erlaube mir den Traum, meine Mutter wäre noch hier, Weihnachten wäre noch ein Fest, wie früher, voller Wärme und Frieden, mit Sandra. Aber es ist natürlich Lotte, die diese Weihnachtsstimmung herbeigebacken hat.

»Weihnachtskekse«, lacht sie, als ich noch leicht verschlafen die Küche betrete. »Ich konnte nicht schlafen, sorry.«
Papa strahlt, als hätte er gerade das große Weihnachtswunder erlebt. Er isst heute schon zum Frühstück lauwarme Plätzchen zu seinem Milchkaffee.
»Zimtsterne!«, sagt er schwärmerisch und schwelgt wohl auch in Erinnerungen. Wir haben nie mehr gebacken, seit Mama gestorben ist. Schade eigentlich.
»Lotte ist unser Weihnachtsengel«, sage ich nur und setze mich an den weihnächtlichen Frühstückstisch.
Papa doziert: »Zimt wirkt stimmungsaufhellend. Zimt könne das Chaos im Kopf stabilisieren und sei sogar aphrodisierend. Zimt ist überhaupt gegen alles gut. Lotte hat es mir vorgelesen.«
»Tja, wenn Lotte das vorgelesen hat…« Ich lache. Natürlich habe ich das auch schon gehört. Zimtsterne seien Mood-Food. »Mood-Food«. Auch wieder so ein Wort, das es früher nicht gab, das früher wohl auch keiner brauchte, weil man das Essen nicht als Stimmungsaufheller brauchte, sondern um den Hunger zu stillen.
Gab es nicht letztes Jahr auch einige schlechte Nachrichten zum Thema Zimt? Zimt ist eben nicht einfach Zimt. Aber Weihnachten ist Weihnachten. Also schiebe ich mir genüsslich ein paar warme Zimtsterne in den Mund. Gegen das Chaos in meinem Kopf. So viele Zimtsterne, wie nötig wären, um dieses zu ordnen, kann ich im Moment wohl gar nicht in meinen Magen stopfen.
»Lotte, bleib doch bei uns«, sage ich mit vollem Mund.
»Ja, genau«, findet auch Papa.
Ich erzähle den beiden von meinem kurzen Gespräch mit Barbara Bucher vom Haus Abendstille und ermuntere Lotte

dann: »Warum trinkt ihr nicht einmal einen Kaffee zusammen, und du checkst unverbindlich deinen Marktwert?«
»Den Marktwert checken … Sagt man das heute so? Aber ja, mach das! Sei mutig!«, unterstützt mich Papa.
»Unverbindlich?«, will Lotte zögerlich wissen.
»Garantiert!«, versichere ich, lasse es dann aber dabei bewenden. Ich möchte sie nicht unter Druck setzen.

Ich will gerade in den Laden und denke noch, dass der Tag mit so vielen Zimtsternen im Magen nur ein Erfolg werden könne, da bekommen Lotte und ich eine Nachricht. Es ist Himari, die der ganzen Gruppe mitteilt, dass sie gerade abreist. Sie sei schon auf dem Flughafen. Es sei eine dringende Angelegenheit, für die sie möglichst schnell nach Tokio fliegen müsse.
»Wers glaubt!«, schnaubt Lotte.
»Sie haut einfach ab – schon wieder – und redet nicht mit Isabelle.« Ich ärgere mich. Und trotzdem verstehe ich Himari – zumindest ein bisschen. Das ist ihre Art, sich zu schützen. Es ist ihr Recht, ihre Entscheidung, sich nicht mehr mit der Vergangenheit zu beschäftigen.
Da warens nur noch fünf.
Bald werden alle wieder fort sein.
»Geht ihr nur in den Laden«, sagt Lotte zu Papa und mir. »Ich räume hier noch auf. Und später schauen wir weiter. Wir beide können mit Isabelle reden. Zusammen. Wenn du willst.«

Papa und ich verkaufen viel an diesem Dienstagmorgen. Luzern gilt laut einem neuen Ranking als eine der Top-Ten-Weihnachtsdestinationen Europas. Keine Ahnung, wie genau solche Ranglisten sind, aber in diesem Fall glaube ich, dass es stimmt. Wir hatten früher im Sommer Hochsaison, aber jetzt ist auch die Vorweihnachtszeit sehr arbeitsintensiv. Wir verpacken die unförmigsten Gegenstände geduldig in buntes Geschenkpapier, verzieren alles mit Bändern und Maschen. Es ist schon der 17. Dezember, und wir sind im Endspurt.

Himari geht mir trotzdem nicht aus dem Kopf.

Keiner aus der Gruppe geht auf ihre Nachricht ein, zumindest nicht im gemeinsamen Chat. Aber Christa hat sich bei mir gemeldet. Sie fahre nach Genf. Sie scheint wirklich in der ganzen Schweiz Bekannte oder Freunde zu haben. Ich frage lieber nicht, woher. Stefano hat geschrieben, dass er unerwartet einen Termin mit einem Schweizer Verleger hat. Vielleicht erscheinen seine Romane irgendwann doch in Deutsch, und ich kann sie dann lesen? Und was macht wohl Isabelle?

Vor dem Mittagessen steht sie plötzlich im Laden. Irgendwie muss sie gespürt haben, dass etwas nicht stimmt. Jedenfalls wirkt sie sehr ernst und will wissen, warum Himari abgereist ist.

»Das hatte doch etwas mit Johnny zu tun, oder? Ich verstehs nicht. Sie reagierte so verstört, als sie realisierte, dass wir verheiratet sind.«

Papa schickt mich mit ihr nach oben, wo ja auch noch Lotte ist.

Solche Gespräche will keiner führen.

Wirklich nicht.

Wir setzen uns an den Küchentisch, und Lotte macht den Anfang im Ton einer Krankenschwester, die verkündet, dass es jetzt gleich etwas wehtun wird.

»Isabelle, das wird jetzt unangenehm für dich.«

Isabelle sitzt sehr steif da, wirkt gefasst, erwartet nichts Gutes.
Ich übernehme und sage möglichst ruhig: »Himari ist abgereist, weil Johnny sie damals vergewaltigt hat.«
Isabelle lacht auf, schrill und laut.
»Ihr spinnt doch! Niemals!«
Lotte und ich bleiben beide ruhig sitzen, Isabelle steht auf und geht im Raum auf und ab.
Irgendwann sage ich: »Isabelle, was Himari erzählt hat, klang sehr überzeugend. Alles. Ihre Erzählung, ihr Leid. Und kannst du dich erinnern, wie unerwartet schnell sie damals abgereist ist, noch vor dem Abschluss? Das passte ja gar nicht zu ihr. Sie war doch so fleißig und ehrgeizig und zuverlässig.«
»Mag sein. Aber das ist so lange her. Erinnerungen sind oft trügerisch.«
»Meinst du das wirklich?«, fragt Lotte ungläubig. »Dass sie sich falsch erinnert?«
»Ich weiß nicht, was damals war«, sagt Isabelle. »Vielleicht will ich es auch gar nicht wissen. Es ist vierzig Jahre her!«
»Das ist deine Entscheidung«, antworte ich.
»Stimmt«, bestärkt mich Lotte.
Wir beide beobachten Isabelle aufmerksam und sehen ihrem Gesicht an, wie es in ihr arbeitet, wie sich ihre Gedanken überschlagen. Ich bin überzeugt, dass sie Himaris Geschichte nicht einfach wegstecken kann. Neulich hörte ich jemanden im Fernsehen sagen, man könne seine Gefühle zwar ständig in den Keller verbannen, aber irgendwann sei dieser auch mal voll und drohe dann überzuquellen. Mir scheint, als würde Isabelle gerade Mühe haben, den Keller verschlossen zu halten.

»Ich möchte jetzt nicht mehr darüber reden. Das ist verjährt. Es ist nicht in Ordnung, dass Himari solche Anschuldigungen in die Welt hinausposaunt und dann einfach abreist. Das kann ich doch nicht ernst nehmen. Das ist bösartig. Mein Mann kann sich nicht wehren. Und ich muss jetzt damit zurechtkommen.«

»Himari hat nichts hinausposaunt«, möchte ich am liebsten entgegnen, lasse es aber bleiben. Isabelle geht noch immer wütend wie eine Löwin hin und her. Aber ich höre auch Verzweiflung in ihren Worten. Und sie redet davon, auch bald abreisen zu wollen.

»Und überhaupt: Das Treffen ist keine gute Idee gewesen«, sagt sie dann. »Man hätte die Vergangenheit ruhen lassen sollen. Die Tage in Luzern haben mir eigentlich gutgetan. Anfangs. Ich habe sonst so selten Zeit für mich. Aber jetzt – jetzt wäre ich lieber gar nicht gekommen.« Ihre Augen sind voller ungeweinter Tränen.

Isabelle nimmt ihre Jacke und geht. Wir lassen sie ziehen. Sie hat schon recht: Sie muss jetzt allein mit diesem Wissen zurechtkommen. Wir können einzig hoffen, dass sie daheim in England ihrem Ehemann auf den Zahn fühlen wird. Vielleicht wird ihr Weihnachtsfest nicht besonders harmonisch verlaufen.

Lotte und ich bleiben noch eine Weile am Küchentisch sitzen und denken nach. Wir ärgern uns. Isabelle und Himari hätten unbedingt darüber reden sollen. Unbedingt.

Am Nachmittag – Lotte und ich sind wieder mit Papa im Laden – kommt dann prompt die Meldung in unserem Gruppen-Chat: Isabelle ist abgereist.

Da warens nur noch vier.

Um nicht zu viel denken zu müssen, räumen wir auf und um und putzen, sobald keine Leute im Laden sind. Papa holt die Dose mit den Zimtsternen aus der Wohnung, weil er sieht, wie niedergeschlagen Lotte und ich sind.
»Zimtsterne beseitigen das Chaos im Kopf!«, verkündet er lautstark und eine Spur zu munter. Er hält uns die Dose unter die Nase. Aber mir ist die Lust auf Zimt vergangen. Eigentlich im Moment grad auf alles.
Hatte Papa nicht gesagt, man solle die Vergangenheit ruhen lassen?
Hatte er nicht sogar vor der Büchse der Pandora gewarnt?

19

Rondomeli

Abends treffen wir uns zu viert im »Einhorn«. Lotte, Stefano, Christa und ich. Hier, wo die Miesmuscheln »Cozze« heißen und die Leber »Fegato«, fühlt sich Stefano besonders wohl. Er lässt eine teure Flasche Barolo aus dem Piemont für uns auftragen. Aber auch Alkohol kann uns nicht mehr in die unbeschwerte Stimmung der ersten Tage unseres Treffens versetzen. Lotte und ich haben unseren Freunden natürlich erzählt, was dazu geführt hat, dass Himari und Isabelle abgereist sind. Und nun reden wir ständig über diese Geschichte und sind dabei ziemlich ratlos. Auch ob es richtig war, Isabelle alles zu erzählen, wird heftig diskutiert. Christa hätte geschwiegen.

»Ich hätte mich nicht eingemischt«, sagt sie bestimmt.
Stefano findet, man müsse sich je nachdem schon einmischen, damit sich so etwas nicht wiederhole.
»Aber Long John ist doch heute ein alter Mann«, wirft Christa ein. »Viel wird er nicht mehr anrichten.«
Lotte meint, dass er es verdient habe, wenn Isabelle ihm jetzt die Hölle heiß mache: »Ich hoffe, sie tut das auch!«
»Aber bestraft ist Isabelle genauso«, hält Christa entgegen. »Sie ist jetzt auch ein Opfer.«
Alle nicken.
Stefano erzählt dann von seinen heutigen Luzerner Erlebnissen, sicher auch, um von dem heiklen Thema abzulenken und unsere Stimmung aufzuhellen. Der Verleger hatte ihm nach ihrem Treffen eine private Führerin vermittelt, die ihm ein paar nicht so bekannte Ecken von Luzern gezeigt hat, und ist begeistert.
»Sie hat mich dazu angehalten, in der Stadt mehr nach oben zu schauen. Viele Fassadenmalereien sind mir bisher einfach entgangen: Ornamente, Heilige, Wappen, Zunftgemälde. Die ersten entstanden zum Teil schon im 16. Jahrhundert. Alles Zeitzeugen. Über zweihundert, wenn ich richtig zugehört habe!«
Das weiß ich natürlich, gehe aber gern auf Stefanos Ablenkungsversuche ein: »Ja, mein Opa hat sie mir alle immer wieder gezeigt, genauso wie die unzähligen Brunnen, versteckt in Innenhöfen oder ganz öffentlich. Das sind auch über zweihundert.«
Stefano konnte die Privatführerin mit viel Charme sogar zu Überstunden animieren, und durch einen glücklichen Zufall durfte er auch den Wasserturm betreten. Dieser wurde schon fast hundert Jahre vor der Kapellbrücke gebaut, näm-

lich im 13. Jahrhundert. Damals wurde dort der Staatsschatz gelagert. Später diente er als Archiv. Und es gab ein Verlies dort, mit drei Meter dicken Mauern. Durch eine Öffnung im Boden kann man auch heute noch in das dunkle Loch hinunterschauen.

Im Turm wurde auch verhört und gefoltert, und gern lasse ich Stefano erzählen, was es von diesem finsteren Ort auch noch heißt: »Die Führerin behauptete, dass man ein zerstrittenes Ehepaar nur drei Tage zusammen dort einsperren musste, und sie waren wieder versöhnt.«

Wir lachen. Aber ich denke, jeder von uns kennt Menschen, die er dort gern einmal einsperren wollte. Zusammen oder allein.

Stefano musste auch viele alte Waffen bewundern, fand es aber fast interessanter, dass im Dachgewölbe die größte Kolonie von Alpenseglern in der Zentralschweiz haust.

»Unter dem Dach wurden dafür extra Nistkammern gebaut«, erzählt er erstaunt.

»Heißen die nicht eigentlich Mauersegler?«, unterbricht ihn Lotte.

»Nein. Die Alpensegler sind größer und seltener und haben einen weißen Bauch«, prahlt Stefano mit seinem neuen Wissen. »Diese Vögel verbringen während der Zugzeit und im Winter die meiste Zeit in der Luft – bis zu sieben Monate. Sie scheinen sogar im Flug zu schlafen. Eigentlich landen sie nur, um zu brüten.«

»Faszinierend«, meint Christa, die aufmerksam zugehört hat.

»Und dass der Wasserturm eines der meistfotografierten Objekte der Schweiz ist, hat deine Führerin sicher auch erzählt«, mische ich mich wieder ein.

»Ach, sie hat so viel erzählt!« Stefano seufzt. »Irgendwann konnte ich nicht mehr alles aufnehmen.« Und dann kommt er doch noch einmal auf Isabelle und Himari zurück: »Ich bin halt auch nicht immer ganz bei der Sache gewesen, nachdem sich unsere Freundinnen so schnell davongemacht haben.« Ihn habe das beschäftigt, auch wenn er nicht wusste, was los war.

Christa erklärt, dass das wirklich eine üble Geschichte sei und dass auch sie morgen abreisen wolle. Sie habe Heimweh nach ihrem Hund.

»Meine Freundin hat mir geschrieben, dass Hektor nicht mehr richtig frisst. Er hat vielleicht auch Sehnsucht nach mir.«

Schön.

Und schade.

Da warens nur noch drei.

Stefano will sich morgen noch mal mit dem Verleger treffen. »Aber das muss eigentlich alles mein Agent regeln. Trotzdem war es interessant, ihn kennen zu lernen«, erklärt er.

Ein weiteres Treffen mit dem Verleger, das sieht ja gut aus. Christa, Lotte und ich wünschen ihm viel Glück und versichern ihm, wie sehr uns eine deutsche Übersetzung seiner Bücher freuen würde.

»Danke«, meint er geschmeichelt und fügt dann an: »Ja, Ladys, das wars dann wohl, ich schließe mich Christa an – am Abend werde ich nach Mailand zurückfahren.«

Da warens nur noch zwei.

Wir lassen uns noch eine zweite Flasche Wein bringen. Stefano erklärt, dass er dieses Treffen trotz allem sehr genossen habe und es ihn zudem zu einem Roman inspiriert habe.

Schön für ihn.

»Man könnte auch gut einen Krimi daraus machen«, meine ich bitter. »Romica könnte am Ende im Verlies aufgefunden werden, und Isabelle könnte Himari von einer der vielen Brücken stoßen.«

»Nein, nein, ich schreibe keine Krimis! Und so genau bleibe ich nie bei der Wahrheit. Ihr werdet euch nicht darin wiederfinden«, beruhigt er uns. Er freue sich jetzt auf das Weihnachtsfest mit seiner Mutter, die sicher schon den ganzen Palazzo geschmückt habe. »Wir laden immer auch ein paar einsame Verwandte zum Festessen ein. Das wird manchmal schön und manchmal furchtbar schwierig. Jedenfalls nie langweilig.« Er lacht.

Fast möchte ich ihn bitten, mich mitzunehmen, weil ich gerade so traurig bin.

»Kommt mich einmal besuchen!«, sagt Stefano, als hätte er meine Gedanken erraten. »Schreibt mir und schlagt einen Termin vor! Wirklich. Mailand ist so nahe. Nur drei Zugstunden entfernt. Und natürlich könnt ihr bei uns wohnen.«

Das muntert mich auf.

Das werde ich tun.

»Mailand steht ab sofort auf meiner Löffelliste!«, erkläre ich munter.

»Löffelliste? Was ist denn das?«, fragen Christa und Stefano wie aus einem Mund.

»Na, da steht alles drauf, was man vor seinem Tod noch verwirklichen will, eine Bucketlist, wie ihr es wohl nennt«, erkläre ich.

»Aha«, meint Stefano und fragt dann: »Von wegen Löffeln und Küchen, was habt ihr Schweizer eigentlich für eine besondere Beziehung zu kleinen Küchenschränken?«

»Wie bitte? Wie meinst du das?« Ich verstehe gar nichts.

»Chuchichäschtli«, sagt er dann. Er versucht es zumindest. Bei ihm klingt es wie eine akrobatische Meisterleistung. Alle lachen – und ich wahrscheinlich am lautesten.
Chuchichäschtli …
Er hat ja recht mit seiner Frage. Im Alltag kommt dieses Wort ja eigentlich nie vor. Ich kann mich jedenfalls nicht erinnern, wann ich es das letzte Mal gebraucht habe. Und trotzdem genießen wir es immer wieder, Auswärtige zu quälen, indem wir sie das Wort aussprechen lassen.
»Wer hat dir das denn beigebracht?«, frage ich, warte seine Antwort aber gar nicht ab, sondern erkläre: »Im Schweizer Dialekt sprechen wir den Laut ›ch‹ recht grob aus. Es kracht so richtig ganz hinten im Gaumen. Wenn man oft Hochdeutsch spricht, möchte man diesen Akzent möglichst bald loswerden. Wir schämen uns ein bisschen dafür, dass es uns so schwerfällt, den Laut weicher auszusprechen. Tja, in ›Chuchichäschtli‹ kommen gleich drei solcher ›ch‹ vor. Und im Gegensatz zu uns kann das kaum einer aussprechen.«
Wir üben also eine Runde »Chuchichäschtli«, was uns zumindest alle ein wenig aufheitert. Stefano möchte dann doch noch ein paar andere schöne Schweizer Mundartwörter mit nach Hause nehmen, und zwar solche, die man auch wirklich verwendet.
»Hier in Luzern ist das wichtigste Wort ›rüüdig‹. Ein rüüdig schöner Abend. Ein rüüdig cooles Treffen. Ein rüüdig guter Autor, der rüüdig spannende Bücher schreibt.«
Jetzt üben alle die Aussprache von »rüüdig«, was rüüdig viel leichter geht als bei »Chuchichäschtli«.
»Aber auch hier: Der Trick ist, das ›r‹ geräuschvoll rollen zu lassen. Das Wort wird anstelle von ›sehr‹ verwendet, ist also ein positives Verstärkungswort.«

Ich selber habe ja meine eigenen Lieblingswörter. Neulich fragte mich die Verkäuferin am Kiosk, ob ich für die Zeitschrift, die ich eben gekauft hatte, ein »Rondomeli« wolle. Ich stand ganz perplex da. Das Wort brachte mich für einen Moment völlig aus der Fassung. Ich verstand schon, dass sie aus dem Heft eine Rolle machen und diese mit einem Gummiband fixieren wollte. Aber wer um alles in der Welt sagt dazu »Rondomeli«? Wahrscheinlich fiel der Frau ganz einfach das passende Wort nicht grad ein. Aber es ist ein schönes Wort: »Rondomeli«.

Schade, dass immer mehr Mundartwörter aus unserem Alltag verschwinden. Wer spricht zum Beispiel noch von »fägnäschte«? Das Verb ist mir neulich in den Sinn gekommen, nachdem ich mich aus Sorge um meine Tochter unruhig im Bett hin und her gewälzt und so das ganze Bettzeug durcheinandergebracht hatte. Zum Glück lag ich allein im Bett, so störte meine »Fägnäschtete« niemanden außer mich.

Es ist schön, dass wir am Ende noch ein wenig über Sprache sprechen, über Sprachen, übers Reisen … einfach über alles andere als über die Gräben, die dieses Klassentreffen aufgetan hat, und die traurige Ratlosigkeit, die es hinterlässt.

Wir verabschieden uns mit vielen Umarmungen. Und mit Versprechungen, in Kontakt zu bleiben, denen ich überhaupt nicht traue. Das hatten wir alles schon vor vierzig Jahren.

»Wer weiß …«, meint Lotte nur.

Zu Hause riecht es noch immer nach Zimt. Lotte und ich trinken einen Tee zusammen. Ich versuche noch einmal, sie zu einem Treffen mit Barbara Bucher zu überreden.

Sie schaut mich an und sagt: »Wenn du wieder anfängst zu malen, werde ich mich mit ihr treffen.«

»Was? Wie kommst du denn darauf?«
»Du denkst, mir fehle mein Beruf, und da magst du recht haben. Ich denke, dir fehlt das Malen und du hättest nicht aufhören sollen.«
»Aber ich male ja ständig, jeden Tag!«
»Du zeichnest. Auf Kugeln. Ich bitte dich!«
Ich bin sehr verwundert, dass Lotte denkt, ich sollte wieder malen. Doch in der Tat habe ich in letzter Zeit selber ab und zu daran gedacht und mir sogar Leinwände und Farben besorgt. Nur – alles liegt ungebraucht zuhinterst in einem Schrank.
Lotte verkündet: »Wie du willst. Das ist meine Bedingung. Mindestens drei Bilder, von denen ich dann Fotos bekomme.«
»Was soll ich denn malen?«, frage ich ratlos.
»Blöde Frage.« Sie schüttelt missbilligend den Kopf. »Sicher nicht das Matterhorn! Du bist Künstlerin, also mach, was du willst. Lass die Farben explodieren, oder experimentiere mit einem schwarzen Strich auf der weißen Leinwand. Male deine erotischen Fantasien, oder versuche, deinen Frust in Farben auszudrücken. Was Künstler halt so tun …«
»Aber das ist wirklich ein Deal? Ich verspreche dir Bilder, und du triffst dich mit Barbara Bucher?«
Lotte nickt.
»Gut«, sage ich.
»Gut«, antwortet Lotte.
Und dann sitzen wir eine Weile einfach nur stumm da.
Lotte könnte also möglicherweise hierbleiben – oder zumindest wiederkommen. Was für eine außergewöhnlich angenehme Vorstellung. Ich genieße das Schweigen und bade vorsichtig in den Gefühlen, die dieser Gedanke in mir auslöst. Auch das ist Liebe.

Himaris Worte.
Irgendwo las ich neulich den Satz: »Im Grunde sind es immer die Verbindungen mit Menschen, die dem Leben seinen Wert geben.« Und ja, vielleicht hat Himari recht: Man braucht keine große Liebe, keinen Traumprinzen, wenn man Menschen um sich hat, die man lieben kann, und wenn man sich geliebt fühlt. Menschen aller Art. Und wenn es nicht der Traumprinz und die Familie ist, muss man den Kreis halt erweitern.
Und was ist ein »Rondomeli«?
Wahrscheinlich kein Gummiband, aber ein Ring, ein Kreis.
Lotte gehört in mein persönliches Rondomeli.
Eindeutig.
Ob sie nun geht oder bleibt oder wiederkommt.

20
Abendstille

Am nächsten Tag trifft sich Lotte mit Barbara Bucher vom Haus Abendstille. Wer denkt sich bloß die unsäglich langweiligen und deprimierenden Namen für Altersheime aus? Gut, so ganz spontan habe ich jetzt auch keine zündende Idee für einen besseren Namen. Trotzdem: Abendruh, Abendrot, Abendstille … Nein, wirklich! Warum nicht gleich Endstation, Sackgasse, Einbahnstraße … Da wäre ja selbst Haus Sonnenblume oder Station Rondomeli besser.
Egal.

Ich bin total nervös, solange Lotte dort ist. Ich lasse beim Abstauben sogar ein teures Weihwassergeschirr fallen.
»Es war eh hässlich«, sage ich nur, als Papa mich strafend anschaut.
Er sagt nichts. Er ist nämlich selber nervös. Das freut mich ja ganz besonders: unsere absolute Einigkeit in dem Wunsch, Lotte bei uns zu behalten. Ich zeichne auf Vorrat ein paar Kapellbrücken auf große goldene Weihnachtskugeln. Das beruhigt mich.
Ich werde wieder malen.
Mein Stativ liegt unter dem Bett. Leinwände und Farben warten im Schrank auf mich. Ich könnte sofort loslegen. Und jetzt habe ich wirklich Lust dazu.
Außerdem muss ich ja.
Deal ist Deal.
Erotische Fantasien? Nein. Eher nicht.
Vielleicht fange ich mal mit einem Kreis an. Rondomeli. Und dann schaue ich, was sich daraus entwickelt. Völlig abstrakt.
Oder ich male Ziegen. Ja. Genau. Das ist es! Ich fange wieder mit Ziegen an.

Die schönsten Weihnachtsgeschenke sind meist nicht in buntes Papier gewickelt und kommen manchmal auch ein bisschen verfrüht. Papa und ich fühlen uns heute schon reichlich beschenkt. Lotte kommt nämlich erst am Abend wieder heim, weil sie stundenlang im Haus Abendstille war, was wir als gutes Zeichen deuten. Beim Essen erzählt sie und plappert und berichtet alles im Detail. Ihre Augen strahlen – und hat sie nicht auch eine aufrechtere Haltung, einen beschwingteren Gang?

»Ich könnte jederzeit anfangen. Natürlich würde man meine Ausbildung anfangs nicht voll anrechnen, bis ich wieder richtig eingearbeitet wäre. Aber ich hätte auf jeden Fall mehr Lohn als an der Kasse. Barbara würde mich sofort nehmen.«
Papa und ich schweigen.
Wir sind beide ein wenig angespannt.
»Sie hat mir gleich einen Kittel gereicht und ist mit mir durch die Abteilungen gegangen. Das hat sich so gut angefühlt. Ich war wirklich blöde, dass ich für meinen elenden Franz diesen Beruf aufgegeben habe.«
Na also!
»Aber es ist halt schon eine große Entscheidung. Eine riesengroße Entscheidung.«
Das wissen wir.
»Ich würde sozusagen auswandern.«
Stimmt.
»Das muss ich mir schon sehr gut überlegen.«
Logisch.
»Vielleicht bin ich für einen so radikalen Neuanfang schon zu alt. Da gibt es doch diesen Spruch mit den alten Bäumen, die man nicht mehr verpflanzen sollte … Ich bin so ein alter Baum. Obwohl – ich habe mich heute so jung und lebendig gefühlt wie schon lange nicht mehr.«
Papa will nicht mehr länger zuhören und unterbricht sie: »Schau, Lotte, vielleicht bekommst du nie mehr so eine Chance. Was würde denn passieren, wenn es schiefgeht? Glaubst du, du würdest keine Stelle mehr bekommen, irgendwo an einer Kasse in einem Supermarkt?«
»So einfach ist es nicht. Ich würde auch meine Wohnung aufgeben und vieles, was mir lieb und teuer ist«, gibt Lotte zu bedenken. »Wien ist eine schöne, liebenswerte Stadt,

mein Zuhause. Ich habe eine billige Wohnung an bester Lage. So was findet man nicht mehr. Und es ist ja nicht so, dass ich in Wien keine Freunde hätte.«

Ich schalte mich jetzt auch ein: »Die Entscheidung ist sicher nicht leicht, und du musst sie ganz allein treffen. Du musst einfach wissen, dass du hier bei uns wohnen und leben kannst, dass du für uns zur Familie gehören wirst, eigentlich jetzt schon gehörst, weil wir dich so gernhaben.«

»Und wenn ich sterbe, dann braucht Doris hier jemanden«, sagt Papa. Als er unsere betroffenen Gesichter sieht, schiebt er noch nach: »Irgendwann, in zehn Jahren oder so.«

»Danke. Ihr seid wunderbar«, sagt Doris leise und wischt sich ein paar Tränen aus den Augen.

Papa gießt unsere Weingläser immer wieder voll. So wird es wohl dem Alkohol zuzuschreiben sein, dass wir plötzlich den Kanon von der Abendstille singen.

Abendstille überall
Nur am Bach die Nachtigall
Singt ihre Weise, klagend und leise
Durch das Tal

Es braucht ein paar Anläufe, bis Papa die Einsätze nicht mehr versaut oder uns mit falschen Tönen aus dem Konzept bringt. Aber dann singen wir den Kanon in Endlosschlaufe, wollen gar nicht mehr aufhören.

Draußen peitscht der Wind den Regen an die Fenster.

»Schnee wäre auch mal schön, wenn ich schon in der Schweiz bin«, seufzt Lotte.

»Tja, unsere Winter sind nicht mehr das, was sie mal waren«, kommentiert Papa. Darüber lamentiert er gern.

»Darf ich dich an den 21. November erinnern?«, werfe ich ein. Lotte will wissen, was da war.
»Da war eben Winter. Nur an diesem einen Tag«, erkläre ich. »Das war der Wahnsinn, das absolute Chaos. Autos und Busse blieben stundenlang stecken. Viele mussten wirklich lange Strecken zu Fuß gehen, weil nichts mehr ging. Luzern hatte einen Allzeitrekord in der Neuschneemenge innert vierundzwanzig Stunden. Es fielen zweiundvierzig Zentimeter. Der bisherige Rekord – von 1919 – lag bei achtundzwanzig Zentimetern. Ach, jetzt doziere ich schon wie Papa.«
Papa lacht, nimmt den Ball gern auf und erzählt weiter von diesem Ereignis: »Es war halt einfach mal wieder Winter. Und darauf ist inzwischen niemand mehr vorbereitet, weil Luzern Jahr für Jahr weniger Schnee hat. Viele haben nicht einmal mehr Winterreifen für ihre Autos. Es gab an diesem Tag über sechshundert Notrufe bei der Polizei, mehr als hundertzwanzig Einsätze, und es wurden über dreißig Verkehrsunfälle gemeldet. Das ist doch nicht mehr normal.«
»Und dabei war dieser Wintereinbruch sogar angekündigt. Jeder hätte es wissen müssen oder wissen können. Die Meteorologen hatten recht. Es hat ihnen nur keiner zugehört«, schalte ich mich wieder ein.
Papa klopft sich auf den Schenkel und meint: »Tja, und ich denke, das wars jetzt. Wir hatten einen Tag lang Winter.«
»Schon gut – ich finde es auch ohne Schnee schön hier!«, schließt Lotte unser Gespräch, als wir die Tafelrunde aufheben und uns gegenseitig eine gute Nacht wünschen.

Ich kann nicht schlafen. Stattdessen baue ich leise meine Staffelei auf, hole Farben und Pinsel aus dem Schrank. Ich stelle eine aufgezogene Leinwand auf meine Staffelei und

versuche, zu malen. Ich fühle mich in meine Kindheit zurückversetzt. Ich denke an meinen Opa. Und ich male Ziegen. Eine ganze Leinwand voller Ziegen.
Zuerst skizziere ich sie mit einem Kohlestift. Und dann male ich mit Acrylfarben drauflos. Mit Freude. Wie früher. Beinah jedenfalls. Denn natürlich bin ich völlig aus der Übung. Am Ende sehen die Ziegen tatsächlich aus wie Ziegen. Ja also.
Ich brauche keine Vorlage. Sie sind noch in meinem Kopf, alle diese tausend Ziegen, die ich als Kind mit meinem Opa und mit Papa gemalt habe.
Sie brechen aus mir heraus.
Sie wollen auf diese Leinwand.
Ich muss zwar viel korrigieren und übermalen, aber am Ende, es ist schon weit nach Mitternacht, bin ich einigermaßen zufrieden mit meinem Werk und kann endlich ins Bett.
Selbst im Schlaf träume ich von Ziegen.
Von wegen »erotischer Fantasien« …

Am Morgen bringe ich mein Gemälde an den Frühstückstisch und überreiche es Lotte feierlich.
»Hier. Mein erstes Werk. Deal ist Deal.«
Sie ist sprachlos.
»Sorry, dass es Ziegen geworden sind. Keine erotischen Fantasien. Kein schwarzer Strich in weißer Landschaft. Einfach nur Ziegen.«
Lotte protestiert. Sie mag meine Ziegen. Gerade weil sie weiß, welche Bedeutung sie für mich haben.
»Ich schenke es dir«, sage ich großzügig.
»Bist du sicher?«, fragt sie und umarmt mich auf mein Nicken hin herzlich. »Danke! Aber – du hast es noch nicht signiert …«

Ich hole das sofort nach und freue mich, dass Lotte sich freut.

»Ja, das Bild ist mir gut gelungen, aber ein Kunstwerk ist es nicht. Einfach ein gut gelungenes Bild. Mehr nicht.«

»Vielleicht muss es im Moment gar nicht mehr sein«, gibt Lotte zu bedenken. »Reicht es denn nicht, dass es dir und mir Freude bereitet? Und du weißt: Kunst wäscht den Staub des Alltags von der Seele. Oder so ähnlich. Ist also fast wie Zimt.«

Ich nicke. Immer wieder reden alle davon, man müsse größer denken, größer träumen. Manchmal ist weniger möglicherweise mehr. Diese Einstellung wird mir den Wiedereinstieg in die Malerei erleichtern.

Als dann auch Papa am Frühstückstisch sitzt, der seinen Blick gar nicht mehr von meinen Ziegen abwenden will, verkündet Lotte, dass sie morgen abreisen möchte: »Ich muss langsam wieder heim. Nur daheim kann ich wirklich nachdenken und spüren, was ich will, wie ich meine Zukunft gestalten möchte. Aber es ist schon ein prickelndes Gefühl, zu wissen, dass ich meine Zukunft mit sechzig überhaupt noch einmal neu gestalten könnte. Und dafür danke ich euch von Herzen.«

Auch wenn ich Lotte verstehe, es ist ein kleiner Schock. Und auch Papa sieht so betrübt aus, wie das Wetter ist. Der Regen hat seit gestern sogar noch einen Zacken zugelegt.

Nur noch einen Tag also mit Lotte.

Einen letzten Abend mit Lotte.

Dann ein Frühstück mit ihr.

Und schon ist sie weg.

Vielleicht für immer.

Doch vielleicht auch nicht.

Ich verdränge diese Gedanken. Ich verdränge alle Gedanken. Ich esse einen Zimtstern, der meinen Kopf aufräumen soll, wie es heißt. Am liebsten würde ich über meinen Kopf grad auch noch etwas Zimt streuen. Über meinen Kopf, über mein ganzes Leben.
Ich gehe in den Laden, während Lotte und Papa in der Küche sitzen bleiben. Neue Schneekugeln sind angekommen. Ich finde sogar einen Platz für sie, im hintersten Regal. Immerhin haben wir schon eine Menge Christbaumkugeln verkauft. Der Zeitungsartikel hat uns dabei sehr geholfen. Erstmals sind nicht nur Touristen, sondern auch viele Luzerner in unseren Laden gekommen. Das hat uns gefreut. Mit ihnen kann man natürlich auch andere Gespräche führen als mit einem Inder auf der Durchreise. Eine ältere Luzernerin zeigte sich besorgt über die vielen Touristen, sogar jetzt im Dezember. Die seien doch früher nur im Sommer gekommen. Sie habe zum Thema ein interessantes Interview mit dem Tourismusexperten Jörg Wenzel gelesen. Vielleicht kenne ich es ja.
»Nein, und auch der Name sagt mir nichts. Wer ist er denn?«, frage ich.
»Na eben, ein Tourismusexperte. Und er beschäftigt sich mit der Zukunft des Tourismus in Europa, anscheinend seriös. Er sagt voraus, dass sich dieser drastisch verändern werde. Immer mehr Menschen würden um die ganze Welt reisen wollen, und Europa sei für sie so was wie ein lustiger Freizeitpark der Alten Welt. Indien plane hundert und China zweihundert neue Flughäfen bis 2035. Und diese würden sicher rege genutzt werden. Man könne mit einer Verdoppelung der Besucherzahlen in den nächsten zwanzig, vielleicht sogar schon zehn Jahren rechnen. Manche gingen auch von

einer Verdreifachung aus.« Die Frau hält kurz inne und meint dann: »Also wenn er recht hat, dann fühle ich mich in Luzern nicht mehr wohl. Eigentlich ist das jetzt schon so. Ich habe bestimmt nichts gegen Touristen, aber es sind einfach zu viele.«

Ich frage sie, wie sie das denn ändern wolle, aber sie hat auch keine Idee, keinen konkreten, sinnvollen Vorschlag. Darüber bin ich froh, schweige aber. Papa und ich, wir brauchen die Touristen. Auch eine Verdreifachung der Touristenzahlen würden wir nicht ablehnen. Und da wir noch einige Christbaumkugeln auf Lager haben, dürften die Massen gern auch im Dezember kommen. Alle. Vielleicht nicht gerade alle gleichzeitig. Ja, es ist so, wir haben ein Problem: Überall, wo es schön ist, sind plötzlich zu viele Menschen. Damit müssen wir wohl leben. Alle. Einzige Alternative, die mir in den Sinn kommt: Wir könnten an hässliche Plätze ziehen, an einen Industriestandort mit kaputter Natur, frei von Bergen und Seen, oder in eine ausgedörrte Krisenregion.

Nun, ich liebe diese neuen Luzerner Kunden und Kundinnen, die voller Neugierde unser Sortiment betrachten, ganz andere Fragen stellen als die ausländische Kundschaft und am Ende fast alle eine Christbaumkugel kaufen. Mindestens eine. Und ich diskutiere gern mit ihnen über die aktuellen Luzerner Themen, wenn nicht über den Tourismus, so zum Beispiel über den Umbau des Bahnhofs.

»Stellen Sie sich diese Baustelle vor! Über Jahre werden wir eine Megabaustelle mitten in der Stadt haben!«, jammert eine Kundin.

Davor fürchte ich mich auch.

»Und dann: drei Komma drei Milliarden Kosten? Und ein Tunnel, der unter dem See durchgehen soll? Muss das sein?«

Ich weiß nicht, ob das sein muss. Aber ich weiß, dass der Luzerner Bahnhof inzwischen der drittgrößte der Schweiz ist und täglich um die siebenhundert Züge zu bewältigen hat, anders gesagt: etwa hunderttausend Passagiere. In einem Sackbahnhof! Dass dies nicht einfach ist, versteht sich von selbst. Bis etwa 2040 soll nun ein Durchgangsbahnhof entstehen, natürlich mit Tunnels und einem unterirdischen Bahnhofteil. Das wird sicher nicht ohne Emissionen machbar sein. Aber vielleicht muss das genau jetzt sein. Für unsere Nachkommen. Ich halte mich zurück. Mir wäre es oft lieber, alles bliebe so, wie es ist. Aber irgendein alter, weiser Mann – oder war es eine Frau? – hat einmal gesagt: Nichts ist so beständig wie der Wandel. Das kann man positiv oder negativ sehen.

Ein großer Zankapfel in Luzern ist auch der Umbau des bald zweihundertjährigen Theaters, das neben der Jesuitenkirche steht. Das Volk hat einen Projektierungskredit gerade klar abgelehnt. Somit steht das einzige professionelle Theater der Zentralschweiz auf wackeligen Füßen. Schon musste man erstmals ganze Sitzreihen sperren, weil die Statik des Balkons und damit auch die darunterliegenden Sitze nicht mehr sicher waren.

Einer meiner Kunden schimpfte: »Fast vierzehn Millionen nur schon für die Planung! Zudem hundertdreißig Millionen geschätzte Baukosten. Sie wissen ja, was ›geschätzt‹ bedeutet … Und überhaupt: So ein moderner Bau grad neben der Jesuitenkirche!«

Ich bin nicht gerade eine Stammkundin des Luzerner Theaters, besuche hingegen gern das KKL. Aber wie viele haben damals gegen das KKL gekämpft? Luzern tue zu wenig für Alternativkultur, hieß es, was vielleicht sogar stimmt. Und

natürlich verschlang auch der Bau des KKL astronomische Summen.
Der Wandel.
Es stimmt, er ist beständig.
In Gedanken streue ich Zimt darüber.
Und ich male und zeichne zu meiner eigenen Belustigung ein paar kleine Ziegen auf große Christbaumkugeln – und verkaufe sie gleich anschließend einer Kundin aus Taiwan, die sagt, es seien Steinböcke. Die habe sie im Sommer in Pontresina gesehen. Entweder sieht sie nicht gut, oder ich zeichne schlecht – oder sie hat in Pontresina Ziegen und keine Steinböcke gesehen.

Zum letzten Abendessen hat Lotte eine riesige Portion Kaiserschmarrn nach Wiener Art gemacht und serviert ihn uns mit Zwetschgenkompott. Papa und ich essen begeistert von dem luftigen Süßgericht. Es könnte ein so gemütlicher Abend sein, wenn nicht der Abschied wie ein riesiger Elefant mit uns am Tisch sitzen würde.
»Ich komme wieder, versprochen. Vielleicht für immer, vielleicht als Besucherin. Das entscheide ich nach den Festtagen.«
»Schön«, sagt Papa.
»Gut«, meine ich.
Papa und ich schauen uns an. Ja, wir wollen keinen Druck machen, aber wir würden gern. Papa nimmt meine Hand und hält sie einen Moment lang fest.
Auch das ist Liebe, würde Himari wohl sagen. Dieses stille Verständnis.
Da waren nur noch wir …
Aber dieses Wir ist schon sehr, sehr kostbar. Daran können wir uns festhalten. Beide.

Das Zusammensein an diesem Abend ist ein anderes als in den Tagen davor. Keine Scherze, Witze, Gesänge mehr. Schade. Wir ziehen uns bald in unsere Zimmer zurück. Lotte muss packen. Ihr Zug fährt am nächsten Tag schon früh.
Ich kann natürlich nicht einschlafen, hole darum einen großen Skizzenblock aus meinem Schrank und zeichne Lotte; zeichne eine fröhliche, lachende, herzliche Frau. Aber das Bild schreit nach Farben, sonst stimmt es für mich nicht. Lotte ist die bunteste Frau, die ich kenne. Ich habe auch einen Kasten mit Aquarellfarben. Das passt. Nach einer Stunde schaue ich auf mein Werk und finde, dass es eine echte Liebeserklärung an eine neue Freundin ist, weil es Lottes Charakter und ihr ganzes Wesen ausstrahlt.

Der Abschied ist ein wenig chaotisch. Der Wecker klingelt schon um 4 Uhr 30. Das ist für uns alle zu früh. Papa kommt nur kurz aus seinem Zimmer und drückt Lotte fest an sich. »Komm wieder!«, sagt er bewegt. Und: »Töchterchen.«
Worauf Lotte zu weinen anfängt. Ich bin selber erstaunt über diese Aussage. Töchterchen! Papa hat Lotte einfach so in sein Herz geschlossen. Das habe ich noch nie erlebt. Aber mir geht es ja genauso.
Ich marschiere mit Lotte durch den kalten Morgen über die Seebrücke zum Bahnhof. Auf dieser Brücke geht man zurzeit unter einem ganzen Geflecht von Lichtern, wie unter einem Sternenzelt. Es ist, als hätte man sie nur für uns herausgehängt, um unserem Abschied doch noch etwas Zauber zu verleihen.
Mit dem Zug, den Lotte herausgesucht hat, wird sie ohne viel Umsteigen am Nachmittag in Wien ankommen. Das ist wirklich bequem.

»Du könntest also gut auch mal nach Wien kommen, sogar mit deinem Papa!«
Das ist wahr. Ich verspreche ihr, sie im Januar zu besuchen, falls sie nicht schon bald den großen Umzug in die Schweiz plant.
Und dann ist Lotte weg.
Ich stehe noch einen Moment am Gleis, während der Zug davonfährt. Dann atme ich tief durch und spaziere heimwärts. Die Kälte tut mir heute richtig weh, geht bis ins Herz hinein.
Zu Hause mache ich mir einen Kaffee, trinke ihn am Küchentisch und starre vor mich hin. Der Tisch ist riesig.
Und in vier Tagen ist Weihnachten.

21

Glückshormone

Lotte und mich verbindet ein gemeinsames Problem: Auch sie wird ohne ihren Sohn Hannes Weihnachten feiern müssen. Er hat sich von ihr abgewandt, weil sie ihn zu wenig vor seinem Vater, ihrem damaligen Ehemann Franz, beschützt hatte. Sie will an Weihnachten zu Hause sein, weil sie hofft, er könnte sie trotzdem grad in diesem Jahr besuchen oder ihr wenigstens ein Lebenszeichen schicken. So sind Mütter. Je näher das Weihnachtsfest kommt, desto mehr schmerzt mein Herz. Dieses verflixte Fest schreit einfach nach Harmonie, nach Versöhnung, nach Familie. Himari fand ja, ich solle um Sandra kämpfen. Was, wenn sie recht hat? Kämpfen ist sicher das falsche Wort. Aber es macht vielleicht Sinn, mich ihr wieder und wieder in Erinnerung zu rufen. Sie soll spüren, dass ich da bin. Jederzeit. Dass sie immer auf mich zählen kann, egal, was war. Und sie darf ruhig wissen, wie sehr mich unser Zerwürfnis schmerzt. Und nein, ich werde nicht das hohe Alter von Papa als Druckmittel verwenden. Aber sie ist mit ihm aufgewachsen. Er hat ihr nichts getan. Wie kann sie auch ihn aus ihrem Leben verstoßen?

Ich beschließe, Sandra einen Brief zu schreiben.

Darin werde ich offen sein und ihr erzählen, wie ich mich fühle und vor allem: wie sehr sie mir fehlt. Und ich werde sie bitten, uns zu besuchen.

Ich setze mich hin und lege los. Ich darf nichts unversucht lassen. Die Worte fließen fast von allein auf das Briefpapier. Meine Handschrift ist zwar etwas ungelenk, da ich meist am Computer schreibe, aber das kann ich jetzt auch nicht ändern. Nachdem ich mir alles von der Seele geschrieben habe, skizziere ich auf einem Beiblatt Papa und mich. Es ist kein Kunstwerk, gelingt mir aber doch recht gut.

Papa kommt zum Frühstück, sieht die Zeichnung, den offenen Brief, räuspert sich und fragt mit belegter Stimme: »Du hast Sandra geschrieben?«

Ich nicke und wische mir ein paar Tränen aus den Augen.

»Gut«, kommentiert er. »Soll ich auch ein paar Zeilen beisteuern?«

»Das wäre schön. Ich lasse den Umschlag offen. Bringst du ihn dann gleich zur Post? A-Post bitte! Ich öffne dann schon mal den Laden. Lass dir Zeit.«

Papa ist einverstanden. Ich gehe hinunter in den Laden, wo Simon schon auf mich wartet.

»Simon? Du hast heute Dienst?«, frage ich verwundert. Da muss ich die Arbeitspläne sehr durcheinandergebracht haben. Was war denn bloß los mit mir?
»Nein, nein. Ich muss nur mit dir reden.«
»Oh. Gut. Trinken wir einen Kaffee?«
Während ich an der Kaffeemaschine hantiere und Simon den Laden richtig öffnet und draußen unsere paar Ständer aufstellt, kann ich nur eines denken: Simon wird uns verlassen. Irgendwann musste das ja kommen. Er ist jung, und er zieht weiter. Das ist zwar schade, aber es war zu erwarten. Ich merke gerade, wie sehr ich ihn mag, wie sehr er mir fehlen wird. Der junge Mann wurde ein Teil meiner schrägen Familie.
Simon bestätigt meine Vermutung: »Ja, ich kann ein Praktikum bei den Soundville Media Studios machen. Das ist total spannend. Ich kann dabei so viel über Tontechnik und Musikproduktion lernen.«
Er schwärmt mir weiter von diesem Angebot vor, aber ich höre nur mit einem Ohr zu, bin in Gedanken, schweife ab. Wir werden eine neue Aushilfe suchen und anlernen müssen. Das wird nicht leicht. Wir müssen dieser Aushilfe vertrauen können. Aber wir brauchen unbedingt jemanden. Wer weiß, wie schnell Papa ausfallen wird, vielleicht auch mal nur kurzfristig. Dann muss ich eine Hilfe haben, weil ich ja sonst Papa nicht beistehen kann.
Ich seufze.
»Du hast mir gar nicht mehr zugehört«, schimpft Simon gespielt beleidigt.
»Stimmt. Tut mir leid. Es ist halt traurig, dass du gehst. Aber ich freue mich, wenn du so spannende Dinge lernen kannst und dir damit später viele Türen offenstehen.«

»Hey, wenn du mir zugehört hättest, wüsstest du nicht nur das, sondern auch, dass ich dir meinen Vater als Aushilfe vorgeschlagen habe.« Simon wirft mir einen strafenden Blick zu.

Ich horche auf.

»Deinen Vater?«

»Ja, er ist gerade frühpensioniert worden und braucht dringend eine Beschäftigung. Er sucht Jobs. Es geht ihm nicht ums Geld.«

»Und – wie ist er so? Was hat er bisher gearbeitet? Du hast nie viel von ihm erzählt.«

»Mein Vater ist wunderbar. Wie deiner. Liebevoll und fürsorglich. Und weißt du: Er ist eigentlich gar nicht mein Vater. Meine Eltern konnten keine Kinder bekommen. Sie haben mich adoptiert. Eigentlich bin ich ihr Neffe. Conny, ich mag sie nicht meine Mutter nennen, hatte ein Drogenproblem, ein großes, und war deswegen oft in Kliniken. Irgendwann starb sie an den Folgen ihres Lebenswandels. Mich hat Conny schon früh bei ihrem Bruder abgesetzt.«

»Das tut mir leid«, sage ich ein wenig hilflos. Ich staune, wie viel Persönliches mir Simon so schnell erzählt, gerade jetzt, wo er uns verlassen will.

»Schon gut, ich hatte Glück, durfte ich bei ihm und Mama – also der Frau, die für mich immer wie eine Mutter war – aufwachsen. Und ich erinnere mich kaum an Conny. Doch letztes Jahr ist ja auch Mama gestorben, du weißt, sie hatte Krebs, und für Papa wurde es dann schwierig. Er bekam mit allem Mühe, alles wurde ihm zu viel. Er arbeitete sein Leben lang als Primarlehrer, aber plötzlich ertrug er den Druck da nicht mehr.«

»Ja, das ist kein einfacher Beruf heutzutage.«

»Du sagst es. Nach Mamas Tod hatte er einfach nicht mehr die Kraft dazu. Darum ist er jetzt raus. Aber er ist erst sechzig, will sich also noch nicht zur Ruhe setzen.«

»Aber er will doch nicht einfach Souvenirs verkaufen!«, wehre ich mich für seinen Vater.

»Im Sommer war er auf einer Alp im Berner Oberland. Er hat dort richtig hart gearbeitet. Seine Hände waren voller Schwielen. Letzten Winter war er Skilehrer in Engelberg. Das waren Abenteuer, von denen er immer geträumt hat. Jetzt sucht er etwas Leichteres.«

»Er ist also ein Allrounder, dein Vater?«

»Genau. Und er kann mit Menschen umgehen. Zudem spricht er Englisch, Französisch und Italienisch. Fließend.«

»Schön. – Wann willst du aufhören?«

»Jetzt«, sagt Simon, und das ist ihm wohl selber etwas unangenehm.

»Jetzt?«

»Ja, wenn es geht.«

»Und wann fängt dein Vater bei uns an?«

»Jetzt.«

Wir lachen beide.

»Dann schick ihn halt vorbei. Lass ihn deine nächste Schicht übernehmen, und ich werde mit dabei sein. Papa selbstverständlich auch. Du weißt, er ist heikel. Wenn ihm seine Nase nicht passt, dann ist er raus. Da nützen ihm seine Beziehungen und seine vielen Sprachen rein gar nichts.«

»Ich weiß. Aber mein Vater wird euch gefallen.«

»Schön«, sage ich.

Immerhin ist er Simons Vater. Das ist doch schon mal eine gute Referenz. So falsch kann er gar nicht gewickelt sein, wenn er diesen wunderbaren Sohn hat. Es gefällt mir, wie

liebevoll Simon über ihn spricht. Ich denke an Sandra, und mein Herz schmerzt. Wie sie wohl über mich spricht?
Papa ist weit skeptischer, als ich ihm später alles erzähle. Er will einfach keinen Fremden im Geschäft haben. Ich versuche, ihn zu beruhigen.
»Simon war auch mal ein Fremder.«
»Jaja …«, brummt er mürrisch in seinen Bart.
»Lotte auch.«
»Das war etwas ganz anderes«, protestiert er heftig.
Ja, Lotte, das war halt Liebe auf den ersten Blick. Für uns beide.
»Und was, wenn Lotte wiederkommt?«, will Papa wissen.
»Dann wird sie während ihrer Einarbeitungszeit im Heim keine Zeit für uns haben. Wenn sie später ab und zu bei uns arbeiten will, sehen wir weiter. Oder wenn es mit dem Heim nicht klappt. Der Papa von Simon hat ja eine gute Rente. Der braucht die Arbeit bei uns nicht wirklich.«
»Hat er auch einen Namen, oder muss ich ihn Papa nennen?«, fragt mein Papa ungnädig. Ich lache ihn aus.
Er erzählt, dass er den Brief an Sandra zur Post gebracht und den Umschlag mit einer extra schönen Briefmarke verziert habe.
»Ich habe noch ein Foto von uns beigelegt. Eines, das Simon mal im Laden von uns gemacht hat.«
»Ein schönes?«
»Natürlich. Na ja – so schön, wie wir halt eben sind.« Er grinst.
»Also wunderschön«, sage ich.
»Genau.«
Dann fragt er mich doch ernsthaft, was ich mir auf Weihnachten wünsche.

»Du meinst, außer Gesundheit und Glück und Weltfrieden, dem Ende der Erderwärmung, dass all die Despoten, die global grad das Sagen haben, in einem schwarzen Loch verschwinden – nicht zu vergessen der Prinz auf einem Schimmel?«
Papa nickt.
»Ach, Papa, wir schenken uns doch nichts mehr. Das hatten wir vor ein paar Jahren mal abgemacht.«
»Diesmal habe ich aber Lust.«
»Und auf diese Idee kommst du jetzt, vier Tage vor Weihnachten?«
»Genau. Und du brauchst mir nichts zu sagen, wenn du nicht willst. Ich schenke dir einfach irgendwas. Und das hat dir dann gefälligst zu gefallen.«
»Aha.«
Das finde ich lustig. Es hat mir »gefälligst zu gefallen« … Papa hat wohl grad eine kleine Weihnachtskrise.
Ich verstehe das.
Weihnachten ist keine leichte Übung.
Papa fehlt sicher Mama. Meine Mutter hat Weihnachten geliebt und so richtig zelebriert. Erinnerungen an gemeinsame Feste voller Wärme und Liebe, die machen auch mir zu schaffen. Das erste Fest ohne Mama war extrem traurig. Das erste Fest ohne meine Tochter bleibt auch unvergessen. Das Jahr über arrangieren wir uns irgendwie mit allem. Und dann kommt Weihnachten und reißt alle Wunden wieder auf, nur weil man genau jetzt halt alle Lieben um sich haben möchte. Weil man sich nach einer glücklichen, vollständigen Familie sehnt.
Der Erwartungsdruck sei das größte Problem, meinte eine Psychologin in einem Zeitungsinterview. In den Medien

kann man daher gerade lesen, welche Verhaltensweisen helfen, die Festtage als Familie konfliktfrei zu verbringen. Laut einer Studie habe jeder Dritte Angst vor Familienstreit an Heiligabend, und tatsächlich würden sich rund ein Viertel der Befragten regelmäßig an den Festtagen streiten, vor allem mit ihrem Partner. Sogar Scheidungen nähmen nach den Festtagen zu, weil dann eben zu viele Erwartungen nicht erfüllt worden seien. »Stress, Streit, Krise«, heißt denn auch der Titel eines Artikels zum Thema Weihnachten, der mit Telefonnummern von Hilfsangeboten und hilfreichen Tipps zum Überleben der Festtage ergänzt wird.

Ich würde gern ein paar Konflikte und eine Portion Stress in Kauf nehmen, wenn ich dafür noch eine Familie hätte. Auch einen Streit am Heiligabend würde ich bestimmt irgendwie schlichten oder überleben können. Es würde auf jeden Fall große Freude machen, für den kleinen Gianni einkaufen zu gehen. Oder ihm gar eine bunte Mütze zu stricken. Obwohl – wann habe ich zum letzten Mal gestrickt? Und meine Mama ist nicht mehr da, um zu helfen, zu erklären, zu retten.

Ach, jetzt ist meine Stimmung genauso schlecht wie die von Papa. Gut, dass Touristen den Laden stürmen, und zwar grad eine ganze Gruppe. Papa und ich müssen jetzt lächeln und gute Laune simulieren. Das wiederum tut uns immer gut. Man kann das nicht genug wiederholen: Auch wenn man nur erzwungen lacht, also bloß so tut, als sei man fröhlich und lustig, überlistet man gewissermaßen das Gehirn, das dann Glückshormone ausschüttet – und schon ist man tatsächlich glücklich. Papa und ich können bestätigen, dass jede Studie, die das behauptet, stimmt. Und Papa und ich nehmen die paar Glückshormone jeweils dankbar entgegen.

Es hilft auch heute: Als die Gruppe den Laden verlässt, sieht Papa wieder wesentlich fröhlicher aus. Vielleicht liegt es aber auch daran, dass er die größte Kuckucksuhr verkauft hat und eine wirklich teure Musikdose. Ich dagegen konnte nur drei T-Shirts loswerden und – zwei Kühlschrankmagnete. Aber ich durfte auch kreativ sein und vier große Christbaumkugeln bemalen – und das zaubert auch mir ein echtes Lächeln aufs Gesicht.

22

Die Überraschung

Drei Tage vor Weihnachten.
Wenn die Schweizer Post ordentlich gearbeitet hat, ist unser Brief heute bei Sandra eingetroffen. Kann unser Schreiben sie unberührt lassen? Wirklich? Ich kann mir das nicht vorstellen. Aber ich kann Sandras Reaktionen und Gefühle nicht mehr einschätzen.
Ab sofort trage ich mein Handy immer bei mir. Ich will den Moment nicht verpassen, wenn sie mich anruft oder mir eine Nachricht schickt.
Lotte ist eine treue Seele. Sie meldet sich immer wieder kurz, schickt ein Foto, eine Sprachnachricht – auch auf Papas Handy, das dieser mir dann stolz unter die Nase hält.
Lotte.
Selbst wenn sie nie in die Schweiz umzieht, wird sie ein Teil unserer Familie bleiben.

Ja, vielleicht muss man sich eine Familie wirklich selber zusammenbasteln, wenn die eigene zerbricht. Doch nun ist auch Simon weg, den wir immer als zugehörig betrachteten. Wir war das mit dem beständigen Wandel? Genau: Nichts ist beständiger als der Wandel.

Ich dachte ja, ich mag den Spruch. Doch ich habe meine Meinung geändert: Ich bin dagegen.

Aber wen kümmert das?

Papa ist heute Morgen beim Arzt zu einer Kontrolle und geht dann mit seinen Jassfreunden zum Mittagessen. Dann löst er mich ab, und ich mache einen Großeinkauf, damit es uns an Weihnachten an nichts fehlt. Doch eigentlich braucht es jeweils gar nicht so viel. Wir sind ja nur zu zweit. Ein schönes, festliches Dinner gönnen wir uns immer am Abend des 24. Dezembers. Am Weihnachtstag haben wir auch schon eine Büchse Ravioli geöffnet, diese vor dem Fernseher gegessen und uns einen schmalzigen Film dazu angeschaut.

Ich bin also ganz allein, als Simon mir seinen Vater vorstellen will.

»Das ist mein Papa, Adrian«, erklärt er stolz.

Ich bin sprachlos.

Also redet Simon weiter: »Das ist meine Chefin, Doris. – Und nur damit du es schon weißt, Papa: Doris heißt ›das Geschenk Gottes‹. Ihr Vater wird dir das bestimmt auch noch erklären. Ist er nicht da, Doris?«

Aber ich antworte nicht. Bin zu perplex.

Adrian Arnold! Der Pianist aus dem »National« mit dem Polizeigriff und den strahlenden Augen. Mein Retter. Stimmt, Simon heißt auch so. Aber Arnold ist in der Zentralschweiz ja ein recht häufiger Name.

Wir reichen uns die Hand. Sagen irgendwas. Wir sind wohl beide sehr überrascht.
»Sie sind also kein Pianist?«, frage ich, nur um etwas zu sagen.
»Wann ist man ein Pianist? Wenn man Klavier spielt? – Dann bin ich also ab und zu ein Pianist. Ich stehe auf einer Liste, und im Notfall rufen die Luzerner Hoteliers bei mir an. Wenn ich kann, springe ich ein. Es macht mir Spaß, so zu tun, als wäre ich ein Barpianist.«
»Gut, Sie sind also ab und zu Barpianist.« Nicht gerade schlau, was mir dazu einfällt.
»Genau. – Waren wir nicht schon beim Du?«
»Stimmt. Ich bin Doris.«
»Ich weiß. Ich bin Adrian.«
Simon steht daneben und staunt. Wahrscheinlich spürt er, dass da mehr ist zwischen unseren ziemlich blödsinnigen Worten, dass da eine Energie ist, die sich schwer beschreiben lässt, vielleicht sogar ein ganz klein wenig glitzernder Feenstaub.
»Ihr kennt euch?«, fragt er und wirkt dabei ein wenig hilflos.
»Ja«, sagen wir wie aus einem Mund. Mehr Infos bekommt er nicht.
»Na gut, dann kann ich ja gehen.« Er mustert uns misstrauisch.
Wir bejahen und verabschieden ihn.
Und dann stehen wir da.
»Magst du einen Kaffee mit mir trinken, Adrian?«
»Gern.«
Ich hantiere besonders lange an der Kaffeemaschine, um meine Fassung wiederzugewinnen. Adrian schaut sich im Laden um und findet ihn »überschaubar«.

»Täusch dich da nicht! Wir haben auf extrem kleinem Raum extrem viele Artikel. Das macht es oft nicht leicht, etwas zu finden, wenn nicht alles immer am dafür vorgesehenen Ort liegt.«

»So, so.«

»Im Moment ist allerdings alles voller Christbaumkugeln. Das wird sich bald ändern. Dann ist wieder etwas mehr Struktur im Ganzen.«

»Struktur. Aha.«

Ich glaube, er lacht mich aus. Er sieht sicher nur eines: ein riesiges Chaos. Für einen Lehrer muss unser Laden ein Albtraum sein. Hier ist nichts nach Alphabet oder nach Nummern oder Größe geordnet, sondern nach Erfahrungswerten: Was brauchen wir oft. Was möchten wir unbedingt verkaufen. Was ist teuer und muss deshalb besser gesichert sein als anderes. Und so weiter.

Ich biete Adrian den kleinen Hocker hinter der Verkaufstheke an. Es kommen nämlich grad wieder ein paar Kunden, und in der nächsten halben Stunde geben sie sich buchstäblich die Klinke in die Hand. Adrian schaut amüsiert zu, wie ich in verschiedenen Sprachen und buchstäblich mit Händen und Füßen versuche, Geschäfte zu machen, immer lächelnd und fröhlich. Wie ich aus großen Stapeln das richtige T-Shirt herausfische. Wie ich jemandem immerhin einen Kühlschrankmagnet verkaufe, der sich bloß umschauen wollte. Ich plaudere so lange mit ihm, dass er sich aus purer Sympathie zu mir dafür entscheidet. Fasziniert beobachtet er, wie ich flink Gesichter auf zwei Christbaumkugeln zeichne und wie schnell ich Währungen umrechne. Wie ich tatsächlich im hintersten Winkel des Ladens eine Miniatur des Löwendenkmals finde, nach der einer fragt – es ist ein Bleistiftspitzer! Manchmal staune ich selber darüber, was wir alles haben. Auf meinen Reisen sah ich einmal ein Schild an einem Geschäft, das verkündete: »Wir haben alles. Was wir nicht haben, das brauchst du nicht.« Dieses imaginäre Schild hängt auch an unserer Tür.

»Du bist gut, Doris«, sagt Adrian anerkennend, als der Laden wieder leer ist und ich endlich Zeit habe, meinen inzwischen kalten Kaffee zu trinken. »Ich sehe, das ist schon eine Herausforderung.«

»Ja, das ist es. Aber Simon meisterte das alles gut. Und du wirst es auch können, wenn du es willst. Fangen wir an?«

Adrian nickt, und so erkläre ich ihm das Kassensystem, das nicht besonders kompliziert ist. Die Kasse ist recht neu und wurde gegen den großen Widerstand von Papa angeschafft. Heute ist er froh darüber. Die alte Kasse war zwar einfacher zu bedienen, weil sie weniger Möglichkeiten und Schnickschnack hatte, aber oft klemmte sie, oder das System stürzte ab und ließ sich nur mühsam wieder starten.

Dann lasse ich Adrian durch unser Sortiment gehen und warte auf seine Fragen. Ratlos steht er zum Beispiel vor den T-Shirts. Ich seufze.

»Ja, die müsste man alle aufhängen können, aber den Platz haben wir ja leider nicht. Jetzt liegen sie halt zusammengefaltet im Gestell. Wir müssen sofort helfen, wenn sich einer dafür interessiert, sonst gibt der Kunde zu schnell auf, oder er veranstaltet ein riesiges Durcheinander.« Ich erzähle ihm besser nicht, wie viel Zeit er jeden Tag damit verbringen wird, T-Shirts zusammenzufalten.

Es macht mir Spaß, ihm alles zu erklären. Er hört zu, er ist interessiert und aufmerksam. Und wir schauen uns immer wieder an und lächeln grundlos.

Vor dem Mittag wage ich es, ihn ein paar Minuten allein zu lassen, um oben in der Wohnung Sandwiches für uns zu machen. Ich entdecke auch noch etwas Rüeblisalat im Kühlschrank und den feinen Luzerner Rahmkäse, den würzigen. Ich nehme mir kurz Zeit, in den Spiegel zu schauen, richte meine Haare und ziehe die Lippen mit einem Rot nach, das sich »Violet Saturne« nennt.
Als ich mit meinem Picknickkorb wieder in den Laden komme, finde ich Adrian im Gespräch mit zwei jungen Damen aus Japan vor. Sie sehen erfroren aus, wollen eigentlich nichts kaufen, aber Adrian wickelt ihnen liebevoll und fürsorglich einen warmen Schal um den Hals und macht ihnen Komplimente. Sie kichern und erröten ein wenig. Und siehe da: Sie kaufen beide einen Schal – und zwei Mützen dazu. Vielleicht brauchten sie einfach ein wenig Zuwendung, so weit weg von zu Hause.
Ja, Adrian kann das.
Eindeutig.
Wir essen unsere Brote. Und ich bereite Adrian darauf vor, dass Papa sich immer sehr schwertut mit neuen Leuten in unserem Laden.
»Meinen Segen hast du. Aber Papa musst du zuerst einmal erobern.«
»Ich werde mir Mühe geben.«
»Ich kann mir aber wirklich nicht vorstellen, warum du hier arbeiten willst.«
»Nun, ich habe mich frühpensionieren lassen. Das geht schon, finanziell komme ich gut über die Runden. Aber ich habe mir vorgenommen, bis zu meinem offiziellen Rentenalter weiterzuarbeiten, aber bestimmt nicht mehr als Lehrer. Ich will alles andere machen.«

»Aber dann arbeiten wir dich ein, und in zwei Monaten suchst du eine neue Erfahrung? Als Tauchlehrer auf den Malediven?«
Adrian lacht. Er lacht so lange, bis ich mitlache. Dabei weiß ich gar nicht, was ich so Lustiges gesagt haben soll.
»Tauchen kann ich nicht und will es auch nicht lernen. Wasser ist ganz und gar nicht mein Element. Im Gegenteil, ich bin wasserscheu.«
»Das war ja nur ein Beispiel«, sage ich etwas unwirsch. »Vielleicht willst du eher die Erfahrung als Toilettenreiniger im Bahnhofsklo Luzern machen?«
»Nein, nein, ich bleibe hier. Und Simon hatte ja nur ein kleines Pensum. Das übernehme ich gern. Ich bin nicht so sprunghaft, wie du denkst. Und ich mache das auch für Simon, damit er dieses Praktikum machen kann, das ihn so sehr begeistert.«
»Väter müssen nicht die Jobs ihrer Kinder übernehmen, wenn diese andere Wege gehen wollen. Das weißt du schon?«
»Klar.« Näher will er das anscheinend nicht erklären.
»Schön. Könntest du morgen Sonntag kommen? Da haben alle Läden in Luzern offen. Oder hast du am vierten Advent ein besonderes Programm? Bist du vielleicht auch noch Ministrant oder Sigrist oder Prediger?«
»Das alles traust du mir zu?« Adrian lacht wieder laut. »Aber du hast recht. Ich habe Programm. Simon spielt in der Jesuitenkirche. Jedoch erst um 18 Uhr. Davor kann ich kommen.«
Ich notiere mir das. Simon war auch nur bis 16 Uhr eingetragen. Alles okay.
Adrian ist anscheinend aufgefallen, dass ich immer wieder auf mein Handy schaue. Jedenfalls fragt er plötzlich: »Du erwartest wohl eine wichtige Nachricht?«

»Ja.«
»Ein Freund?«
Diese Frage ist ziemlich direkt. Ich antworte trotzdem.
»Meine Tochter.«
»Ja, Kinder … die können einen schon sehr beschäftigen.«
»Sandra beschäftigt mich leider nicht. Sie ignoriert mich. Seit Jahren.«
»Oh, das tut sicher weh. Grad jetzt, an Weihnachten. Gut, dass du deinen Vater hast und nicht allein sein musst.«
Wir stehen recht nah beisammen, als er diese mitfühlenden Worte sagt, und wir versinken grad in den Augen des anderen, und ich meine wieder einen Hauch von glitzerndem Feenstaub zu spüren, als – ja, das ist natürlich genau der Moment, in dem Papa den Laden betritt. Ich sehe seinen überraschten, kritischen Blick. Er hat – wenn er will – die Begabung, im Nu eine zwischenmenschliche Situation zu erfassen und seine Schlüsse zu ziehen. Ich verabschiede mich darum schnell, stammle etwas Unverständliches von wegen Besorgungen machen und verlasse fast fluchtartig den Laden.
Und ich wünsche Adrian insgeheim viel Glück. Papa wird es ihm nicht leicht machen und ihn auf Herz und Nieren prüfen.

»Ich mag ihn nicht«, erklärt Papa beim Abendessen dann auch prompt.
»Adrian? Du magst ihn nicht?«
»Habe ich doch grad gesagt!«
»Dann suchen wir halt eine neue Aushilfe«, sage ich leichthin, bin aber ziemlich schockiert.
»Gut.«

»Aber Adrian kommt morgen, wie abgemacht, oder? Verkaufsoffener Sonntag. Da wird die Hölle los sein, und auch wir beide brauchen zwischendurch eine Pause. Du wolltest ja auch noch kurz deinen Freund Kari besuchen und ihm zum Geburtstag gratulieren.«

»Jaja.«

»Gut.«

Manchmal sind wir beide recht wortkarg, Papa und ich.

Was stört ihn an Adrian? Er ist so charmant und witzig und intelligent. Er hat eine schnelle Auffassungsgabe und einen Draht zu den Kunden. Und er sieht so sympathisch aus, wenn er lächelt. Und er lächelt viel. Ich bemerke, dass ich gerade selber vor mich hin lächle. Papa hat es auch bemerkt.

Vielleicht ist es genau das, was ihn stört?

Ist er besorgt oder eifersüchtig?

Oder beides?

Insgeheim stelle ich mir vor, dass Adrian vielleicht eine Art Weihnachtsgeschenk für mich sein könnte. Ich wollte keinen Musiker mehr. Aber Adrian ist ja nun glücklicherweise doch keiner. Jedenfalls kein Profi. Ich freue mich darauf, ihn näher kennen zu lernen. Natürlich ist mir klar, dass ich möglicherweise vieles an ihm entdecken könnte, das mir gar nicht gefällt. Es muss ja immer so viel passen, wenn es passen soll, dass es fast schon an ein Wunder grenzt, wenn es wirklich passt. Von den politischen Ansichten bis zum Körpergeruch. Hat man ähnliche Lebensgewohnheiten und Einstellungen? Kann man sich auf einen gemeinsamen Radiosender einigen? Mag man die gleiche Art Sex? Isst man Fleisch, oder lebt man gar vegan? Es gibt so viele Lebensbereiche, die aufeinander abgestimmt werden müssen, wenn man wirklich ein Paar werden will. Das alles habe ich ja erst

gerade mit Lotte besprochen. Und dann ist ja auch noch wichtig, was man für Zukunftspläne hat.
Nun, die hat mir Adrian kurz beschrieben. Aber wie hat er wohl seine Vergangenheit verarbeitet? Er hat eine geliebte Frau verloren, und die steht sicher auf einem hohen Sockel. Ob er sich je wieder auf eine Frau richtig einlassen kann? Und wenn, würde ich überhaupt infrage kommen? Deute ich in sein warmes Lächeln nicht viel zu viel hinein?
Man ist ja schon etwas dünnhäutiger in den Tagen vor Weihnachten. Daher kann es sein, dass ich mir selber etwas einrede. Ja, ich hätte schon gern etwas mehr Liebe in meinem Leben. Und Friede, Freude, Eierkuchen. Ein Weihnachten voller Harmonie und Romantik und Zauber, so wie in all den Filmen, die Netflix zu dieser Jahreszeit gerade anbietet, wo sich am Ende alle finden und dann zusammenbleiben, bis dass der Tod sie scheidet.
Ich bin doof.
Trotzdem trällere ich innerlich den Song von Wincent Weiss:
Es wär schön blöd, nicht an Wunder zu glauben …

23
Lady Luzern

Zwei Tage vor Weihnachten.
Der verkaufsoffene Sonntag.
Mit Adrian.
Ich lasse Papa allein mit ihm den Laden aufmachen und werkle noch ein wenig in der Wohnung herum, will den beiden Zeit geben, sich kennen zu lernen. Aber ich werde bald einmal gerufen, um eine Christbaumkugel zu bemalen. Jetzt kommen die Last-Minute-Geschenke, und dafür sind die Kugeln beliebt. Das ist normal. Heute allerdings stürmen die Leute geradezu unser Geschäft. Es wird richtig unangenehm im kleinen Laden. Papa wird nervös und scheint beunruhigt.
»Was ist bloß los?«, fragt er mich, lüftet kurz seine rote Zipfelmütze und wischt sich den Schweiß von der Stirn.
Eine Kundin klärt uns auf – sie zeigt uns einen Beitrag auf Instagram und sagt: »Lady Luzern ist eine bekannte Influencerin mit hunderttausend Followern. Sie hat die bemalten Christbaumkugeln als perfektes Last-Minute-Geschenk angepriesen und Sie Christbaumkugel-Königin genannt.«
Ich schaue mir Lady Luzern an. Stimmt. Ich habe sie vor einiger Zeit einmal gemalt. Ich erinnere mich. Eine sehr hübsche Person, etwas zu stark geschminkt und mit extrem langen, roten Fingernägeln. Vor allem an die Nägel erinnere ich

mich. Sie kamen mir ein wenig furchteinflößend vor. Und nur weil diese junge Frau hübsch ist, hat sie so viel Einfluss? Ich verstehe dieses Influencer-Business nicht. Alle rennen blind irgendwem hinterher. Wahrscheinlich bin ich einfach zu alt dafür.
Aber was sollen wir nun tun?
Diesen Tag überleben wir nicht!
Adrian bleibt unbeeindruckt und schlägt vor: »Ich könnte den Türsteher machen. Und dafür sorgen, dass immer nur zwanzig Leute im Laden sind. Die anderen müssen warten, bis jemand wieder rauskommt.«
Papa nickt widerwillig.
Ich sage: »Danke, Adrian.«
Und dann zeichne und male ich um mein Leben: Gesichter, Berge, Brücken, Türme ... Manchmal grinse ich ein wenig vor mich hin. Die Christbaumkugel-Berge werden kleiner und kleiner. Und die jugendliche Kundschaft macht aus ihrem Einkauf ein Happening, singt und tanzt ungezwungen zu unserer Weihnachtsmusik. Sie machen Selfies mit Papa und seiner Mütze, Selfies mit mir. Ich werde beim Malen gefilmt. Wir haben beide so etwas noch nie erlebt. Es ist laut und chaotisch, aber auch irgendwie schön. Einige kaufen zusätzlich wahllos drauflos, lassen sich einen hölzernen Rosenkranz einpacken, ohne wirklich zu wissen, was das überhaupt ist, kaufen einen Kristallaschenbecher oder eine teure Halskette aus Schweizer Steinen. Einige haben Getränke dabei, was wir natürlich gar nicht mögen. Aber die jungen Leute sind höflich und kultiviert. Wir drücken ein Auge zu. Ab und an gibt es dann doch Lücken im Besucherstrom, in denen wir eine kleine Pause machen können, was wir alle dankbar annehmen.

»Total verrückt!«, sagt Papa und lässt sich auf einen Hocker plumpsen. Er wirkt erschöpft.
»Ich hatte mir das nicht so wild vorgestellt bei euch«, meint Adrian.
»So war es auch noch nie«, erkläre ich ihm. »Gut, dass wir heute ausnahmsweise zu dritt waren.«
Papa nickt.
Um 16 Uhr schließen wir den Laden. Zwei Teenager klopfen noch an die Fensterscheiben. Nein, wir öffnen nicht mehr. Wir sind fix und fertig.
»Was war das denn?«, fragt Papa ungläubig.
Ich greife in die Kasse und winke ihm mit ein paar dicken Bündeln Geldscheinen zu. Dabei haben die meisten Kunden eh mit Twint bezahlt.
»Das war ein riesiger Umsatz«, lache ich. »Aber auch ein riesiger Einsatz. Von allen.«
»Ja. Ich danke euch«, sagt Papa. Er gefällt mir gar nicht, so blass und fahrig, so vornübergebeugt. Wir haben natürlich alle zu wenig gegessen und getrunken. Ich ziehe ihm liebevoll die Mütze vom Kopf. Adrian reicht ihm ein Glas Wasser.
»Es ist alles okay«, beschwichtigt Papa.
Aber es ist gar nichts okay. Adrian hilft mir, Papa in die Wohnung zu bringen. Die Treppen bereiten ihm große Mühe, und er nimmt die Hilfe schließlich an, auch wenn er sich zuerst großspurig gewehrt hat. Im Wohnzimmer setzen wir ihn in seinen Lieblingssessel.
»Kann ich euch allein lassen? Ihr wisst – das Konzert von Simon …«
»Aber ja. Das kannst du. Danke.«
»Soll ich morgen auch kommen?«
Ich überlege kurz, werfe einen Blick auf Papa und nicke.

»Gern, wenn es dir möglich ist.«
»Sicher, Doris. Soll ich nach dem Konzert mal anrufen? Falls ihr mich irgendwie braucht?« Auch er macht sich Sorgen um Papa.
»Das ist lieb, Adrian, ist aber nicht nötig. Ich melde mich gern, im Notfall. Genieß einfach deinen Abend!«
Und dann geht er. Zum Abschied lächelt er mich noch einmal an. Und ich lächle zurück.

Nachdem Papa ein großes Stück aufgebackene Tiefkühlpizza verschlungen und eine Schüssel Salat dazu gegessen hat, erholt er sich wieder.
»Ich werde alt«, sagt er und klingt dabei ein bisschen traurig. Ach? Er wird alt? Papa *ist* alt! Aber das denke ich natürlich nur. Und er, er verdrängt das meist erfolgreich. Ich verdränge es auch. Das Leben ohne ihn ist undenkbar.
»Sandra hat sich nicht gemeldet?«, will er nun wissen.
»Nein, Papa, das hätte ich dir doch gesagt. Ich schaue immer wieder auf mein Handy, ich hypnotisiere es geradezu. Aber nein, sie meldet sich nicht.«
»Schade.«
»Ja. Schade. Schon wieder ein Fest ohne sie.«
»Und ohne Mama.«
»Genau.«
»Wir werden es uns trotzdem gemütlich machen, oder?«
»Wie immer, Papa. Wir schaffen das.«
Zur Aufmunterung schauen wir uns – wie jedes Jahr – unseren Lieblingsweihnachtsfilm an: »Love Actually«, mit dem bezaubernden Hugh Grant. Papa schläft schon nach fünf Minuten ein und schnarcht so laut, dass ich bald den Fernseher ausschalte. Ich hole meinen Skizzenblock und zeichne

meinen Vater, wie er so entspannt auf seinem alten, geblümten Sofa liegt. Auch im Schlaf sieht er zwar erschöpft aus, aber auch irgendwie zufrieden.
»War ein schöner Film«, sagt Papa, als er irgendwann aufwacht.
»Genau. Gehen wir schlafen«, antworte ich.

Der Montag ist ein wenig ruhiger, als es der verkaufsoffene Sonntag war. Es kommen allerdings noch immer erstaunlich viele junge Leute. Leider kann Papa nur auf dem Hocker hinter der Kasse sitzen. Er gibt ein schönes Handy-Motiv ab, und er kassiert, wirkt aber schwach und blass. Lieber hätte ich ihn oben in der Wohnung gelassen. Ob er die Kasse wirklich im Griff hat? Manchmal schaue ich ihm ein wenig über die Schulter, was er gar nicht mag.
»Ich bin okay«, schnauzt er mich dann unfreundlich an.
»Schon gut«, sage ich und behalte ihn trotzdem im Blick. Wenn ich das kann. Denn ich zeichne und zeichne. Ich verstehe jetzt, warum Influencerinnen so umgarnt werden, warum man ihnen alles zu Füßen legt, sie überallhin einlädt. Nur ein einziger Beitrag, und sie können so viel bewegen. Sie können wohl Fluch und Segen sein. Solange wir den Ansturm bewältigen können, ist Lady Luzern für uns ein Segen. Vor allen auch, weil sie sehr angenehme Follower hat. Wir kommen mit den jungen Leuten gut zurecht, haben sogar Spaß mit ihnen, lachen und plaudern. Heute kauft eine junge Frau tatsächlich eine Kuckucksuhr, weil sie diese so »krass retro« findet. Papa erklärt ihr liebevoll die Handhabung der Uhr, und sie himmelt ihn sogar ein wenig an.
Das lässt seine Wangen wieder etwas rosiger werden.
Und Adrian?

Er organisiert alles. Er hat zu Hause Nummern gedruckt. Jetzt kann die Kundschaft, die eine bemalte Kugel will, diese auswählen, bezahlen und bekommt dann eine Nummer. So muss ich mich um die Reihenfolge nicht mehr kümmern, und die Leute drängen sich nicht vor mir, können sich entspannt im Geschäft umschauen. Absperren muss er den Laden heute nicht. Nur ein wenig schauen, dass das Ganze nicht überbordet.

Adrian hat gestern nach dem Konzert doch noch angerufen. Papa hat persönlich mit ihm gesprochen. Dass sich Adrian nach seinem Befinden erkundigt hat, hat ihm gefallen. Er gewöhnt sich langsam an »den Neuen«.

Nach Feierabend würde Adrian gern mit mir essen gehen. Aber ich kann Papa zurzeit nicht allein lassen, auch wenn ich die Einladung noch so gern annehmen würde. Das sieht er ein.

»Morgen brauchen wir dich nicht«, sagt Papa. »Wir schließen den Laden am Mittag. Die paar Stunden schaffen wir schon allein.« Er wünscht ihm frohe Weihnachten und schickt einen Gruß an Simon hinterher.

»Wir sehen uns ja vielleicht an der Mitternachtsmesse in der Hofkirche«, sagt Adrian. »Simon spielt dort.«

»Wir kommen natürlich. Das machen wir immer«, sagt Papa.

Adrian zwinkert mir zu. Er fasst mich kurz am Arm und flüstert mir ins Ohr, er werde nach der Messe beim Haupteingang auf mich warten.

Ein Weihnachtsdate.

Ein geheimes.

Ich lächle den Rest des Abends vor mich hin.

Der Morgen des 24. Dezembers ist immer irgendwie speziell. Benachbarte Geschäftsleute kommen kurz vorbei, um frohe Weihnachten zu wünschen. Auch meine Freundin Aurora vom nahen Hutgeschäft trinkt schnell einen Kaffee mit uns. Wir schwören einmal mehr, uns im neuen Jahr mehr Zeit füreinander zu nehmen.

»Ein Wellness-Wochenende auf der Rigi? Was meinst du? Oder auch ein Wander-Weekend auf dem Stoos?« Ich weiß, Aurora möchte das wirklich. In genau diesem Moment. Aber dann wird der Wahnsinn des Alltags uns wieder auffressen. Aurora hat einfach zu viel Erfolg. Sie stellt nicht nur »normale« Hüte her, und das ja seit vier Jahrzehnten, nein, sie hat sich zudem einen Namen mit eleganten Turbanen für Frauen mit Haarverlust gemacht. Die Kundschaft kommt von weit her angereist, um sich von ihr beraten und betreuen zu lassen.

Bevor sie geht, umarmen wir uns herzlich. Schön, zu wissen, dass wir uns im Notfall immer aufeinander verlassen können. Und dass es nicht um die Zeit geht, die wir miteinander verbringen, sondern um die Tiefe unserer Freundschaft, die auch immer wieder ohne besonders viel Nähe auskommt. Wenn wir uns wiedersehen, finden unsere Seelen immer wieder Anschluss.

Vielleicht werde ich irgendwann auch Himari wieder näherkommen. Sie hat mir per E-Mail frohe Festtage gewünscht, ein wenig zu förmlich zwar für meinen Geschmack, aber immerhin: Sie hat sich gemeldet. Das hat mich sehr gefreut, und ich habe ihr natürlich sofort geantwortet und ihr eine Skizze von mir geschickt, auf der ich ihr einen Strauß Sonnenblumen entgegenstrecke. Ich nehme ihr den plötzlichen Abgang nicht übel. Mir zeigt es nur, wie sehr sie noch mit der Vergangenheit kämpft. Oder wie sehr sie es eben zu vermeiden versucht. Auch das ist ihre Entscheidung. Das muss ich respektieren.

24

Weihnachten

Am Heiligabend sitzen Papa und ich am festlich gedeckten Küchentisch. Wir genießen ein Fondue Chinoise, wie das so viele Schweizer heute gleichzeitig mit uns tun. Feinstes Fleisch, beste Saucen, teurer Wein, ein wenig Rüeblisalat und Reis dazu.

The same procedure as every year.

Im Hintergrund hören wir eine Vivaldi-CD mit festlicher Musik. Sie gehörte meiner Mutter. Wir haben auch für sie ein Gedeck aufgelegt. Auf ihrem Teller brennt eine besonders schöne Kerze.

»Mama liebte Weihnachten«, erinnert sich Papa traurig.

»Ja, sie hat es manchmal fast schon übertrieben, zum Beispiel mit der Dekoration. Kannst du dich erinnern, wie sie darauf bestand, einen besonders riesigen Christbaum zu kaufen, und wie eng es dann hier wurde, in der kleinen Stube? Und wie viele Äste du abgesägt hast? Ich glaube, jeden Tag einen.«

»Heimlich. Stimmt. O ja, und wie ich mich erinnere!« Jetzt lächelt er ein wenig. »Und Sandra hat ihn dann fast abgefackelt, als sie gestolpert und in den Baum hineingefallen ist.«

Papa liebt diese geteilten Erinnerungen. Ich auch. Sie tun einerseits gut, weil es alles ist, was uns bleibt, aber sie schmerzen auch.
»Ich kann mich gut an mein schlimmstes Weihnachtsfest erinnern. Das war, als Onkel Karl mir einen kleinen Hund geschenkt hat. Und Mama und du habt ihn mir wieder weggenommen.« Ich klinge immer noch vorwurfsvoll, wenn ich das so sage. Und ich spüre tatsächlich noch immer ein wenig Empörung.
»Immer diese alte Geschichte …« Papa ist diese Erinnerung ein wenig unangenehm. Tiere zu verschenken, ohne Rücksprache, das geht ganz und gar nicht. Das war typisch Onkel Karl. Mein erwachsenes Ich versteht das total. Mir hat es halt damals fast das Herz gebrochen. Da kam dieser kleine, weiße, allerliebste Babyhund daher – und meine Eltern sagten kaltherzig nein.
»Mein schlimmstes Weihnachten war das erste Fest ohne Mama.« Papa nennt seine Frau immer noch Mama. Aber das ist halt so ein Generationending. Heute würde sich jede Frau wohl dagegen wehren, von ihrem Ehemann Mama genannt zu werden. Ja, wir erinnern uns beide noch allzu gut an das erste Weihnachtsfest nach Mamas Tod. Jedes Jahr wird es nun etwas leichter, erträglicher, aber sie fehlt immer.
So, wie Sandra fehlt.
Nach dem Essen überreicht mir Papa tatsächlich verschiedene Päckchen, umhüllt von glitzerndem Goldpapier.
»Papa!«, sage ich vorwurfsvoll. Was taugt die schönste Abmachung, wenn er sich nicht daran hält? Er freut sich aber so sehr über seine Geschenke an mich, dass ich nicht schimpfen will und sie langsam und freudig auspacke, während er über das ganze Gesicht strahlt.

»Wow! Papa! Danke!«, sage ich beeindruckt. Er hat in einem guten Geschäft für Künstlerbedarf eingekauft. Leinwände, Farben, Pinsel, ein Skizzenbuch …

»Du sollst malen, Kind!«

Wir umarmen uns. Schön, dass ich für ihn immer noch das Kind bin. Ja, Kinder bleiben halt immer Kinder, wer wüsste das besser als ich.

»Es ist schön, dass es dich gibt, Papa«, sage ich ergriffen.

»Ja, aber wahrscheinlich nicht mehr so lange«, antwortet er. »Darum wollte ich auch unbedingt, dass Lotte zu uns kommt. Damit du dann nicht allein bist, wenn ich gehen muss.«

»Ja, aber jetzt bist du noch da. Und das ist schön. Alles andere kannst du dann irgendwann meine Sorge sein lassen. Ich bin doch schon ein recht großes Kind. Ich werde damit zurechtkommen.«

Seine Worte haben mich berührt. Ich habe einen wunderbaren Vater, der sich nicht um seine Gesundheit und sein Sterben sorgt, sondern um mein einsames Weiterleben, wenn er dann einmal nicht mehr ist.

Vaterliebe.

Lotte feiert Weihnachten heute bei einer Freundin, hat sie uns auf einer Weihnachtskarte mitgeteilt. Diese Freundin habe eine Coaching-Ausbildung, und sie werde mit ihr ausgiebig ihre Zukunft besprechen. Und falls sie nicht zu schnell zu viel trinken und viel zu früh beschwipst ins Bett fallen würden, wisse sie anschließend sicher, wohin ihre Reise gehen werde.

Ja, wenn Lotte sich entscheidet, nicht hierherzuziehen, werde ich halt irgendwann allein hier Weihnachten feiern, so wie das auch viele andere Menschen auf dieser großen weiten Welt tun müssen. Ich glaube, ich werde mich dann ganz fest in die Dankbarkeit flüchten. Immerhin ist mein Vater alt geworden, und ich hatte ihn sehr lange an meiner Seite. Das ist ein Geschenk. Aber Dankbarkeit ist natürlich auch keine Droge, die mir dann den Schmerz nehmen wird. Neulich hat Bischof Joseph Maria Bonnemain in einem Talk im KKL behauptet, unser Leben hier, das sei nur das Vorspiel. Richtig großartig werde es dann nach dem Tod. Das fand ich eine mutige These. Schließlich hat er ja auch keine Ahnung, was einmal sein wird. Aber natürlich ist so ein Versprechen trostreich.

»Woran denkst du?«, will Papa wissen.

Ich erzähle es ihm.

»Mir ist eigentlich egal, was nach meinem Tod sein wird«, meint er dazu. »Aber ich will Mama wiedersehen. Sonst bleibe ich einfach am Leben.«

»Ist das eine Drohung?«

»Genau.«

Wir lächeln. Mit dem Tod und dem Sterben habe ich mich schon befasst, als Mama gestorben ist. Und Papa und ich diskutieren oft darüber. Ich beneide alle, wie zum Beispiel den Bischof, die glauben, sie wüssten genau, wie unsere Zeit nach dem Tod aussehen wird. Es muss doch sehr beruhigend sein, an das Gute danach zu glauben, an Versöhnung und ein Ende aller Schmerzen, an den Himmel für alle, an die große, endlose Wiedersehensparty. Vielleicht ist es aber auch einfach naiv und ein klein wenig überheblich, wenn man sich das alles schön bunt ausmalt, in den Farben, die einem grad ins Weltbild passen. Jahrzehntelang war man vom bösen Fegefeuer überzeugt, verbunden mit viel Leid für jede Sünde. Das hielt natürlich die Gläubigen immer auf Kurs. Jeder wollte sich doch auf Erden den direkten Zutritt zum Himmel verdienen. Natürlich gefällt mir die Idee einer großen Sause über den Wolken für alle dann doch besser. Vor allem wenn ich daran denke, dass ich Papa vielleicht bald einmal gehen lassen muss. Aber ich tendiere eher dazu, dass das auch nur eine Theorie ist, die alle Armen, Unglücklichen, Unzufriedenen beruhigen und kleinhalten soll. Seid schön still und leise, euer Leben bekommt ihr dann später einmal …

Weil wir nach dem Essen noch etwas Zeit haben bis zur Mitternachtsmesse, die natürlich wie jedes Jahr zum Pflichtprogramm gehört, machen wir ein paar Spiele. Memory zum Beispiel. Das Spiel mit den kleinen Kärtchen soll ja gut fürs Gehirn sein, betont Papa immer wieder. Ich selber würde beim Spielen lieber das Gehirn ausschalten, aber ich freue mich trotzdem darüber, wie Papa sich freut, wenn er besser ist als ich, was leider fast immer der Fall ist. Er hält sich dann für ein Genie, dabei bin ich einfach nur grottenschlecht darin, mir die Lage der Bildchen zu merken. Mir ist schon aufgefallen, dass Kinder das besonders gut können. Vielleicht also auch alte Leute?
Und dann werden Papa und ich müde.
Beide.
Wir gähnen vor uns hin.
Aber wir ziehen uns trotzdem warm an, gehen raus in die winterliche Nacht, ziehen die kalte Luft in unsere Lungen, was uns sofort wieder hellwach macht. Wir schreiten feierlich die Stufen hoch zur Hofkirche. Dort steht – ganz zufällig natürlich – Adrian beim Eingang und schließt sich uns

ungefragt an. Er setzt sich sogar unverschämt nah neben mich.
Die Messe ist festlich, mit Chor und Orchester – und Solisten. Einer von ihnen ist Simon. Er spielt seine Geige wirklich sehr schön, und ich glaube, Adrian verdrückt ein Tränchen vor Stolz und Rührung.
In der Predigt geht es um das Fest der Liebe.
Um die Liebe an sich.
Um die vielen Arten der Liebe.
Ich muss an Himari denken, die ja auch schon darüber sprach und fand, ich solle zufrieden sein, weil ich doch bereits von Liebe umgeben sei. Ich schicke ein kleines Gebet in ihre Richtung. Ich denke überhaupt an alle, die mir in diesem Jahr begegnet sind, und segne sie. Eigentlich stört nur Adrian meine Andacht. Ich bin hellwach. Papa nickt manchmal kurz ein. In so einem Moment greift Adrian kurz nach meiner Hand und hält sie fest. Meine Gefühle dabei sind sicher schon eine Sünde. Gut, dass ich hier in der Kirche gleich um Vergebung bitten kann. Vaterliebe ist wunderbar. Freundschaftliche Liebe auch. In meinem Herzen erwacht aber grad eine riesige Sehnsucht nach mehr.
Am Ende singen wir alle im Dunkeln gemeinsam »Stille Nacht«. Nur Kerzen brennen. Mehr Romantik geht nicht, weil Adrian sehr nahe bei mir ist. Ich spüre ihn. Wir wechseln manchmal Blicke, singen aber voller Inbrunst. Ich werde dieses Lied nie mehr hören oder singen können, ohne an ihn zu denken. Heute brennen nicht nur Kerzen. Heute brennt die Luft.
Nach dem Gottesdienst stehen wir noch eine Weile vor der Kirche, begrüßen Simon, Bekannte und Nachbarn, wünschen ihnen ein frohes Fest, schütteln Hände. Dann beglei-

ten Adrian und ich Papa heimwärts und erklären ihm, dass wir beide noch ein wenig spazieren gehen. Er macht große Augen, sagt aber nichts, schluckt seinen Protest hinunter. Er könnte jetzt auch nichts sagen, das mich davon abhalten würde, mit Adrian noch ein wenig durch diese bezaubernde, verzauberte Winternacht zu gehen. Das Wettrüsten im Beleuchten der Häuser, den Wettbewerb um die schönste Straßenbeleuchtung, all das genießen wir in diesem ruhigen Moment. Die Stadt ist leise und gehört uns. Es hat angefangen zu schneien, was der Atmosphäre noch Auftrieb gibt. Viel mehr Kitsch und Romantik wären gerade nicht möglich. Wir gehen schweigend nebeneinanderher. Irgendwann legt Adrian den Arm um mich. Und wir spazieren durch die Heilige Nacht.

Auf der Kapellbrücke bleiben wir eine Weile stehen, ganz nah beieinander. Sie gehört uns. Im weihnächtlichen Lichterzauber tanzen die Flocken besonders anmutig. Adrian zieht mich ein wenig näher zu sich. Weil ich kurz gefröstelt habe? Es ist kalt, aber ich bin sicher, er will einfach nur mehr Nähe. Und seine Nähe ist mir angenehm. Sogar unser Schweigen ist angenehm. Wir schauen hinüber zur Seebrücke mit ihrem bezaubernden Lichterdach. Nur wenige Fahrzeuge sind unterwegs.

»Mehr Romantik geht wirklich nicht«, sage ich leise und lehne mich an ihn.

Und dann spüre ich, wie ein eigenartiges Beben durch seinen Körper geht, ein Zittern, und dann kann er es nicht mehr zurückhalten: Er kichert und lacht und wiehert und kriegt sich fast nicht mehr ein. Romantik ist wohl nicht so sein Ding? Schade. Ich bin ein wenig enttäuscht, dass der Zauber des Moments ihn nicht erreicht hat. Aber was weiß

ich schon von Adrian? Vielleicht tickt er völlig anders als ich.
»Entschuldigung – Entschuldigung«, wiederholt er immer wieder. Und gluckst und brüllt weiter.
»Ich will auch lachen«, melde ich mich irgendwann unwillig. Adrian erholt sich langsam.
»Ich muss mich wirklich entschuldigen.« Er räuspert sich. Sein Anfall ist ihm selber peinlich.
»Was ist denn los? Was ist grad so lustig?«
»Ich … ich musste an die Chinesische Weichschildkröte denken«, antwortet er, noch immer glucksend.
»Wie bitte?«
»Ach, das ist eine lange Geschichte …«
»Ich habe Zeit. Komm schon!« Jetzt will ich es wissen. Er spürt meine Nähe und denkt an Schildkröten? Und wie kann man über Schildkröten derart lachen? Sie sind doch eher langweilig als lustig.
»Na dann, also … Wenn du es wirklich wissen willst … Es ist so: Ich habe mit meiner Frau Ruth einmal eine extrem romantische Komödie im Fernsehen geschaut. Und dann, gerade als man den ersten zärtlichen Kuss erwarten konnte, am Meer, mit Sonnenuntergang und allem romantischen Schnickschnack, da sagt sie zu ihm: ›Wusstest du, dass die Chinesische Weichschildkröte durch den Mund pinkelt?‹ Das war so schräg. Gut, sie war Biologin. Aber trotzdem. Es wurde dann nichts aus den beiden. Mir war sofort klar, diese Szene würde mir in Zukunft jeden romantischen Moment versauen, weil ich ganz bestimmt immer an diese blöden Weichschildkröten denken muss. Meine Frau hat sich in die Hosen gepinkelt vor Lachen, sagte sie jedenfalls.«
Jetzt muss auch ich lachen.

»Ruth und ich haben dann lauter solche mehr oder weniger lustigen oder unnützen Weisheiten gesammelt und sie uns immer im ungünstigsten Moment präsentiert. Das war unser Insider-Joke.«

»Zum Beispiel?«

»Oh, pass auf, mein Repertoire ist groß: Wusstest du, dass Stabheuschrecken bis zu zehn Wochen ununterbrochen Sex haben können? Wusstest du, dass Auberginen Nikotin enthalten? Dass weibliche Frösche sich tot stellen, wenn sie sich nicht paaren wollen? Dass eine der Nebenwirkungen von Aspirin Kopfschmerzen sein kann? Dass Ohren und Nase lebenslang wachsen? Dass Pferde nicht kotzen können …«

»Stopp! Es reicht für den Moment, sonst muss auch ich mir in die Hosen pinkeln«, pruste ich.

Wir beide lachen und halten uns und drehen uns lachend im Kreis. Lachen ist einfach herrlich ansteckend. Vor allem Adrians Lachen. Und als er wieder anfängt, sich zu entschuldigen, lege ich einfach meine Lippen auf seine.

Es ist eine Art unüberlegter Mutanfall, vom Herzen diktiert, als mein Denken grad mal ausgeschaltet war.

Sozusagen verminderte Schuldfähigkeit.

Unser erster Kuss ist so innig, so schön, so überwältigend. Unsere Lippen passen einfach perfekt aufeinander. Wir küssen weich und zärtlich, dann etwas fordernder und forschender. Unsere Zungen berühren sich, begegnen sich zum ersten Mal. Dieser Kuss wird ihm doch wohl die Gedanken an Chinesische Weichschildkröten austreiben? Mein Herz klopft jedenfalls bis zum Hals, und ich denke schon längst gar nichts mehr. Da ist einfach Adrian, da sind seine Lippen, seine Zunge, sein Körper, der sich an meinen presst. Ich brenne.

Vielleicht liegt es an Weihnachten.
Oder es sind die Schneeflocken.
Oder die Schildkröten.
Ich spüre so viel Zärtlichkeit und so viel Sehnsucht nach mehr. Eines ist klar: Nach einem Kuss wie diesem kann man nicht mehr einfach zum Alltag übergehen.
Nach diesem Kuss ist nichts mehr so, wie es war.
Wir stehen eng umschlungen da.
Wir halten uns fest.
Keiner mag jetzt etwas sagen, das diesen wunderprächtigen Zauber zerstören könnte.
Doch dann fällt mir etwas ein, und es platzt aus mir heraus, bevor ich es zurückhalten kann: »Wusstest du, dass Wombats würfelförmig kacken?«
Wieder erstickt Adrian fast an seinem Lachen und kriegt sich kaum mehr ein.
»Das hast du erfunden, oder?«, schnaubt er. »Gewissermaßen als Revanche …«
Ich schüttle den Kopf. Ich bin mir da ganz sicher, weil ich vor kurzem eine kleine Reportage über die putzigen Tierchen geschaut habe.
»Was ist überhaupt ein Wombat, du Schlaumeierin?«, will Adrian nun wissen und streicht mir zärtlich die Haare aus dem Gesicht.
»Der Wombat lebt in Australien, sieht aus wie eine Mischung aus Meerschweinchen und Teddybär, ist aber ein Beuteltier und verwandt mit Koala und Känguru.«
»So, so …«
Adrian hält mich jetzt wieder fest an sich gedrückt. Ich spüre, dass er noch immer lacht, auch wenn er versucht, es zu unterdrücken.

Ich ertappe mich dabei, mir ein Leben mit Adrian vorzustellen – mit einem Mann, der so viel lächelt und lacht. Wäre ein Leben mit ihm nicht wunderbar leicht? Die große Frage ist allerdings, ob er in den wirklich wichtigen Momenten auch ernst sein kann. Ich traue Menschen, die zu jeder Tageszeit übertrieben gut gelaunt sind, nicht so recht über den Weg. Muss so eine Person nicht furchtbar oberflächlich sein, frei von tiefgründigen Gedanken und von Empathie? Vielleicht lässt so jemand alles Unangenehme einfach an sich abperlen, was ab und zu natürlich eine gute Strategie sein kann, oft aber nicht funktioniert oder nicht funktionieren darf.

»Ich glaube, du denkst gerade zu viel.«

»Könnte sein«, gebe ich zu.

»Lass uns jetzt nicht zu viel denken.«

»Gut.«

Wir küssen uns wieder und entfachen erneut innere Feuerwerke, die unserem Denken den Garaus machen. Die Heftigkeit der Gefühle macht mir fast ein wenig Angst. Andererseits suche ich auch Adrians Nähe, drücke mich an ihn, halte ihn fest.

Riecht er nicht ein wenig nach Zimt? Ich schnüffle ein wenig an ihm herum, und schon lacht er wieder. Diesmal lacht er mich wohl aus.

»Was schnüffelst du da, Doris, rieche ich streng?«

»Riechst du nach Zimt?«, frage ich zurück.

»Ja, das kann sein. Wir haben heute Nachmittag Zimtsterne gebacken, und Simon hat sogar einen Zimtraumduft versprüht. Erinnerungen an früher.«

Ich erzähle ihm von meinem umfassenden Wissen über Zimt und dass er mit seinem Duft wohl unsere Stimmung aufge-

hellt hat, strahle ihn an und sage: »Jetzt wird mich der Duft immer an diesen Kuss hier auf der Kapellbrücke erinnern.«
»Ein wirklich historisches, geschichtsträchtiges Ambiente für unsere ersten Küsse.«
»Erinnerst du dich noch daran, wie sie gebrannt hat? Ich werde das nie vergessen. Natürlich weil es an sich schon eine schlimme Sache war, aber vor allem, weil mein Vater von der Seebrücke aus auf das Feuer schaute und hemmungslos weinte. Das war vor über dreißig Jahren, aber ich kann den Rauch noch riechen und höre Papa schluchzen, als wäre es gestern gewesen.«
»Oh, das ist auch traurig. Dein Vater ist sehr feinfühlig, gell? Ich war damals nicht in der Stadt, erinnere mich aber an die Schlagzeile im ›Tages-Anzeiger‹: ›Luzern ist nicht mehr Luzern‹. Übertrieben – aber irgendwie auch wahr.«
»Verrückt finde ich, dass man noch immer darüber spekuliert, warum sie gebrannt hat. Eine achtlos weggeworfene Zigarettenkippe, die in einem Boot unter der Brücke ein Feuer entfachte, das ist ja die gängigste Theorie.«
»Man wird es nie herausfinden, nun schreibt man halt Krimis darüber …«
Machen wir tatsächlich Small Talk?
Vielleicht ja, um ein wenig abzukühlen. Innerlich.
Und ein wenig Distanz zu gewinnen.
Aber natürlich gehört das Austauschen von Erinnerungen auch zum Kennenlernen.
»Denkst du wirklich, aus uns könnte etwas werden?«, frage ich irgendwann.
»Ach, Doris, muss man das wirklich am ersten gemeinsamen Abend schon festlegen? Im Moment kann ich mir gerade alles vorstellen. Wirklich alles. Und noch viel mehr.«

»Dann bist du möglicherweise mein Weihnachtsgeschenk?«
»Möglicherweise. Aber die Zeit wird zeigen, was für ein Geschenk ich bin. Vielleicht willst du mich nächstes Jahr beim Schrottwichteln weiterverschenken.«
»Schrottwichteln? Was ist denn das?«
»Ach, das haben wir manchmal unter Kollegen gemacht. Jeder hat sein hässlichstes Weihnachtsgeschenk schön verpackt und anonym weiterverschenkt, den Schrott eben.«
»Du bist kein Schrott, Adrian«, sage ich liebevoll.
Adrian meint, das berühmte Wahrzeichen von Luzern werde nun also auch das Wahrzeichen für unsere Beziehung sein.
»Darf ich?«, fragt er und zupft dann meine Spange und zwei Klammern aus meinen hochgesteckten Haaren. Sie fallen auf meine Schultern, und er fährt mit seinen Händen durch die dünnen Strähnen, als wären es die wunderprächtigsten Goldlocken.
»Du bist schön«, sagt er.
Ich bin schön.
Ich bin schön.
Ich bin schön.
Und ich bin Wachs in seinen Händen.
Derweil dringt die Kälte doch langsam durch unsere Kleider und lässt sich nicht mehr ignorieren. Wir spazieren Arm in Arm heimwärts.
Und obwohl wir beide erwachsen sind – oder vielleicht gerade deshalb –, unterdrücken wir den Impuls, diese Nacht zusammen zu verbringen. Bei Adrian wartet Simon, und Papa möchte ich auch nicht vor den Kopf stoßen.
»Wir haben Zeit«, tröstet mich Adrian.
»Stimmt«, sage ich, klinge aber vernünftiger, als ich mich gerade fühle.

Bevor wir uns verabschieden, überreicht mir Adrian noch eine kleine, in rotes Glanzpapier verpackte Schachtel. Eine sehr kleine Schachtel. Ich schaue ihn fragend an.
»Machs auf!«
Er wird mir doch keinen Ring schenken? Bitte nicht! Das wäre zu früh. Das wäre unpassend. Und er weiß doch gar nicht, was mir gefällt.
»Machs auf! Keine Angst!«, beruhigt er mich. Ich glaube, er hat meine Gedanken erraten. Meine Finger zittern ein wenig. So kleine Päckchen machen mich aufgeregt. Ich entferne das Glanzpapier. Nein! Das ist tatsächlich ein Geschenk aus einem Schmuckgeschäft. Zumindest steht »Bucherer« auf dem Deckel. Der spinnt doch! Wir kennen uns ja noch gar nicht! Ich überlege mir schon, wie ich das Geschenk zurückweisen kann, ohne Adrian zu verletzen.
Aber es ist – ein Zimtstern! Ein einzelner, handgemachter Zimtstern. Und im weißen Zuckerüberzug sind unsere Initialen eingeritzt.
D + A
Da verliere ich endgültig mein Herz. An Adrian. Ganz klar. Und das Fest der Liebe *ist* ein Fest der Liebe.
Jetzt und hier, auf der Straße vor meinem Zuhause.
Mit Schneeflocken im Haar und einer eisigen Nasenspitze.
»Danke«, sage ich gerührt, und Adrian freut sich darüber.
Der Abschied fällt uns schwer, aber wir trennen uns in der Gewissheit, dass dies ja nicht das Ende, sondern der Anfang ist.
Der Anfang von etwas, das wir noch nicht benennen wollen.
Als Adrian schon ein paar Schritte von mir entfernt ist, rufe ich ihm hinterher: »Wusstest du, dass Gorillas rülpsen, wenn sie glücklich sind?«

Er lacht und rennt noch einmal zu mir zurück, umarmt und küsst mich.
»Ich bin grad sehr glücklich«, sagt er, erfreulicherweise ohne zu rülpsen.
»Ich auch.«

25

Das Glücksguthaben

Am ersten Weihnachtstag sitze ich mit Papa bei einem späten Frühstück.
Ich habe ein ständiges Lächeln im Gesicht, wie festgetackert, während ich mein Brötchen mit Butter und Honig bestreiche. Ich merke es selber, kann es aber nicht abstellen, kann nichts dagegen tun. Verliebt wie ein Teenager.
Papa lacht mich aus.
»Dieses Gesicht kenne ich«, sagt er. »Hoffentlich bricht er dir nicht das Herz.«
»Das Risiko gehe ich ein. Geht man das nicht immer ein, wenn man sich verliebt, egal, wie alt man gerade ist?«
Papa wundert sich, dass ich es überhaupt versuche, mich noch einmal auf diese Gefühle einzulassen.
»Du hast schon so viel Liebeskummer gehabt. Woher nimmst du bloß den Mut?«
»Ja, ich hatte viel Pech, aber ich erinnere mich auch an schöne Zeiten. Und vielleicht hatte ich tatsächlich noch zu wenig davon. Vielleicht bekomme ich noch eine Chance. Vielleicht

habe ich noch ein Glücksguthaben, irgendwo, beim Universum oder so.«
Papa brummelt irgendetwas vor sich hin und sagt dann deutlich: »Vielleicht, vielleicht, vielleicht …«
»Bist du eifersüchtig?«, frage ich, und es liegt auch ein wenig Ernst in dieser Frage. Er lehnte Adrian am Anfang unverhohlen ab, vielleicht weil er genau das befürchtet hat, was jetzt passiert ist.
»Ich wusste gleich, Adrian würde dir gefallen«, gibt er jetzt zu. »Und ja, ich habe ein wenig Angst.«
»Angst? Ich bin alt genug und kann auf mich aufpassen.«
»Nicht Angst um dich – sondern um mich.«
»Papa!«
»Du wirst ausziehen, und ich bleibe allein zurück. Und das Leben ist langsam ein wenig anstrengend für mich allein. Ich habe einfach Angst davor. Ich weiß, das ist ganz und gar egoistisch. Es tut mir leid, Doris-Kind.«
Ich gehe um den Tisch herum und umarme meinen Papa ganz fest. Es gibt doch so viele Arten, zu wohnen und zu leben, und ich bin überzeugt, dass wir eine finden werden, mit der alle zurechtkommen, falls es mit Adrian und mir ernst wird. Beruhigend rede ich auf meinen Papa ein.
»Und wo ist er denn jetzt, dein Adrian?«, will er irgendwann wissen.
»Er hat heute ein Familientreffen. Ich glaube, mit seinen Geschwistern.«
»Schön. Genau wie wir.«
Papa hat keine Geschwister. Ich habe keine Geschwister. Papa und ich, wir sind die Familie. Da wären allerdings noch Sandra und ihr Sohn Gianni und ihr Mann.
»Du denkst an Sandra?« Papa kennt mich gut.

»Ja.«
»Ich habe gebetet, Doris, jeden Tag. Gebete sind einfach auch nicht mehr das, was sie einmal waren. Ich habe nicht mehr so viel Zeit, auf eine Versöhnung zu warten. Auf meine Enkelin und auf meinen Urenkel zu warten. Überhaupt nicht mehr viel Zeit.«
»Ja. Ich verstehe dich.«
»Vielleicht sollten wir einfach nach Genf fahren und wie dein gestörter Ex die Lobby der Schönheitsklinik belagern und so wenigstens ein Wiedersehen erzwingen.«
»Das meinst du nicht ernst?«
»Es ist mein voller Ernst!«
»Du spinnst, Papa!«
»Nein. – Ich habe schon den Fahrplan studiert.«
»Du meinst das wirklich ernst.« Ich bin ein wenig schockiert und sprachlos.
»Genau«, bestätigt Papa stolz.
Der alte Mann hat ganz schön viel Unternehmungslust. Und Mut. Und Energie. Gerade noch war er doch völlig erschöpft. Aber ich will das nicht.
»Ich möchte mich Sandra nicht aufdrängen. Das ist der falsche Weg.«
»Wie du willst. Dann gehe ich allein.«
»Wirklich?«
»Ja. Ich bin alt genug. Ich kann das.« Papa ist fest entschlossen. Er verkündet, er fahre morgen mit dem ersten Zug. Ich könne mitkommen oder auch nicht. Das sei meine Entscheidung. »Vielleicht ist es ja ganz gut, wenn ich allein reise. Einen alten, gebrechlichen Mann können sie ja nicht einfach ignorieren und wieder heimschicken. Notfalls kann ich einen Schwächeanfall simulieren …«

»Aber die Klinik ist doch sicher über die Feiertage geschlossen? Ist ja eine Schönheitsklinik. Da gibt es keine Notfälle.«
»Aber sie wohnen doch dort?«
»Und wenn sie Skiferien in Zermatt machen oder zum Schnorcheln auf die Malediven geflogen sind, auf einem Kreuzfahrtschiff durch die Karibik reisen? Sie sind reich!«
Jetzt wirkt Papa doch ein wenig verunsichert. Er schimpft, ich sei eine elende Spielverderberin und Bedenkenträgerin. Sogar »Spaßbremse« brummelt er in seinen Bart. Aber natürlich weiß er, dass ich recht habe und es nur gut mit ihm meine.
Wir frühstücken weiter und hören im Radio weihnächtliche Melodien. Es gibt so schöne Weihnachtsmusik. Und so hässliche.
Dann meldet sich Lotte per E-Mail. Sie habe die ganze Nacht hindurch mit ihrer Freundin geredet und werde nun tatsächlich zuerst einmal die Kliniken und Altersheime in Wien kontaktieren. Hier herrsche nämlich auch ein Pflegenotstand, wie fast überall. Aber sie sei mir und Papa unendlich dankbar, dass wir sie ermutigt hätten, sich wieder mit ihrem Beruf zu befassen und sich noch einmal eine Chance zu geben. Sie verspricht, uns bald wieder zu besuchen.
»Schade«, sagt Papa.
»Schade«, echoe ich. »Und trotzdem gehört Lotte jetzt immer irgendwie zu uns, oder?«
»Genau. Und Wien steht ab sofort auf meiner Löffelliste.«
»Ach, du hast auch eine Löffelliste? Die musst du mir mal zeigen! Ich helfe dir gern, die Wünsche, die du noch hast, zu verwirklichen.« Seltsam, dass wir nie darüber geredet haben. Sooo viel Zeit hat Papa ja nicht mehr. Aber wir alle wissen ja nicht, wie lange wir unsere Vorhaben noch wahr ma-

chen können. Davon sage ich Papa aber nichts, sondern komme auf Lotte zurück: »Weißt du, irgendwie ist Lottes Idee ja auch richtig, sich zuerst mal nach Möglichkeiten bei ihr zu Hause umzuschauen. Sie ist ja glücklich in Wien.«
Papa nickt traurig, aber verständnisvoll. Ich hätte ihm wirklich auch gern eine besondere Weihnachtsüberraschung gegönnt. Etwas annähernd Erfreuliches wie meinen Adrian.
Und grad als im Radio »White Christmas« läuft und ich mich daran erinnere, wie die Schneeflocken gestern auf Adrian und mich gefallen sind und wir sie einfach ignorierten, weil es in dieser Nacht nur uns beide gab, klingelt mein Handy.
Ein Whatsapp-Videocall.
Ein Kind.
»Hallo? Hallo?«
»Ja? Hallo zurück! Wer bist du?« Mir wird richtig übel. Meine Hände zittern. Eigentlich kann das nur ein Kind sein.
»Bist du Gianni?«, frage ich.
»Ja, genau, das bin ich. Wieso weißt du das?«
»Ich habe geraten.«
»Gut geraten! Und du bist meine Nonna? Stimmt das?«
»Ja, ich bin deine Nonna. Wie schön, dass du mich anrufst. Schau mal, hier sitzt noch dein Urgroßvater.«
Ich gehe mit zittrigen Beinen hinüber zu Papa, und ihm laufen die Tränen übers Gesicht, als er den kleinen Jungen begrüßt.
»Warum weint der alte Mann?«, will Gianni beunruhigt wissen.
»Ich glaube, er freut sich so sehr, von dir zu hören. Das sind Freudentränen.«
»Freudentränen? Bist du sicher, dass es das gibt?«

Ich bejahe und muss selbst die Tränen unterdrücken.
»Aber der Mann kennt mich ja gar nicht!«, sagt Gianni und schüttelt ungläubig den Kopf.
»Stimmt. Doch das kann man ändern, oder?«
Einen Moment lang sagt der Junge nichts mehr. Er hat blonde Locken, dunkle Augen, und er trägt ein weißes Hemd, richtig festlich. Und er denkt nach. Man sieht es in seinem Gesicht.
»Warum rufst du an, Gianni?«, frage ich vorsichtig.
»Im Kindergarten hat Jean-Pierre gesagt, man habe immer zwei Großeltern. Meine sind nämlich gestorben. Nonna schon im Sommer. Und bei Nonno ist es noch gar nicht lange her. Ich war sehr traurig. Und da hat Jean-Pierre gesagt, man habe immer zwei Großeltern. Und da habe ich Papa gefragt. Und Papa hat gesagt, dass das stimmt. Und jetzt darf ich mit euch telefonieren. Da wird Jean-Pierre aber staunen, dass ich sogar einen Urgroßvater habe. Erst recht, wenn ich ihm sage, dass der einen weißen Bart wie ein Weihnachtsmann hat …«
Unglaublich, sein Redefluss. Und dann ein abruptes Schweigen. Schon wieder muss er nämlich ganz fürchterlich nachdenken.
Dann fragt er: »Wie soll ich dich jetzt nennen? Eine Nonna hatte ich ja schon …«
Kindersorgen …
»Ich bin Doris … deine Großmutter … deine Oma … dein Grosi … und auch eine Nonna. Du kannst mich doch einfach zuerst kennen lernen, und dann entscheidest du, wie du mich nennen willst. Oder wir entscheiden das dann gemeinsam.«
Mein Großkind nickt ernsthaft.

»Und wann lernen wir uns kennen?«, frage ich jetzt mutig. Gianni wendet den Kopf zur Seite, schaut wohl eine Person neben sich an, dreht dann das Handy, und ich sehe meinen Schwiegersohn Matteo.
»Frohe Weihnachten!«, sagt er lächelnd in seine Kamera. »Sandra weiß nichts von diesem Gespräch. Tut mir leid. Aber Gianni hat mich jetzt tagelang gelöchert mit seinen Fragen nach dir und – na ja, natürlich auch nach seinem zweiten Großvater. Und ich finde, er hat ja wirklich ein Recht darauf, seine Großmutter in seinem Leben zu haben, wenn er sich das so sehr wünscht. Und wenn sein Urgroßvater auch noch da ist – noch besser.«
Elegant, wie er Großvater Romica umschifft hat, denke ich und sage ergriffen: »Danke, Matteo. Gerade hat Papa gesagt, er habe nicht mehr so viel Zeit für eine Versöhnung, ein Wiedersehen, und er wollte tatsächlich morgen einfach einen Zug besteigen und bei euch als Überraschungsgast auftauchen.«
»Oh, das wäre sehr schlecht gewesen!«
»Warum?«
»Wir sind in Arosa. Im Kulmhotel.«
Jetzt zerrt der Kleine wieder am Handy.
»Ich kann Ski fahren!«, sagt er stolz in die Kamera. »Und ich kann schwimmen. Ich kann schon zählen und meinen Namen schreiben. Du wirst staunen, wenn wir uns sehen!«
»Ja, das werde ich wohl.« Ich habe große Mühe, meine Tränen zurückzuhalten. Ich will das Kind doch nicht noch mehr verwirren.
Jetzt nimmt Matteo das Handy wieder an sich, sagt: »Wir sind noch hier bis Samstag. Ich würde dann mit Gianni am Sonntag bei euch zu Besuch kommen. Wie findet ihr das?«

»Und Sandra? Wird sie einverstanden sein? Kommt sie auch?«
»Das werden wir sehen. Aber Sonntag ist okay für euch?«
»Natürlich. Danke, Matteo.«
Jetzt kommt Gianni wieder ans Handy. Er will sich unbedingt auch noch von dem alten Mann mit Bart verabschieden. Der weint leider immer noch.
»Du musst nicht mehr weinen, ich besuche dich am Sonntag!«
Papa gelingt ein kleines Lächeln, und dann wollen wir uns verabschieden.
Doch mitten im Satz wird das Gespräch unterbrochen. Vielleicht hat Gianni auf eine falsche Taste gedrückt?
Es ist egal.
Papa und ich, wir umarmen uns, wir weinen, wir lachen, wir freuen uns. Das Happy End ist greifbar nahe. Wir können es kaum fassen.
»Dass ich das noch erleben darf!«, sagt Papa immer wieder und weint sein kariertes Taschentuch voll.
Wir öffnen eine Flasche Champagner und stoßen darauf an. Sie hat lange Zeit im Kühlschrank auf so eine Gelegenheit gewartet. Wir mögen eigentlich gar keinen Champagner. Aber heute, da passt er. Heute ist er ein Muss.
»*Das* ist Weihnachten«, sagt Papa und hebt sein Glas.
Ich hatte ja schon gestern meine eigenen Weihnachten.
Und heute noch einmal.
Es scheint, ich hatte wohl doch noch ein Glücksguthaben.
Irgendwo.
Ein großes.

26

Der fünfte Advent

»Weißt du eigentlich, was heute ist?«
Ich schaue Papa verständnislos an.
Er strahlt und verkündet: »Heute ist der fünfte Advent! – Aber eigentlich ist für mich heute Weihnachten. Ein Sonderweihnachten, nur für mich.«
»Ja, heute bekommen wir ein riesiges Geschenk, Papa.«
Wir frühstücken viel zu früh am Morgen, konnten wohl beide nicht recht schlafen. Ich habe stundenlang mit Adrian telefoniert. Dieser schaffte es dann doch, mich ein wenig zu beruhigen. Die letzten Tage waren hektisch. Papa wollte unbedingt noch die Wohnung und das Haus schmücken. Jetzt hängen überall riesige Weihnachtskugeln. Ich habe sie mit dem Gesicht von Gianni bemalt, so gut ich es eben in Erinnerung hatte. Dazu wollte Papa Geschenke kaufen – für Gianni, ein Kind, das wir eigentlich nicht kennen – und ist fast verzweifelt dabei. Wir haben dann beschlossen, dass der Junge sich in unserem Laden ein paar Geschenke aussuchen kann. »Das hat er sicher noch nie erlebt, so einen Laden nur für sich.«
Papa war einverstanden.
Nach dem Frühstück gehe ich noch einmal mit dem Staubsauger durch die Wohnung, obwohl das absolut nicht nötig wäre. Da und dort räume ich noch etwas auf oder um.

»Es ist längst sauber«, schimpft Papa. »So sauber war es noch nie! Es ist nicht das Gesundheitsamt, das vorbeikommt!«
Stimmt. Aber Putzen beruhigt ein wenig.
Nach einem schnellen Mittagessen zwängt sich Papa in seinen besonders schönen Anzug, der nicht mehr so richtig passen will. Aber er kriegt die Hose noch zu und ist stolz darauf. Sein weißes Hemd musste ich am Morgen noch einmal bügeln. Sorgfältig sucht er sich eine besonders bunte Krawatte dazu aus. Ich schlüpfe in ein blaues Wollkleid und trage Lederstiefel. Doch noch nie war mir meine Kleidung so egal. Mein Herz ist weit offen. Meine Arme sind es auch. Ich bin schwindlig vor Glück.
»Wusstest du, dass Hummeln rückwärtsfliegen können?«, schreibt mir Adrian, kurz bevor unsere Gäste kommen.
Adrian.
Er bringt mich immer wieder zum Lachen. Inzwischen durfte ich herausfinden, dass er auch ernst sein kann und tiefgründig und mitfühlend und verständnisvoll. Und zärtlich und liebevoll sowieso. Er kann fast alles sein. Er ist fast alles. Und ist doch vor allem eines: wunderbar.
Ach, dieses Jahr meint Weihnachten es einfach gut mit uns.

»Hoffentlich kommt Sandra auch mit«, sage ich zu Papa.
»Egal. Wenn sie heute nicht kommt, erobern wir sie dann über Gianni zurück. Du wirst sehen: Es wird alles gut.«
Ich denke an mein Glücksguthaben.
Ich atme langsam ein und aus.
Und dann sind sie da.
Gianni und Matteo.
Ja, Sandra fehlt. Das ist die große Enttäuschung. Sie konnte nicht über ihren Schatten springen. Aber immerhin hat sie

die beiden ziehen lassen. Und das ist sicher ein großer Schritt in die richtige Richtung.
Anfangs fühlen wir uns alle ein wenig befangen. Alle außer Gianni. Wie ein Wirbelwind kommt er in unsere Stube, in unser Leben und bringt Fröhlichkeit und Leichtigkeit hinein. Er ist unkompliziert, unvoreingenommen und ein richtiger Herzensbrecher. Dass sein Gesicht auf die Christbaumkugeln gezeichnet wurde, merkt er sofort und fragt, ob wir zaubern können.
Ich muss lachen und erkläre ihm, dass ich das gemacht habe.
»So etwas habe ich noch nie gesehen! Darf ich eine mitnehmen? Für Mama?«
»Aber sicher. Auch zwei oder drei«, antworte ich. »Oder wir basteln nachher zusammen eine besondere Kugel für deine Mama? Ich könnte auch ihr Gesicht auf eine Kugel zeichnen.«
»Gut. Das ist gut.« Gianni klatscht in die Hände und hüpft erwartungsfroh auf und ab.
Der Nachmittag mit dem fünfjährigen Gianni und seinem Vater Matteo entwickelt sich zu einem wilden, lauten, vergnüglichen Abenteuer. Wir zeichnen, basteln, wir lachen, singen, wir rennen herum. Gianni hat unendlich viel Energie und eine unermüdliche Wissbegierde. Er fordert uns heraus. Papa sitzt oft nur still in seinem Sessel und beobachtet glücklich, wie dieser kleine Wicht sich hier aufführt, als wäre er zu Hause.

Irgendwann sitzen wir dann doch ruhig und gemütlich in der Küche, und ich serviere einen Gugelhopf, in den Papa eine Wunderkerze hineingesteckt hat. Gianni ist entzückt.

Matteo fotografiert seine Freude. Da klingelt es an der Tür. Beschwingt gehe ich aufmachen, in der Erwartung, dass Adrian es sich nun doch nicht nehmen lassen wollte, meine Familie zu sehen.
Aber nein.
Es ist nicht Adrian.
Sandra steht da.
Sie wirkt ein wenig mitgenommen und abgekämpft.
Aber sie ist da.
»Ich bin jetzt doch auch gekommen, Mama. Mit dem Zug. Ich hielt es nicht aus. Ist das okay?«
Okay?
Ob das okay ist?
Sandra ist die Krönung.
Sandra ist der Höhepunkt.
Wir umarmen uns, und ich sage nur ganz leise: »Danke.«
Und dann ist dieser Tag perfekt.
Jetzt habe ich wohl mein Glücksguthaben ausgereizt.
Ich glaube, in Zukunft werden wir Weihachten immer am fünften Advent feiern.

Ich wünsche euch allen frohe Festtage!

Blanca

Danke – Wörterseh-Verlag

Gabriella Baumann-von Arx, dass du als Verlegerin auch meine Freundin geworden bist,
Daniela Welti, Verlagsassistentin, für den schönen Buchtitel und überhaupt,
Andrea Leuthold, dass du meine Bücher immer so sorgfältig und liebevoll und geduldig lektorierst,
Beate Simson, für das Layout und deine cleveren Ideen,
Thomas Jarzina, dass du mich mit deinen Cover-Vorschlägen immer glücklich machst,
Lydia Zeller für das Korrektorat und dafür, dass es am Ende so aussieht, als würde ich die Grammatik beherrschen,
Frank Baumann für deine Inspirationen.

Danke – den Helfern

Lydia Markmiller, Old Swiss Shop, Luzern
Sibylle Gerardi, Luzern Tourismus
Hanny Felder, Martina Bircher, Stadtführungen
Sarah von Moos, Wasserturmführung
Ursula Kottucz, Führung Museum Sammlung Rosengart
Beatrice Lampart, Weihnachtsführung
Claudia Moser, ehemalige Besitzerin des »Rebstocks« und Kulturfreundin
Roman Kälin, außergewöhnlicher Fehler-Finder

Danke – aus unterschiedlichsten Gründen

Meiner Familie und meinen Freunden; Irma und Hubi Rüegg, Lucia und Hans Schmid-Camenzind, Sindy Hedinger, Cily Müller, Edith Schelbert-Bisig, Bernadette und Urs Affolter, Stefan Zimmermann, Hedy Suter, Erika Kuster, Christian Kuster, Regula Trutmann, Adrian Camenzind, Orlanda Senn, Annemarie Regez, Daniela und Daniel Dunkel, Mythen Informatik, Philipp Zeier, Hans Peter Lüthi, Judith und Ruedi Distel, Lies Huizink, Ivan Steiner, Brigitte und Hans Frank sowie dem Team »Glückspost«

Blanca Imboden, im November 2025

Gerne habe ich Kontakt mit meinen Leserinnen und Lesern. Ihr findet meine Kontaktdaten hier:

www.blancaimboden.ch

Ich mache übrigens gern und oft Lesungen. Alles dazu findet sich ebenfalls auf meiner Website.

Quellen

Dominik Riedo (Hrsg.), »Luzern, Luzern … Literarische Spuren«, Pro Libro.

Das Lied »Man müsste Klavier spielen können« sang Johannes Heesters in Karl Antons Film »Immer nur du« aus dem Jahre 1941. Komponiert hat es Friedrich Schröder, der Text stammt von Hans Fritz Beckmann.

Meine Infos über Gender-Medizin habe ich aus dem »Sanitas Health Forecast«-Podcast mit dem Titel »Warum erkranken Frauen häufiger an Alzheimer?«. Die Neurowissenschaftlerin Antonella Santuccione Chadha spricht darin mit Frank Baumann über ihre Stiftung Women's Brain Project.
Infos: www.womensbrainproject.com

Alles über die Hoforgel: www.hoforgel-luzern.ch. Von dort habe ich auch den Text von Mark Twain; zitiert aus Mark Twain, »Bummel durch Europa« (1878), Gesammelte Werke III, München 1966, Seite 805.

Unsere Bücher finden Sie überall dort,
wo es gute Bücher gibt, und unter
www.woerterseh.ch

Wir lesen Wörter,
aber sehen Welten

ISBN 978-3-03763-154-6

ISBN 978-3-03763-145-4

ISBN 978-3-03763-130-0

ISBN 978-3-03763-096-9

Alle Bücher von Blanca Imboden sind auch als E-Book erhältlich.

Wir lesen Wörter,
aber sehen Welten

ISBN 978-3-03763-322-9

ISBN 978-3-03763-318-2

ISBN 978-3-03763-311-3

ISBN 978-3-03763-305-2

Alle Bücher von Blanca Imboden sind auch als E-Book erhältlich.

Blanca Imboden

Drei Frauen im Schnee

Weihnachten, Geburtstage und andere Katastrophen

208 Seiten
Taschenbuch
12,5 × 19 cm

Print ISBN 978-3-03763-307-6
E-Book ISBN 978-3-03763-544-5
www.woerterseh.ch

Sonja, die Heldin in Blanca Imbodens Roman »Drei Frauen im Schnee«, ist verheiratet, Mutter von Teenager-Zwillingen und lebt mit ihrer Familie unter demselben Dach wie ihre Schwiegermutter. Das allein schon sorgt für allerlei Zündstoff. Eines Tages beschließt Sonja: Dieses Jahr muss Weihnachten anders werden. Leider gelingt ihr das nicht wie gewünscht. Im Gegenteil. Das Fest der Liebe und des Friedens gerät völlig aus den Fugen, weil nicht nur anstrengende Menschen, sondern auch noch verstörte Tiere ein nicht sehr weihnächtliches Chaos veranstalten. Also packt Sonja kurzerhand ihren Mantel, verlässt das Haus und – bekommt ein Geschenk: zwei neue Freundinnen. Nachdem die Silvesternacht für Sonja dann noch verrückter endet als Weihnachten, treffen sich die drei Frauen im Schnee, auf dem Stoos. Und jede verändert damit das Leben der anderen zum Positiven.

Eine heiter-besinnliche, ebenso komische wie nachdenkliche Geschichte rund um die Festtage, mit scharfsinnig beobachteten Szenen, wie wir sie alle kennen. Ein sehr charmantes Weihnachtsmärchen, das uns die Zeit vor dem Kaminfeuer versüßt.

Angaben gemäß General Product Safety Regulations (GPSR) –
EU-Verordnung über die allgemeine Produktsicherheit, gültig seit 13. Dezember 2024

Ansprechpartner:
Wörterseh GmbH
Herrengasse 3
CH-8853 Lachen
verlag@woerterseh.ch

Verlagsauslieferung EU:
Brockhaus Kommissionsgeschäft GmbH
Kreidlerstraße 9
D-70806 Kornwestheim
info@brocom.de

Sicherheitshinweis entsprechend Artikel 9 Absatz 7 Satz 2 der GPSR entbehrlich.